林家華——著

愛在末世倒數前

序章

那是下了數千年的一場暴風雪。

闃然無聲，緩緩飄零，宛如棉絮，存在於陽光無法抵達的深海。

海洋雪以非常慢的速度在海流中翻滾、沉降，海流帶走一批小雪團，隨即送來另一批，無邊無際，帶著點點螢光。

那螢光來自深海的單細胞生物，忽明忽滅。

王春傑坐在深海潛艇裡，懷抱著心愛的女子一起往圓形窗外看去，四周安靜，只聽見兩人的心跳聲。

探照燈以外的地方是一片黑暗闃寂。沒有方向、不知會停靠在哪裡的旅行或許會令人不安，只要能輕撫到她的髮絲、能夠看進她明亮的眼眸，那裡就是幸福天堂。

春傑已經做過好多次太空旅行，這一回他要潛入地球最深的海溝，直到探底，然後吻她，吻她很久很久。

吻著心愛的人會讓人以為時間凝結在那一刻，事實上，時間的流逝是等速的。人們常說，快樂總是特別短暫，處在愉悅時的腦細胞會釋放大量的多巴胺，讓人誤認時間過得比較快，人們被自己的感官欺騙的心甘情願。

如果夢裡的時間比現實短暫，那麼在夢裡所經歷的快樂，肯定比眨眼那一瞬還短。

即使如此，他還是覺得心滿意足。

他終於成功的扮演了深海探險家，而海洋雪正是他銘記最深的場景。

他查了各種資料，大概知道，海洋雪為海中各種物質的聚積體，是受了時間巧手經年累月的層層揉捏，才得以形成的奇景。它時時刻刻受地球重力及海流的變化而移動。

回過神，春傑才突然驚覺，他想不起來夢中那女子的臉。

就算記得嘴唇的溫暖觸感，卻不能肯定她的長相，也記不住她的眼神，只有滿心的驚異與失落。

夢裡那場美麗的大雪盛宴，回到現實卻變成厚積數尺的雪地，讓他步履難行。

他一直希望有個人出現，將他拉出泥淖一般一成不變的生活，卻隱隱覺得期待會落空。科學家能夠解析海洋雪、包括地球上任何物質的組成成分，卻無法解釋決定人與人相遇的原理是什麼？

世間萬物，奧妙難解。

目次

第一章　造夢之人

1.

時間，二〇四六年，這是一個各種事物新舊並陳、變革快速的時代。

科技經歷高度發展，人們的生活面臨各種壓力，精神狀態緊繃，許多失眠、憂鬱、對現狀不滿的人，紛紛加入GOOD DREAM公司（以下簡稱GD公司），藉由夢境體驗來滿足自己。

GD公司的老闆J．C是位天才發明家，在全球科技業人脈極廣，他研究腦科學起家，主持各國最頂尖的心智控制工程研究。J．C是美籍亞洲人，各大雜誌期刊都刊登過他的報導。J．C看上去大約五十歲左右，身材高大偏瘦，灰白夾雜的頭髮整齊梳在腦後，配上智能眼鏡，給人知性犀利的感覺。

「人們總覺得自己不夠好，我們的服務就是要給予滿足。」這是J．C常說的話。

正確來說，J．C在全球擁有高知名度是從五年前開始，那是一篇舉世譁然的新聞——他成功發明了「夢境體驗技術」。

夢境體驗技術包含軟硬體的研發，J．C沒有向全球公開這套技術的運作方式，原因是為了搶得獨占市場。簡單說來，這是一套具有突破性科技的腦控介面系統，工程師可以透過程式來建構客戶需要的內容，並透過先進的感測器傳輸到大腦特定區塊，產生夢境。

剛開始J．C是抱著投石問路的心態，先在美國設立了夢境體驗的「好眠會所」，讓消費者以會員制的方式收費，使用服務。

令J．C驚訝的是，這套系統導入市場後，迅速獲得消費者的青睞，短時間內便使公司獲利衝高，占領了全球新聞版面。

針對夢境體驗技術，有些科學家不斷口誅筆伐，認為「販賣夢境」只是催眠加迷幻藥的手法，是一場魔術騙局；另一派則是J．C的忠實粉絲，崇拜他豐富的學識經歷跟堪稱完美的智商，把J．C專頁的每一則發文收為珍藏。

其實GD公司的營運並非只限於體驗夢境的部分，還有跟各大科技產業的龍頭公司合作的研發項目。老闆跟股東一向以追求利潤為上，嗅到商機便投入更多資金來建設會所，最後夢境體驗逐漸成為公司最看重的一個業務區塊。

年輕人只要聽見J．C，總是一臉崇敬，他成功崛起後變得越來越自大，脾氣也更加陰晴不定。在員工的眼中，J．C是個大魔頭，他隨時會爆走飆髒話、把員工踹飛。他的眼神擁有黑武士一般的原力，只要被他盯上，任何人的自尊就會瞬間被焚燒殆盡。不過，公司的機器人員工不怕J．C，因為它們沒有情緒。

公司裡比較單純的工作都由機器人來做，他們是J．C跟其他科技公司一塊合作開發的產品。有的機器人沒有實體，或看起來只有部分形體（例如幫你沖咖啡的機器手臂），AI運算技術存在於使用者接觸的任何軟體，也是以機器人為名來服務客戶。而J．C發明的機器人，它們的外型跟材質觸感幾乎跟真人一樣，J．C自己都不敢精算為了研發它們到底燒了多少錢，看了可能會心痛。

正因為主導跟參與投資的項目太多，J．C常在各地飛來飛去，每天有開不完的會。他能有源源不絕的創意除了自己本身的才能以外，也要歸功於他的研發團隊，他最看重的，就是GD亞洲分公司研發部這個團隊了。

GD亞洲分公司位於繁華的臨海城市，能夠撐過J．C的嚴苛領導並存活下來的員工，個個都是優秀的菁英，而研發部更像是特種部隊，不管J．C給予什麼任務都要使命必達。

研發部裡大致分成兩種人，外國籍跟本國籍。本國的工程師只有三個人，王春傑，小許以及妙妙，他們全都畢業於知名理工大學，也具有博士資格。

小許就是常在開會時被J．C踹飛的那個人，他身材高大壯碩，個性隨和，是單位裡最年輕的人。至於妙妙，她長得清秀瘦小，是個高度近視，是氣質文青。

GD公司裡人人都喊J．C為「J. Sir」。J. Sir定期開會，激勵旗下的工程師不斷產出創意，每次開會都像上戰場一樣，每個人全副武裝、戰戰兢兢。這些工程師中，最受J．C重用的就屬春傑了。

春傑是個知識廣博的人，會寫程式，對各種組件的製造都熟悉，很有想法又耐操，他設計出的夢境非常細膩逼真，超越客戶期待。公司一直以來就是分眾服務的操作模式，想當然爾，春傑服務的都是國內外的VVIP客戶，每年春傑還會針對硬體提出改善評估，光他一人就能為公司創造可觀的成長。

J. Sir為了犒賞最優秀員工，買了造價昂貴的跑車供其代步，那台車不但有自動駕駛功能，據說還能自動充氣，在湖海航行。那像冠軍獎座一般閃著光輝的車鑰匙，已經在春傑手上三年了。

三年來，春傑爬上了工程師生涯的最高峰。他努力完成客戶與J. Sir的期待，熬夜趕交件，度過無數個燒腦的夜晚，錯過了吃早餐與相親的時間，更遑論運動。

閒暇之餘，春傑會開跑車任意兜風，他覺得自己彷彿擁有全世界最棒的女人，他為自己的成就而自豪，卻毫無自覺，他的健康出了問題。

最近春傑總是意興闌珊，早早吃完就躺在椅子上午睡，因為眼睛又痠又澀。他早就知道自己有飛蚊症，但眼睛的狀況從半年前更加惡化，視力變得模糊不清，看出去的景物甚至有零星斷裂的狀況。

分別蓋住左眼跟右眼看上白牆，他才發現視野某處有詭異的黑雲圖案，要不是員工有健康檢查，他根本沒想過要徹底檢查自己的眼睛。

醫生告訴他，他的視網膜剝離、還有黃斑部病變，一定要找時間做手術。

春傑很快就排定了手術日期，但緊接著，他的職場生涯被全然顛覆了。

事情的開始是因為妙妙。

春傑常常在公司茶水間碰到妙妙，兩人總會聊個幾句。妙妙見到春傑總是堆滿微笑，兩人聊天的內容不脫工作，私下也會相約吃宵夜。

某天，春傑載妙妙去北海岸，兩人有點喝醉了，互相抱怨工作上的不順，春傑也把正在開發的新點子說給她聽。他總是體貼的照顧妙妙，從未想過要占她便宜，如果有機會發展也不排斥。他已經單身很久，渴望有人能了解自己，有人能好好聽自己說話、跟自己分享有趣的事。

但事後春傑才知道，妙妙是有目的的接近他。妙妙的男友，正是對春傑的職位虎視眈眈的印度工程師，拉維。

在年度大會議上，拉維提出的新企劃完全竊取了春傑的創意。

春傑知道妙妙應該碰過自己的手機，小許竟然也跟他們結盟，三人否定他們剽竊春傑的東西。春傑感到憤怒，還來不及修理任何人，就暈倒在公司走廊。

春傑醒來的時候，人在醫院病房，雙眼已被包紮、痛得睜不開。春傑的媽告訴他醫生已經幫他動過手術了，不幸的是，他眼球構造有先天性異常，就算出院，視力也沒有辦法完全恢復到從前的良好狀態。

春傑內心驚愕，此時手機傳來訊息聲。

「媽，幫我拿手機……」

老媽遞上手機，春傑立刻解鎖，要媽媽幫他看一下新郵件。

「公司的行政組長傳來慰問，希望你早點康復，還問你什麼時候可以進公司？」媽說。

「還有別的訊息嗎？」

「有個叫妙妙的傳訊息，她說對你很抱歉，希望你早點康復……這個妙妙對你做了什麼？」老媽追問。

春傑掩飾著落寞，用平淡的語氣對老媽說，「我在公司被人弄了…」

「誰？是誰弄你？」

春傑嘆了口氣，「就是拉維，我跟妳說過的那個印度同事，還有……算了，是誰不重要吧。」

「你這樣想就不對了，我問是誰不是想知道你同事叫什麼名字，不管發生什麼都要說出來比較好，我想聽你說。」老媽認真說。

「簡單來講就是那個印度同事，拉攏了原本跟我交情不錯的人，把我想出來的東西當成自己的。」

「什麼印度工程師！都是爛政府搞的，引進一堆外來人才，心機重得要死！」老媽拉長嗓門大罵，沒有換氣又繼續唸，「自己想想……你替公司賺這麼多錢最後得到什麼？這幾年來一直加班加班，因為這份工作你都沒有交女朋友、還搞壞身體……」

老媽blahblah個沒完，春傑面無表情，心想，事情都已經發生了，罵也沒用吧。

公司裡有人想取代他，他並不意外，只是沒想到偏偏在他眼睛出問題的時候發生。

春傑出院後，發現自己的視野範圍縮小了些，眼睛看出去的影像在特定區域有扭曲錯位的感覺。舉例來說，一般人雙眼注視著落地窗簾，不管材質是波浪狀或平面，在沒有任何風或外力的影響下，窗簾都會具有齊整、花紋一致的外觀；同樣的落地窗簾在春傑眼中，看起來卻是質感不一、花紋也有些扭曲，好在，目前看起來顏色沒有失真。

春傑戴上眼鏡，反覆閉上右眼、左眼來觀察身邊的老媽，藉此測試到底是哪一隻眼睛的視力比較好，結果是兩隻眼睛爛得差不多，他必須移動頸部讓老媽出現在成像較佳的範圍裡，才能知道她此刻是不爽還是超級不爽。

現在他連拿起床頭的水杯都要花時間勘查一番，質疑眼前的杯子到底有沒有裂縫。老媽看到他這樣，忍不住哭了出來。

「唉，難道你要一輩子用這樣的視力生活嗎？」

「只要能看見那裡有個杯子就好了，至少我沒殘廢，摸到杯子就能拿它喝水，生活不會有什麼不方便。」春傑安慰老媽。

「你一定要跟你們老闆說這是職業傷害、叫公司賠償，你都還沒結婚，眼睛就搞成這樣以後是要怎麼辦！」

春傑哀聲，「不要又提結婚的事好不好、拜託妳……」

「我是為你好！……對了！要不要趁現在還沒出院順便冷凍一下精子？……免得以後找到對象的時候已經生不出小孩了。」老媽是認真的。

春傑翻白眼用不耐煩的語氣，「我剛動過手術妳就要我……發什麼神經啊！」他丟下這句話就走出病房。

老媽悻悻然跟在後面，「對啦，要是每個都不生，人類要滅亡了。」

關於人類滅亡這件事春傑有自己的理論，但他很清楚不能再跟老媽討論下去，老媽是個非常愛講話的女人，從小到大只要質疑她、跟她頂嘴，她會用加倍的音量跟許多沒意義的話轟炸回來。

話雖如此，一直陪在春傑身邊無怨無悔的也只有媽媽這個女人了。

春傑的家位於新北市郊區的靜巷裡，是獨棟的二層民房，前後都有院子，周圍生活機能不錯。春傑的爸爸是建築師，這房子是父母用退休金買地，老爸自己畫圖、自己蓋成的。當初在設計房子的時候，老爸就將房子建成智慧住宅。春傑覺得智慧住宅的功能沒什麼了不起，不過老爸倒是用得很開心，常常跟房子對話。

春傑只有求學時期離開過家裡，工作之後就搬回家住了。會選擇跟爸媽住倒不是想當賴家王老五，純粹是家裡離ＧＤ公司近，而且當初買地、蓋房子他也有出錢，不住在一起不划算啊。

老媽陪春傑回到家的時候已近中午，春傑的爸爸正在煮飯。

「今天吃咖哩飯……還有魚湯，等一下就好了！」老爸的口氣很愉快。

「我沒胃口，你們吃吧。」春傑一邊說著就走上二樓。

「印度咖哩，難怪他不想吃！」老媽說完就在餐桌旁坐下。

老爸一臉迷惑，「他以前不挑食的啊！」

老媽大聲對老爸囑咐，「反正你記住以後不要買什麼印度咖哩！我們要愛用國貨、抵制外來品！」

春傑老爸堅定點頭，老婆說的話就是最高指導原則。

春傑回到自己房間，沒多久就接到J. Sir祕書的來電。祕書告訴春傑J. Sir去美國分公司開會，J. Sir很擔心他的狀況，兩小時後方便跟J. Sir視訊連線嗎？

春傑回覆可以。

他在等待開會的期間又上網收發信件。醫生告訴他最好不要再用３Ｃ產品，管它的。

通常J. Sir在敲定會議時間之後都會晚個半小時至一小時才出現，今天他竟然準時上線。J. Sir平常總帶著讓人不寒而慄的氣場，今天感覺他收斂了許多，一股不安朝春傑襲來。

首先J. Sir關心了春傑的身體狀況，知道他視力出了問題。春傑本來以為J. Sir會願意分派些比較輕鬆的工作給他，沒想到J. Sir直接要他離開研發，轉調他職。

所謂的他職，不是聽起來還可以的品管或採購，只是去管機房的設備而已。夢境體驗系統的機房不在ＧＤ公司內，而在各大會所裡頭，那裡的機房管理跟清潔人員全外包給別的公司，換言之，J. Sir要將春傑解職，將他下放。這份工作要穿制服，每天坐在機房裡吹冷氣，只要確認所有運作的設備沒問題，偶爾看到地上的垃圾撿起來就可以了。

春傑一時間沒反應過來，心想，「Shit，這太扯了。做研發的人去管機房有沒有搞錯?!」

J. Sir繼續說下去，只要他同意，明天就能收到一筆優渥的離職金。春傑一聽就覺得奇怪，這數字太多了，要J. Sir說清楚，這筆錢到底是要收買什麼。

「美國分公司的系統出了狀況，一個客戶在體驗過程中因為不明原因使大腦發生損傷，而且是長期記憶區。明天消息就會在全球傳開了。」J. Sir冷靜地說。

「會損害大腦的一定是設備問題，不是程式問題。跟我有什麼關係？」春傑問。

「記不記得你設計過一個金字塔冒險、打爆活屍的夢境？那客戶當時正在體驗的就是這個夢境。我知道你想說什麼，你是設計軟體的，我知道錯不在你。但是……」

春傑的心跳速率已經拉高了，他力持鎮定等待J. Sir繼續說下去。

「你也清楚……公司現在正在發展更先進的設備，我們已經快找出治療阿茲海默症及各種大腦病變的關鍵了，所以這次的問題絕對不能歸咎在硬體上。」J. Sir語氣保持一貫的冷靜、強勢。

春傑知道J. Sir這幾年致力研發更新的腦機介面技術，一旦產業與醫療成功結合，除了帶來可觀的獲利，也會替罹病的人類帶來福音。例如檢測頭痛週期、提早預測憂鬱症等各類腦神經異常疾病的發生。

但春傑沒有想到，公司的問題竟然用犧牲他來作為解決之道，他在心裡不斷質疑，「我為什麼要背這個黑鍋？」

原來，離職金上面多出來的零，只是要說服他乖乖寫一份道歉與離職聲明，可春傑一旦簽了，他在這方面的職業生涯、個人名譽也就完全歸零了。

但那又如何？春傑在開會前早就理清思緒，他的視力惡化至此，早就打定主意要離開研發部了。J. Sir開出的遮羞費，比老媽所說的什麼職業賠償還多了好幾倍。

春傑深吸了口氣，「讓我考慮一下。」

「好。有件事我再補充一下，那個客戶的異常狀況，合同上有註明這種事件有萬分之一的機率會發生，我會找律師去和解，沒有人會再找你麻煩。但你不能跟任何人提到，我們的設備並非完美、不會出錯的。」

其實春傑早就知道夢境體驗有萬分之一的機率會造成危害，多年來他卻聽從J. Sir的指示假裝不知道，比他資淺的工程師從來沒聽過這件事。視訊畫面中的J. Sir，氣場依舊強大，在他面前春傑彷彿被催眠一樣，只能乖乖聽話。

反過來想，J. Sir在科技業人脈廣、到處吃得開，春傑無論如何都想幫自己留一條後路。他思考後嘆了口氣，「……好吧。」這表示他願意保密。

視訊畫面中的J. Sir皺了眉頭，「我會帶一組人繼續改良設備。謝謝你過去對公司的貢獻，你離職之後依舊享有顧問職的年薪，只是不會太多。」

春傑無言以對，年薪有多少他早就不在乎了。

「保重身體。」J. Sir注意了一下時間便離線了，沒有其它道別的話。

「就這樣？我就這樣被攆出公司了？」春傑面對消失的視訊畫面，思考良久，他心裡沒有憤怒的情緒，只是失落。

「保重身體！如果你以前有叫我保重身體，我還會生病嗎？」春傑氣憤地本來想開電玩大開殺戒，但是，老媽怕他自暴自棄打電玩，早就搬走主機了。

這麼多年的努力都成了一場空，他曾經幫一個失去雙腿的客戶建構了去巴西神山攀岩、環遊世界行腳的夢境，客戶還寫了一封文情並茂的感謝信給他。他在第一天進ＧＤ公司的時候因為握到了Ｊ．Ｃ的手而感到激動，Ｊ．Ｃ是全世界公認的天才，能在這種人底下學習一直是他的夢想。

這麼多年，他跟Ｊ．Ｃ突破了許多瓶頸，還有許多創新的願景。現在什麼都沒了。

春傑努力工作了十年，到現在還搞不清楚自己的生活應該是什麼樣子。他看著鏡子裡的自己，覺得這個人好陌生，他真希望這幾天發生的事情是別人的，對了，說不定是一場夢，原來是夢啊，哈哈。

男人在遭遇挫折的時候，往往會把情緒藏得更深，這是因為在他還是男孩的時候，大人總希望他不要變成一個愛哭、軟弱的孩子。於是長大後他總愛逞強，他每回笑跟哭，都要再三忖度。

隔天春傑就去公司收東西了，也簽了J. Sir要他簽的文件。

全公司都在討論客戶體驗完夢境，大腦被燒壞的事。整個研發部的人見到春傑出現，紛紛坐回電腦前、或往實驗室方向走。辦公室一片鴉雀無聲，怪了，春傑從沒看過大家這麼有默契。

幾個跟春傑交情好的人，早就透過通訊軟體安慰過他了，大家都不想迎接離別的這一天，只能心照不宣的裝忙。春傑去繳回員工證、辦離職手續時跟別部門的人眼神交會，彼此也只能淡淡微笑，掩飾此刻的尷尬。

全公司的人一定早就接到春傑負罪離職的消息，其中又有幾個人能清楚春傑是被J. Sir硬生生烙上那個黑鍋的？

春傑收拾好東西，在走廊碰上拉維。拉維剛到職的時候，春傑很照顧他，還帶他去公司附近吃好吃的咖哩，結果拉維不只追到了妙妙，甚至抓緊時機從他身上踩過去。

「其實你的東西BUG不少，是我改良好的，J. Sir看了滿意當然會拉我上去。」拉維的表情似笑非笑。

「沒事，反正……這位置也不是好坐的。」春傑搖頭，「祝你順利。」

「J. Sir把車鑰匙交給我了。」拉維挑眉一笑，補充，「好車就像美女，希望你的前女友很耐操。」。

春傑忍無可忍，本想把手上的箱子甩開，揍拉維一拳，但他沒有動手，直到最後還是保持他媽的風度。

真正令春傑難受的不是原本擁有的東西被搶走，而是每個人看他的眼神，似乎都帶著點憐憫。

城市壟罩在無邊無際的陰霾裡，到處是一片死氣沉沉的灰暗色調。春傑走出公司，經過廣場的造景花園，從前覺得漂亮的植栽，現在看起來只像一片荒原。

他不斷深呼吸，大跨步遠去，心裡有個聲音在說，「沒關係，反正我早就受夠這家公司了。」

2.

孟喬來到「好眠會所」，這裡位於北區精華地段，為樓地板挑高的五層玻璃帷幕大廈，大廈主體被設計成流線型，空間前衛、具有奇幻的美感。

孟喬最喜歡會所的一、二樓了，這裡分別有水池造景及空中花園，使整棟建築給人綠意環繞的印象，在這裡漫步能聞到花香，以及鳥群的吵雜絮語。這裡雖是都市裡的人工叢林，卻蒐集了世界各洲的代表性植物，孟喬常停下腳步觀察，思索這些植物是怎麼在不屬於自己的原生地成長茁壯的？

孟喬看過ＧＤ公司的各種網路介紹，ＧＤ公司在全球的每個會所都經過建築師的精心打造及專業人士的養護。只有最頂級的會員才有跨國體驗的資格，能自由進出各大城市的會所。

三個月前孟喬才加入好眠會所成為普通會員，只要付費將現金轉成「眠幣」，並保持足夠的眠幣餘額，就能使用服務。

孟喬的睡眠品質很不好，不是失眠就是一夜睡睡醒醒的淺眠。她聽說ＧＤ公司接受夢境客製化，便抱著好奇嘗試的心態而來，卻是一試成主顧。

這裡除了體驗夢境的人，也有另一批人是長期失眠，單純來這裡睡覺的，只要進入會所，就可以透過最新科技刺激大腦特定區域，打開深度睡眠的開關。

最初孟喬來這裡只是單純想睡個好覺，後來她發現每個體驗完夢境的人，臉上看起來都帶著幸福的光彩。她又聽說有人開始體驗夢境之後，記憶力變好、學習能力也增強，這使孟喬決定升級會員資格。

一個星期前，她遞交了夢境需求單及各種參考素材給ＧＤ公司，開始訂製了屬於自己的夢境。

加入會員就會擁有一條手環，會員靠手環識別身分，只要在會所入口感應區刷一下就能進入會所。這裡一切自動化，迎賓處櫃台一字排開都是俊男美女服務員，他們都是人工智能機器人，身上有簡單的編號，待人親和有禮。

這些機器人員工們有的負責接待客戶，有的負責打掃，他們的言行都經過邏輯運算而來，只擅長自己被設定的服務範圍，有些一板一眼。不過他們擷取資料的速度很快，能夠與其他機器人同步做資訊交換並自動彙整出新的應變方法，學習速度很快。

有些客戶喜歡跟機器員工們聊天，有的人則是覺得他們只是變聰明一點的洗碗機，對他們頤指氣使、擅自謾罵。

孟喬算是對機器人很有好感的客戶，因為這些機器人不會因為會員的階級分層而有態度上的差別待遇，服務也比人類敬業多了。有一次她看到有客戶對機器人抱怨睡眠艙清潔不實，甚至出拳毆打機器人，她便立刻按下警急服務鈴，通知機器保安來處理。

誰說機器人不能享受人權呢？她就是不忍心，覺得會動的東西都有生命，人可以對自己養的寵物有感情，對服務自己的機器難道可以放任它被虐待嗎？

孟喬已準備好要做初次體驗。機器人Dylan隨侍在旁，替她做腦內硬體設置，接著就帶領她走向更衣室，介紹環境。除了頂樓的VVIP體驗區以外，其他地方一般會員都能自由出入。

「我們會幫助您完成每一次夢境體驗。睡眠艙每次使用後都會消毒，請您放心。」這是機器服務員每次都會說的制式話語。

機器接待員發現孟喬在看他的名牌，補充道，「好眠會所內的每個機器服務員都有名字，首字就是簡稱，所以叫我D也行。」

孟喬換好衣服，機器服務員Dylan替她送上玻璃杯盛裝的半杯水。D親切的說，這水對人體無害，喝水是為了攝取裡面的助眠成分，這可以幫助她迅速進入夢境。

孟喬覺得這機器人長得很英俊，暗自替他取了綽號，俊男D。D說以後都由他替她服務，希望孟喬每次體驗完要把意見回饋分享給他。

孟喬喝完水，點點頭用袖子擦了一下嘴角，這水帶著蜂蜜味道，挺好喝的。

俊男D帶著孟喬走上二樓，這裡整齊擺放了許多白色睡眠艙，上半部為透明材質打造，外觀像一個一個的「蟲蛹」。

孟喬經過別人的睡眠艙的時候，窺看了睡眠艙外面的小螢幕。小螢幕上演示出來客戶們正在體驗什麼樣的夢境。孟喬首先注意到有個兩邊沒有手臂的殘疾人，在夢裡卻能盡情滑動雙手，浸泡在蔚藍海水中和海豚一起游泳。

有個白髮老人在睡眠艙裡唱歌，顯然很享受這個夢境。小螢幕上的他是年輕的十八歲，跟女友正在Michael Jackson的演唱會上忘情扭動身軀，占據的還是最前排中間的位置。

孟喬這才了解，原來在這裡，每個人都可以變成上帝，進行一場刺激的冒險、參加年輕時錯過的演唱會，或者槍殺你的老闆。俊男D見孟喬正在偷看別人的夢，彈了下手指，使睡眠艙外的小螢幕全部關掉。

「小螢幕只有工程師可以看，今天剛好在做測試所以全部打開了。按照會員條款，是不可以偷看別人夢境的。」俊男D說。

「我不會說出去，放心啦。不過，剛才我大略看過去，好像很多人的夢都是殺老闆，或是炸掉公司？」孟喬好奇問道。

「不完全如此，殺老公，殺婆婆，炸掉總統府都有。如果這回您的體驗還滿意的話，建議您下次可以試試看。」

孟喬點頭。

「您的睡眠艙在這！」俊男D指引。

孟喬勘察了一下艙體內部，原來有購買夢境的會員，睡眠艙有升級，跟頭等艙一樣舒適。孟喬準備躺進躺進睡眠艙。

「請別忘記滿意度調查。」俊男D提醒道。

「喔……」孟喬按下俊男D胸前的按鍵。

「謝謝，Have a good dream！」

俊男機器人離去，睡眠艙自動蓋上，沒幾秒，孟喬陷入深沉的睡眠。

同時間的另一區睡眠艙，春傑正在體驗自己的夢境。

春傑來這工作一個月了，整天顧機房、填報修單，工作枯燥乏味，不過有個好處就是可以任意使用睡眠艙。春傑天天化成蟲蛹，與自己的初戀女友相逢。

夢裡。

春傑與恆芸身處太空，以無重力現象飄著，兩人開心地用手指任意移動宇宙中的星星，將之排列成各種形狀。春傑排了J.Sir吃大便的圖案，恆芸則排出卡通明星的笑臉。

美麗的藍色地球正在兩人身後緩慢旋轉，春傑張開雙臂模仿指揮家往地球上空一指，瞬間下方的白色雲層突然閃電大作。

整個地球環繞著好幾排閃電，藍光、綠光交錯，彷彿派對上大放異彩的光球。恆芸驚喜地抱住春傑的膀子，嬌笑著把頭靠在他身上。

他們搭乘太空梭去其他星球，用厲害的武器砍死了許多異形，春傑痛快地逞英雄，救了恆芸。恆芸迫不及待地吻著春傑，春傑摟著她像超人一般飛回地球，尋找浪漫的祕境。

他們抵達南非，在彩虹下的瀑布熱吻，飛行途中看著草原上的野生動物，獵豹追逐一大群羚羊。看見生物奔馳的壯觀景色，兩人充滿感動，驚呼連連。

玩得有些累了，他們又飛到杜拜塔頂端的無邊際游泳池，躺在充氣筏上欣賞美麗的夕陽。這裡的服務員是可愛的綿羊，馱負冰鎮飲料及脆餅給他們享用。春傑把恆芸拉到水中，恆芸以誘惑眼神吻了他一下，告訴他：她等不及要跟他做愛了。

日落月升，兩人換了好多場景滾床單，從森林一處靜謐絕美的湖泊，轉換到海灣峭壁下停靠的遊艇。

小艇上點綴著燈火，海面佈滿藍色的星點光芒。春傑查過資料，這是一種會發出螢光的海洋微生物，不過所有的鋪排指是為了引爆恆芸的熱情。

最後恆芸在義大利的鄉村民屋裡親自為他下廚，餵他吃剛煎好的牛排，他們還是黏在對方身上。

他一直沒有忘記恆芸的五官還有她喜歡咬嘴唇的小動作，他撫摸著她每一寸肌膚。可惜夢境裡兩人只能眼神交流，無法對話，這一切過程也沒有聲音。

這已經是程式所能建構的極限了。

夢境有色彩、畫面豐富逼真，已經能充分滿足每個人的慾望了，但對春傑自己來說，永遠有可以進步改進的地方。他的夢雖是廣大男性的春夢升級版，但不限於各種姿勢的下體結合，而是帶有超脫肉欲感官的內涵。

因為他費心設計了很多的探險元素、浪漫元素，連色彩跟光影也經過特別考究。換言之，他把自己的夢當成了登峰造極的「作品」。

這回的夢境體驗還有加長版，因為最近春傑實在太悶了，便替自己的夢境加了一小段情節。

他開著伸展飛機羽翼的藍寶堅尼，在空中翱翔，暢快地直破天際，最後，車子俯衝直下往一處黃色荒原而去。

荒原上，拉維與J．C被綁在兩根木樁上，春傑加速把動力開到最大，把嚇得屁滾尿流的兩人撞飛。傳來骨頭碎裂的聲音，拉維吐出一堆咖哩，門牙飛到半空翻滾了幾圈，J．C則像無人操縱的傀儡一樣，被拋摔在一陣血雨中……

從睡眠艙起身的時候，春傑哈哈大笑。

笑完了則是一陣乾嘔。

乾嘔是夢境體驗的副作用，每個人的體質不同，有些人不會出現副作用。這跟一開始喝下的水有關係，春傑知道那水中有利於促進神經與電流交互反應的物質，每次體驗完人體會需要一些時間代謝掉這種物質。

其實，夢境體驗不適合人體每天使用，公司不想對消費者太誠實，這樣會少賺很多錢。

其實，春傑對體驗夢境又愛又恨，每次從睡眠艙醒來，總覺得悵然，今天的情緒又比以往更糾結、更悶，埋怨為什麼人生不能像夢裡那麼完美。

春傑走回機房，就聽見有東西撞到機器的聲音，他走向機房深處，竟見到同事藍迪正在跟女友用奇怪的姿勢做愛。

「你在幹什麼？！」春傑罵完，轉身走出去。

藍迪常常把不同的女人帶到機房來，零食灑了滿地、當著他的面愛撫也就算了，今天竟然把機房當成炮房。

藍迪穿好衣服，追上春傑，「兄弟！不要這樣，你也知道我薪水沒多少，我沒錢上賓館啦！」

「那是因為你交太多個了，一天到晚出去約會，當然花錢了！」春傑無奈補充，「你顧機房都三年了，你還想在這裡待幾個三年？」

「呃……待到退休啊。這工作離我家近、輕鬆、時間又固定，還有機器妹可以把，超讚的！」藍迪略頓，「至於薪水……好啦是我太會花了，我會反省！求你不要把我的事報上去！」

春傑來機房的第一天見到藍迪就覺得他像飛到自己右手袖子上的蒼蠅，抬起左手想要打死他卻怎麼都打不到他，只好以鄙視跟忍耐的心態跟他共存。

如果外表能夠替一個人發聲，那麼每個第一眼看見藍迪的人肯定都想罵髒話。他整個人頹廢又油膩，留著過長的鬢角加上不齊的鬍渣，一眼便知此人懶散度日又沒出息。

只要藍迪靠近春傑，春傑就會聞到一股體味，不臭，但會讓人聯想到濕抹布。更令春傑看不過去的是藍迪的習慣，比方吃完飯不用牙線，上完廁所不洗手，還有利用幫機器女服務員充電的時候偷摸人家兩把。

春傑每天上班都死氣沉沉，因為他要面對令自己反感的蠢兵。藍迪挖完鼻孔總是不洗手消毒，就直接碰機房的儀器，惹春傑三天兩頭暴走。

藍迪對春傑則充滿好感跟好奇，除了工作之外，總是拚命找話題試圖引起春傑的興趣，春傑對他則是一貫客套的回應方式。

藍迪說他交過三十個女朋友，春傑聽了心裡充滿不平，但他極力掩飾著情緒。春傑自認外貌不差，言之有物，過去除了初戀也交過兩個女朋友，但上一個已經是三年前的事了。

為什麼自己條件優秀卻空窗了三年多，藍迪這個不求上進、學歷能力極其普通的俗人卻有一大把妹子喜歡他？春傑覺得那些女孩可能都被下藥了，或者是她們本身條件很普通，加上被藍迪假造的存款明細給欺騙。

藍迪把春傑的悶看在眼裡，搭上他肩膀，「其實你不用妄自菲薄，眼睛不行你還有下半身啊。男人到你這種年紀沒炮可以打是一種悲哀，怎樣？要不要我介紹幾個正妹給你？」

「滾……你給我滾出去。」春傑指向機房門口。

「好啦好啦，我去巡一下機器，不要那麼嚴肅嘛，王春傑。」

藍迪來到頭等睡眠艙樓層，做了點例行檢測，他的視線掃過角落，看見一個長髮女孩。她剛從睡眠艙醒來，哭得很大聲。

這裡的人從夢裡醒來不是哭就是笑，藍迪早就見怪不怪了。藍迪觀察孟喬的背影，猜測這女孩應該長得不錯，但會所規定能跟客戶交談的只有機器人，他只好打消上前搭訕的念頭。

藍迪看見的女孩正是孟喬，她滿臉是淚、全身在發抖。

在夢裡，她跟阿哲在世界各處旅遊，實踐兩人一起規劃的夢想，他們走得很遠，不管走了多遠，其中一個人總是會回頭凝望另一個人跟上了沒。

經過熱帶雨林的時候，他替她擦汗擦藥，雖然被樹上的蛇嚇了一跳，但兩人都很享受這趟冒險。

他們在阿拉斯加冰原駐足，在大雪中共享著體溫，萬物寂然。孟喬覺得四周的森林好美，到處看了好久。

她突然發現遠處，兩隻小北極熊在玩摔角，趕緊拉阿哲去看。兩人為著眼前的驚奇開心不已。夢境沒有聲音，她卻能夠聽見自己跟阿哲的笑聲。

這只是夢啊，只是自己花錢購買的服務。

孟喬坐在艙裡痛哭，這一切都好逼真，她好痛，好想要現在就看到他，瘋狂的思念又使她崩潰了。

孟喬跟阿哲從孤兒院時期就相識，兩人像連體嬰一樣走到哪裡都不分開，當時孟喬十歲，阿哲十二歲。後來兩人分別被收養，也沒有斷了連絡，總是會交換好書給對方看，或者什麼也不做，就在公園裡喝飲料、聊一整個下午。

孟喬十六歲的時候向阿哲告白，兩人便開始交往，現在孟喬二十八歲，她已經愛阿哲愛了十二年。

半年前，阿哲跟孟喬提分手，兩人的生活才少了交集。孟喬從來沒想過她人生可以沒有阿哲。孟喬當然不接受阿哲提出的分手，更不相信阿哲說「他對她沒有感覺了」這種鬼話。

孟喬在北部的海洋教育研究站工作，這個工作有機會接觸各種海洋資訊與海中生物，於是她向國外單位申請，希望能參加國際海洋研究隊。

不幸的是在徵選面談前，阿哲不要她了，她狂哭了三天三夜，沒有去面試。

她拒絕分手，她唯一想做的只有，在沒加班的夜晚，去阿哲公司對面的咖啡廳呆坐，只為了能夠看他一眼。

阿哲在室內設計公司當設計師，她會看向阿哲辦公室的窗邊，也會跟蹤他去案場。有幾次被阿哲發現了，阿哲無奈地要她別這麼做，然後，就是一句溫暖問候，妳到底吃飯了沒。

孟喬就算剛吃飽也會說自己餓了一整天，這樣阿哲就會帶她去附近吃點東西。她知道阿哲依舊把她當作家人，他不會狠下心對自己不聞不問。

就是這樣頻繁的跟蹤，孟喬終於發現阿哲身邊有了新對象。

在家飾店，她看見阿哲跟一個年紀大約三十好幾的女人一起逛賣場。那個女人留著俐落的短髮、穿著很有品味，看上去像是中階主管，有著微微的小肚與眼尾細紋。孟喬敏銳的觀察了阿哲的肢體語言，覺得阿哲對那個女人有好感。

阿哲喜歡上了熟女上司，孟喬感到心上一涼。

她連忙轉身走出賣場，她沒有勇氣繼續跟蹤，她怕自己會看見那女人對阿哲的曖昧回應，或是兩人坐上同一台車回家的畫面。

孟喬在公車站掩面痛哭。

再後來，她去了好眠會所。

3.

好眠會所讓孟喬覺得，她又重新擁有阿哲了。自從上次體驗過後，她三天兩頭就來。

這天因為藍迪的關係使線路出了點問題。藍迪為了追新女友，答應幫她照顧小狗，他竟然把狗帶進機房。

藍迪在機房吃炸雞排，因為太香了，小狗忍不住一直想跳到他身上分一口。

小狗不知道動到什麼地方，使夢境程式的傳輸發生了問題，當時春傑正在睡眠艙裡熟睡。

同一時間，孟喬正在另一頭的睡眠艙，因為這突來的問題，使她意外「看見」了春傑的夢境。孟喬自己的夢境跟春傑的夢境交疊出現，時間只有幾秒就停了。

孟喬醒來的時候，非常震驚，「我剛剛在夢裡看見的那個女的……不就是阿哲喜歡的女上司嗎？為什麼會這樣？那是誰的夢？」

孟喬反覆思考一連串的問題，她奔向眼前一排排的睡眠艙，想要找到剛才看見的那個男人及女人，可是都找不到。

孟喬四處探索，發現春傑正逛過走廊。

「就是他！就是他！」孟喬加快腳步想要追上春傑，但春傑已經走進電梯裡，兩人錯過。

孟喬拍著電梯的門，她想要找到那個男人，她想知道他跟夢裡的女人是什麼關係。

「不對！」，孟喬想，「我都看見他們在做愛了，那個女的一定是個蕩婦，她跟阿哲搞曖昧就算了，她還劈腿！」

孟喬管不了剛才見到的是夢境，她非常混亂，絲毫沒去思考夢境與現實通常是天地之別。

機器俊男D發現了孟喬的異常行為，禮貌地將她帶開。

孟喬告知機器人她剛才看到別人的夢，努力形容剛才夢境裡的男女主角是什麼模樣，希望機器人能告訴他對方的身分。

機器人搖頭，不明白孟喬的用意，只說會檢修設備，並承諾公司會改進問題。

此時的機房內，春傑正為了藍迪把狗帶進機房的事大發雷霆。

「這裡是工作的地方，你可以繼續打混沒關係，剛才我的夢跟別人的打亂了，有人客訴，我就說是你搞的，你等著滾蛋吧！」春傑飆罵。

「好好好，是我錯！就一天而已，我女朋友就託我照顧一天！外面很多公司也可以托育寵物的啊！你不用這樣好不好？」藍迪見春傑悶著檢查線路，湊上去，放低姿態說，「我知道你以前很紅很屌，你被公司搞掉所以心理不平衡，但人要認清事實……」

「你怎麼知道我是被公司搞掉的？」春傑疑惑。

「我會看面相啊，我一看你的臉就知道你最近帶賽。」

春傑翻白眼，不想再跟藍迪說話。小狗跑來巴在春傑腳邊，讓他全身不舒服。

「狗了，快把狗弄出去。你先把牠關到廁所去！」

「小動物需要你的關愛，你怎麼這樣？」藍迪把狗抱在懷中摸了幾下。

「讓我專心工作行不行？」

「我是把你當自己兄弟，對了，晚上我找了聯誼，你也一起去吧！」藍迪說。

春傑搖頭表示沒興趣。

過了幾天，藍迪光速失戀，他在上班時間喝得醉醺醺的，那隻小狗也沒有還給他的前女友。春傑看見小狗在機房跑來跑去，已經快被逼瘋了，只好從藍迪口袋找出他的車鑰匙，打算開藍迪的車把他跟小狗送回住處。

藍迪的車是輛二手破車，沒有連上車用網絡，無法自動保持距離也沒有自動駕駛。春傑覺得自己的視力沒有差到不能開車，在停車場繞了一圈，一下子就找回開車的手感，只要拿捏好距離，應該不會出事。

可惜才上車沒多久，春傑就發現令他困擾的事，他的脖子、雙手開始起了發癢的紅疹，這就是他不喜歡狗的原因。

春傑把車開出會所的地下停車場，一開出來就見到有個灰影閃過，接著是輕微的碰撞聲。

方說。

「該不會是撞到了人？！」春傑立刻下車察看。

「我這裡好痛，你怎麼開車的？」孟喬坐在地上，手按著側腹。

「我剛剛開很慢啊……是妳自己衝過來的，停車場出入口本來就要放慢速度。」

「你哪隻眼睛看到我衝過來？我受傷了耶！」孟喬不甘示弱說道。

「又不是受傷的人最大，妳看，那邊有監視器，調監視器就知道是誰的責任了。」春傑指著出入口上方說。

孟喬瞪著春傑慢慢站起來，還沒決定怎麼回應，就聽見車裡的藍迪突然大哭大喊。

「這隻狗我們本來要一起幫牠取名字的！妳怎麼能拋棄我！」藍迪抓起小狗，激動的質問小狗。

「等等，我有事情要處理！」春傑面對情緒爆走的藍迪跟受傷的孟喬很心煩，當機立斷，走去打開車後座，把藍迪打昏。

「不然妳上車吧，我順利載你去醫院檢查一下？」春傑問孟喬。

孟喬交互打量著春傑跟藍迪，覺得他們怪怪的，藍迪臉上還有被春傑打昏而流的鼻血。

「我看我自己去好了，我不喜歡坐陌生人的車……」孟喬搖了搖頭，又補充，「不過你得留電話給我……萬一我有什麼事……」

「妳還能走、問題應該不嚴重，剛才我真的開很慢。」春傑語氣無奈，為了表示負責，還是給孟喬留了電話。

「我先去看醫生，看怎麼樣再連絡你。」孟喬說。

「好。」春傑從皮夾掏出幾張鈔票，應該夠計程車費跟醫藥費。

春傑走到馬路上替孟喬叫了台車，目送孟喬坐上去。

「你怎麼稱呼阿？」孟喬問。
「我姓王。」
「我姓孟。孟子的孟。」
春傑替孟喬關上計程車的門之後，跟那隻蠢動的小狗互看了好幾次。
他深吸了一口氣，再度坐上藍迪的車。
一路上，春傑緩慢駕駛，用手機連上自動駕駛的語音助理，才不致於因眼疾問題發生車禍。藍迪居住的「舊城區」就在不遠處了。
這一帶位於城市邊緣，住宅都是超過五十年的大樓。在這時代，貧富差距越來越大，有錢人的生活到處自動化與科技化，像藍迪這樣家中沒有留財產、一個月領最低工資的人，只住得起老舊房屋。
這一帶的街道沒有商業區那麼乾淨，街角堆滿垃圾，流浪狗追逐著流浪貓，空氣混和著一股霉味與尿騷味。舊城區沒有什麼智慧住宅、機器看護或者機器保母，他們沒有錢享受生活，只能繼續使用上一代留下來的東西。
上一代沒有建立的尊嚴及資源，這一代也不會擁有，不管努力多久，都翻不了身。這裡到處掛著各種布條：抗議低薪、抗議資源分配不均、抗議政府無法有效提出社會福利的改革措施、抗議財團錢賺太多……等，內容五花八門。甚至還出現另一派反抗議人士，他們覺得抗議人士的噪音太大。
藍迪對春傑提過，他爸媽在年屆退休時被公司提早解雇，一輩子為公司辛苦貢獻，不甘心被遺棄了，只好投入一波波的遊行與抗議來發洩自己的怨恨與不滿。低薪跟失業是存在已久的社會問題。許多公司以機器取代人力，不再聘雇工作性質單純的勞動人口。

藍迪的爸爸在一次與政府警力的衝突中受了重傷，因為病況惡化，最後藍迪只能選擇將父親安樂死。就像死神在催命似的，過沒多久藍迪的媽媽得了癌症，半年內溘然而逝。接連送走兩位親人的藍迪，沒有變得更憤怒不平，而是跟多數人一樣，對未來失去希望，對政府失去信任。

春傑家雖不是大富大貴，至少是中產階級中生活品質較好的族群。要不是跟藍迪變了同事，春傑根本不會想來舊城區。

春傑在把腳踩到舊城區土地的時候，還小心地看了腳下，深怕會踩到蟑螂，幸好沒有。

他把車停在藍迪住的舊公寓樓下，藍迪一開車門就吐了一地。春傑的理智線突然斷了，大罵了一聲「幹」，因為藍迪的嘔吐物濺到他鞋子上了。

藍迪吐完就一屁股坐在地上，昏昏沉沉地喊著某任女友的名字。

本來應該好端端待在狗籠中的小狗不知道什麼時候開門跑出來了，春傑打了幾個噴嚏，扶著藍迪進了他的破公寓。

那隻小狗似乎有靈性似的，自己乖乖跟在後面進了屋子。

藍迪的房間跟豬窩一樣髒亂，混雜垃圾跟食物腐敗的氣味。春傑快速把他扔到床上，發現找不到面紙，只好抓起他的褲角，把自己鞋上的嘔吐物抹乾淨。

反正他整個人都已浸染著嘔吐物的味道，活該。

春傑搞不懂藍迪怎麼會女友交了一個又一個，來到藍迪房間，他終於懂了。

原來藍迪是出色的駭客，會破解資安保護程式駭進喜歡女孩的電腦，透過網絡全方位了解（偷窺）她的生活，又用修圖程式讓自己變帥，自然可以找到突破點。

藍迪一整晚都在發酒瘋，哭訴女人的無情，又說他見到狗就會觸景傷情，拜託春傑照顧這隻狗。

春傑搖頭狂奔出去，他討厭狗，誰知小狗卻認定他似的追著他不放！

媽媽見春傑帶了隻小狗回家，大感訝異。

「這狗哪來的？你不是對狗過敏？」老媽問。

「同事棄養的，妳幫我養幾天好不好？我會去刊登認養資訊。」

「好吧。」老媽說完，又補充一句，「你姊明天要回來住幾天。」

春傑點頭，隨即打了幾個噴嚏，決定先去沖澡換衣服。媽媽拉開落地窗把狗引出去，又在紙箱裡鋪了毛巾，讓牠在屋簷下暫棲。

春傑洗完澡時，想起剛才在車道出口碰上的那個女孩，明明是她自己走路沒看清楚，應該會沒事的吧。對了，他姓孟，是長頭髮，年輕身材偏瘦的小姐。

然後春傑又想到姊姊。姊姊每個月都會回來跟家裡的人相聚，但自從那件事發生之後，他就有點害怕見到姊姊。

明天是休息日，還是找個理由早點出門好了。

4.

清晨，春傑還在睡，手機一直響個不停。

是一個沒看過的號碼，他接起來。

「王先生，我是昨天的孟小姐。」

「喔……怎麼了？」

「你能不能來醫院看我……昨天被你撞過之後，我身體好像出了點問題……」孟喬用哭腔說完。

「什麼問題？」

「你來了就知道了啦……嗚嗚嗚……」孟喬開始哭。

春傑覺得奇怪，明明是她自己不小心，竟然要我去負責，儘管他這麼想卻還是盡快趕到了醫院。他擔心孟小姐萬一真的出什麼事，他用惡視力開車上路的事情就會被警察發現。

春傑剛到醫院就發現孟喬的身影，他稍微轉動脖子在視野內確認，應該就是她。她右手打了石膏，站在門口。

「孟小姐？」春傑上前確認時，心裡閃過一個念頭，這個女的把我找來，該不會又要討索醫藥費吧。

「王先生，你來了……真是抱歉，我要拜託你一件事。」

「等等，我記得妳昨天是說肚子痛，怎麼手打了石膏？」春傑疑惑望著孟喬。

「後來到醫院照X光才知道手骨折了啊。」

「手骨折當下會很痛吧？還是妳後來又摔到的？」

「對對對，是我後來又摔到的，好了，我真的需要你幫忙，我的手因為你的關係沒辦法去上課了！可是我今天一定得去上課！」

「我不懂妳什麼意思？」

「我得去上烹飪課，我剛剛打電話給老師問我能不能帶助手一起去上，她說可以，拜託你幫我這個忙，拜託！這個課很貴又不能補上！」

「烹飪課？我聽不太懂。」
「我很想上今天的課，但我手不方便，你要跟我去，代替我上課，我在旁邊看。」
「有沒有搞錯？妳那麼愛這堂課，叫老師把課程錄下來就可以了。」春傑面無表情說。
「這堂課不能錄影，而且我的手會受傷是你害的，我被你害的不只烹飪課不能上，很多事情都不能做了。」孟喬語氣充斥著不滿。
春傑眼中望出去的部分視野有些扭曲，但仍可以判斷她相貌端正，一張鵝蛋臉加上過肩長髮，不禁腦補，她應該算得上是美女。
孟喬覺得春傑看她時一邊微微扭動脖子的舉動很怪，好像在她臉上找什麼破綻的樣子。這姓王的真怪，孟喬心裡這麼想。
「到底怎麼樣啊？我的課快開始了，你不去的話我會告你車禍肇事喔！對了，和解書！我們還沒和解咧！」孟喬催促。
「妳還脅迫我？真是豈有此理了！」春傑表情嚴正，但他不想再強調是她自己跑來被撞的這件事，因為她根本不講道理。
「快幫我去上課，我們就算和解啦！」孟喬語氣強硬，充滿急迫感。
「這不太好吧。」
「走吧！」
「妳這女人真奇怪，地球人說的話聽不懂嗎？」
「不懂，我是外星球來的……走嘛……」孟喬故作癡憨的笑了笑，見春傑不動如山，自來熟的湊上去挽住他的手臂。

「走啦，走啦走啦走啦走啦。」孟喬的語氣帶著半撒嬌的固執。

實際上他今天休假，不想待在家裡，如果代替孟小姐去上烹飪課，就不用愁該去哪裡打發時間了。

孟喬看出春傑的動搖，繼續央求，「新好男人都該學烹飪，保證會很有收穫！」

「唉，好吧。」春傑終於點頭。

春傑跟孟喬搭上捷運，一路上他都覺得這個孟小姐怪怪的，該不會是故意用上課為藉口，其實要帶他去某棟大樓裡參加傳銷活動。他打定主意要是苗頭不對就閃人。

孟喬帶春傑來到城市西南區的高架橋下，這個高架橋下的空間在政府的支持下被改造成文創基地，裡面的教室都是落地玻璃，還有職人的工房，過去春傑來過一次，他稍感放心。

「妳真的不能跟老師說妳手不舒服、今天請假嗎？」春傑問。

「我剛才說過，這個課程缺席沒辦法補課、也不能錄影，都快到了你還打算走嗎？」

春傑就是覺得不大對，跟一個陌生女孩來上什麼烹飪課，他對烹飪一竅不通。

「相信我，你會感謝我的。」

「我還是不懂為什麼我得去上烹飪課……等等，你把話說清楚！」

孟喬步伐輕快奔向長廊，春傑只有三步併作兩步跟上去。

拐了個彎，春傑望見走廊盡頭有間教室，有個熟悉的身影坐在教室外的長凳上。

雖然春傑看的視野成像有些扭曲，但他依舊認得出來，那是她的初戀女友，江恆芸。他為自己編寫的夢境裡，設計江恆芸為女主角，除了懷念，也是因為沒有其他人抵得上她在他心裡的位置。

春傑望向恆芸，上前兩步，想要確認自己有沒有認錯人。此時孟喬拉了他一下，「我去上個廁所。對了，進了教室你就去第五桌。」孟喬說完就走開了。

恆芸確認完教室的課程表，拉了一下掛在肩膀上的皮包便轉身，就在這時她看見春傑走向她。

「欸？……你是……王春傑？」恆芸一臉吃驚地問。

「嗯，好久不見。」春傑說。

「好久不見……」恆芸露出微笑。

孟喬躲在不遠處的轉角偷看著春傑跟恆芸，她正在執行一個異想天開的計畫。

事實上，那天春傑開車出停車場，速度很慢，孟喬真的是自己撞上去的。在假車禍前，她在會所外守候了好一陣子，終於在春傑出來吃飯的時候偷拍了他的照片。

隨即孟喬將春傑的照片透過APP處理，並上網使用臉部搜尋，沒多久就肉搜出春傑的資料，掌握了他的工作經歷。孟喬當然也看見媒體報導他發聲明坦承失誤，導致客戶腦部受損的新聞。

孟喬冷靜推敲春傑的夢裡會有那個女人，表示他對那個女人一定有什麼未解的遺憾，不然就是他瘋狂暗戀那個女人。

孟喬頻繁調查恆芸，為此還翹班跟蹤恆芸，甚至報名參加同樣的烹飪課。

孟喬本來想要慢慢跟恆芸建立關係，變成朋友，但就算這樣也無法阻止恆芸跟洪哲兩人的曖昧進程，於是只好從王春傑下手。

這是上天給的機會，孟喬決定推王春傑一把，最好讓他跟江恆芸再續前緣。

「拜託你了工程師，千萬抓住機會，抓住你的女神啊。」孟喬堅定握拳。

5.

每個男人生命中一定有這麼一個女孩，不管你之後跟誰在一起，偶爾還是會想起她。她是操場上為你加油喊得最大聲的人，她讓你第一次聽見自己的心跳聲，也是你第一次握在手心的溫度。

透過她，你學會如何去愛一個人。

對春傑來說，恆芸是任何人都無法取代的，青春。

春傑剛上N大附中時，在公車上遇上了恆芸，當時是因為緊急剎車兩個人摔在一起。恆芸直接壓在春傑身上，春傑第一次碰到上圍豐滿的女生，然後就被她那雙靈動大眼電到了。

恆芸道歉，把春傑掉在地上的餐袋撿起來還給他，她聲音溫軟好聽，從學號知道，是大他一屆的學姊。

這天之後，春傑發現，不管在哪裡，只要恆芸出現的地方，她身上就像帶著「林布蘭光」。

春傑是數理資優保送生，身材頎長，相貌端正，對運動也在行，高中的他對自己莫名有自信，一心一意想追求恆芸。他每天故意等同一班車跟恆芸說話，又為了她加入美術社。

恆芸每天都會去畫室畫畫，春傑為了看她也每天去畫室，當然他多半是心不在焉。有時候恆芸在放學後才去畫室，也會碰上春傑，春傑都說自己也是來畫畫的，其實是擔心她一個人留太晚，坐車會危險。

經過一段時間，兩人越來越熟，開始在公車上坐在一起，從上車一直聊到下車。

春傑因為恆芸的關係對藝術產生濃厚興趣，從現實主義到普普藝術，從波提切利到梵谷、達利，各種流派的風格他都去瞭解，他認為只有這樣恆芸才會崇拜他。

春傑家那站先到，他為了能跟恆芸多聊一會兒，總會陪她多坐三站，然後再送恆芸走到她家巷口。

分別之後，再走三站的距離回自己家，日復一日，樂此不疲。

有學長聽說春傑每天都跟恆芸坐同一輛車回家，故意找春傑的麻煩，在廁所警告他不要太得意，還拿拖把的木柄打了他的肚子。

恆芸知道有人警告春傑，非常生氣。在校慶那天，她送上自己做的紙藤花束給春傑，還勾著他的手臂拍照。明明春傑在個人賽跑項目只拿了第三，他卻覺得自己是全場的冠軍。

校慶那天可以提早放學，但他們還是不約而同的留在畫室裡。春傑在畫室的垃圾箱裡發現紙籐材料的空包裝袋，知道原來恆芸送他的紙藤花束要用掉四個包裝袋，因而覺得感動。

恆芸專注地在畫一幅水彩，這是要參加全國美展的作品，她非常重視。春傑在旁邊等她畫完，他本來也想繼續自己的作品，但就是沒辦法專心。

不知為何，那一天的公車乘客稀少，他們坐在最後一排聊天。春傑說了一個笑話，恆芸覺得很低級打了他一下。

他定定地望著她，她因為緊張輕輕咬了咬自己的下唇。春傑覺得這種半帶羞澀的表情很可愛，腦子一熱便握住她的手，將她拉過來吻。

初吻非常慌亂，第一下很快就結束了，恆芸先躲開了，春傑覺得不夠，把手環住她的肩膀，徵求她的同意之後又吻了第二回。

第二回的吻沒持續多久，公車非常顛簸，兩人被緊急剎車嚇了一跳，再次結束。然後他們發現有個小學生坐在走道隔鄰的位置抬起下巴冷冷地看著他們，那表情好像在說，再親啊！回家我要告訴媽媽高中生亂親嘴！

他們愣了一下，隨即望著彼此一起大笑。

春傑內心狂喜，從沒想過自己竟然可以跟學姊在一起。

他們個性契合，感情一直很好。恆芸的生日、各種能夠慶祝的節日，春傑都不會忘記給她驚喜。就算不能見面，也會送個蛋糕或雞湯去給她。

他們會擁抱一整晚，說一整晚的話，只是當時太年輕，沒有辦法跟對方描述自己的未來，總覺得太多方向可以選。

後來兩人為什麼會分開？其實他們誰也沒有說要分開，這一直是春傑心中的疑案。

恆芸告訴春傑，她父親要調職到美國去，她只會在國內念完這一學期，接下來就要舉家移民，她會去美國念書。

兩人說好會聯絡，只是，太在乎恆芸，討厭遠距離戀愛，使春傑影響了自己的學業。

春傑大學甄試沒上，眼看大考在即，春傑媽便中斷家中網路，取消春傑的手機，不准他打電話，還控制他的零用錢。

春傑為了聽恆芸的聲音，幫同學寫作業好換取使用手機上網的時間，但不是每次都能跟恆芸說上話。恆芸將她的學校生活、課外活動照片傳給春傑，感覺她去了美國之後，變得更成熟亮麗，過得多采多姿。

本來說好要互通電子郵件，恆芸卻常常遲了好幾天才回覆，說自己跟同學又開車去了哪裡，又或是她接了一個中文家教的工作抽不出時間。

恆芸的蛻變使春傑不安，他真希望自己不只是個高三生，他也能夠出國。當時春傑父親在工地摔傷，休養了好久，家中經濟狀況並不富裕，春傑媽當然認為出國是一件好事，但希望他留在台灣念完大學，申請獎學金再去國外念研究所。

隔了一年，春傑考上成功大學，他本來要第一個跟恆芸分享喜訊，但恆芸忙著學校的作業，要春傑先不要聯絡她，約定等她忙完，回台灣再見。

但直到春傑生日那一天，恆芸還是沒有回來。

生日過完，春傑才收到美國寄來的包裹，裡頭裝著恆芸送他的最新款智慧手錶。卡片是她親手畫的素描，那熟悉的筆觸讓春傑開心了好久，恆芸手寫了幾句問候的話，提到她要從東岸搬到西岸了，並留下新的聯絡方式給春傑。

當時春傑家也正在忙著搬家，家裡所有東西都一團亂。春傑媽一向不擅長收拾東西，加上搬家公司的人搞烏龍，春傑重要的那箱私人物品竟憑空消失了。無論怎麼追查，就是不知道那箱東西被放到那裡去了。

春傑本來很得意，他有把恆芸的新電話背起來，但他唯一致命的一點就是太自大了。他發現自己憑著記憶背下的號碼竟是錯的，他努力挖掘記憶深處，試圖拼湊出正確的電話號碼，不過每次電話那頭，傳來的都是外國人的聲音說你打錯了，或這裡沒有這個人。

每次掛上電話，春傑就會在心裡用各種不堪的髒話咒罵自己。

「恆芸不知道我也要搬家了，如果她寄信來，我怎麼收得到呢？」春傑懊悔了好久，又認定只要自己的通訊軟體帳號跟手機電話不要改動，恆芸遲早會主動聯絡他。

搬家之後，春傑持續寫電子郵件給恆芸，但是寄出的電郵全都被退回，她的臉書及ＩＧ帳號竟然也全刪光了。春傑每星期跑回舊家，期待會收到恆芸手寫的信件，可惜也沒有任何一封。

直到舊家那邊的社區全部被剷平，春傑跟恆芸兩人的聯繫也宣告中斷。

初戀，就這樣莫名奇妙不見了，春傑從來不想結束這段戀愛。

有人說初戀通常是沒有結果的，但是，好歹要分開、或是愛上誰了，也得說個清楚吧。內心的疑問好多好多，不管春傑如何追尋，他都無法找到讓自己對恆芸死心的方法。朋友都說恆芸一定是變心了，爸媽也覺得遠距離戀愛遲早會失敗的。於是，春傑漸漸說服自己，他真的失去了恆芸，她不聯繫他，就代表心裡沒有他了。

整個失戀來得莫名其妙。

隔了二十年，春傑有幸重遇恆芸，三十八歲的她留著及肩直髮，俐落的將頭髮全撥到耳後。她穿著連身長裙，低跟涼鞋，舉手投足帶著成熟的韻味，身材比十八歲的她稍微豐腴了些。

「你怎麼會在這裡？」恆芸問。

「我……來上課……是朋友找我來的。」春傑倉促間只能想出這樣的回答。

其他學員魚貫走入教室，春傑四處張望，發現孟喬沒有進烹飪教室。

老師來了，一見到春傑就喊出他的姓名，原來孟喬已經透過群組告知老師她今天要找人代上。

「課要開始了，我們快進去。」恆芸催著春傑。

春傑莫名其妙跟恆芸變成了烹飪課搭檔，他發現恆芸手上沒有戴戒指，猜想她該不會還單身吧？

「等等上完課有時間的話，我們喝杯咖啡好嗎？」

「好啊。」

恆芸的微笑在春傑心裡激起微微漣漪。

整堂課，春傑都笨手笨腳不知道自己在幹嘛，只能仰賴恆芸有條理的指點。恆芸細心擺盤的過程，讓他回想起從前在畫室的她。

她專注的模樣曾是他最眷戀的風景。

「春傑，你結婚了沒？」恆芸在做菜空檔時，突然問春傑。

「沒有……妳呢？」

「我五年前結婚，去年離婚，還好沒有生小孩。」恆芸的語氣坦然，感覺離婚對她來說似乎是件好事。

「你沒結婚，那現在有交往的對象嗎？」恆芸又問。

「沒有。」

「怎麼可能？……是你太挑了？」

「這種事要看緣分，就是沒有遇到適合的。」

「不主動就抓不到緣分，你呀，就是太被動了。」

果然是老朋友、老情人，都知道彼此的死穴在哪。

在恆芸跟春傑合作下，做出了滿意的成品。春傑見恆芸拿出手機拍照，跟她要了通訊帳號，說也要一份圖檔。

恆芸用夾子撕開一部分的烤春雞，餵春傑吃了一口。這雞肉烤得恰到好處，香氣十足。春傑用湯匙舀了一點起司塔來品嚐，嘴角沾到了點奶油，恆芸便拿紙巾湊上去替他輕輕擦掉。兩人互動自然，不時默契地用眼神交流，沒有久別重逢的生疏。

在春傑的夢境中，恆芸就是這樣餵他吃東西、替他擦嘴角。

春傑想起，應該是孟喬把他們兩個人湊在一起的。他找出手機才發現孟喬遺留的訊息：「我有事，先走了」

春傑猜不透孟喬變化多端的心思，她一直強調這個課對她很重要，卻又把他一個人丟在這裡。

課程結束後，春傑跟恆芸一邊聊著走出教室，打算隨便亂逛，看看附近會有什麼店。

恆芸得知春傑跟父母住，羨慕他家裡熱鬧，把打包的食物全部交給春傑要他帶回去。她說自己現在一個人住，爸媽跟妹妹都留在美國。

「妳為什麼離婚之後一個人跑回來了？」春傑問。

「大概是厭倦美國了吧。剛好公司到亞洲拓點，需要人管理，我就自願調職了。」恆芸說。

沒多久，春傑發現街角有一家無人咖啡館，恆芸說機器人端來的咖啡不怎麼樣，還是找個人性化點的店吧。

春傑也同意，於是兩人繼續往前走，來到公園。

恆芸指向遠處，公園裡有露天咖啡，可以順便散個步。兩個人在靠近大樹下的座位下坐定，同樣都點黑咖啡。

「我現在在這家傢飾設計公司工作。」恆芸拿出名片給春傑。

「設計總監？看起來是妳喜歡的工作。」

「做了才發現很困難，很累，卻也很值得。」

兩人沉默了一下，春傑問起她的前夫，才知道她嫁給一個外國人，她不想多討論前夫，只說他有婚外情被她知道，於是她就離婚了。

「他結了婚之後變了很多，我也發現自己因為這段婚姻不快樂，現在恢復自由覺得很棒。」

「有沒有新對象呢？」

「沒有……那你呢？空窗了多久？」

「上一任女朋友是兩年前的事，再往前推就是大學交的女朋友，好像是四個吧……有點久遠、記不清楚了。」

「該不會你一年換一個？」

「沒有，有的是個性不合，交往三個月覺得不大對就分手了，是別人說要分的不是我。」

「你是不會狠下心跟女朋友主動分手的，對吧？」

「可以這麼說。久而久之對方覺得不對勁就會淡掉了。」

「真是聰明的分手方法，但如果是我就會斬釘截鐵地說分手，否則只是拖累彼此。」

「妳說得沒錯……但其中有一個我很欣賞的女孩，總是期盼能再多些時間相處，覺得我們一定能為對方調整，只是很可惜，後來她愛上別人了。」

「說到底，大學男生的愛情多半是為了性愛。」恆芸淡淡一笑。

春傑沒有否認，那時候賀爾蒙過剩，不大清楚什麼樣的對象適合自己，喜歡了就做愛，直到發現，原來女生需要很多很多他還不想給的東西，他才開始思考要怎麼辦，但他也不想作先提分手的那個人，等到事過境遷，才知道自己是在浪費彼此的時間。

春傑跟恆芸突然陷入沉默，望著身邊的景物一會兒之後，才又繼續話題。春傑覺得是時候了，想問她那個他曾經在心裡反芻了幾百次而找不到解答的問題。

「為什麼妳後來都沒有聯絡我？」

恆芸顯然不明白春傑什麼意思，經他說明，恆芸才知道春傑大一時因為搬家，搞丟了她的新聯繫方式。

恆芸提到在美國唸書的時候有人騷擾她，所以她把電子郵件、通訊帳號跟手機號碼全都換了，兩人會陰錯陽差斷了聯絡應該是這個原因。

「太奇怪了，我一直在等妳的消息，我跟妳一樣也搬了新家，但我電子郵件沒變，妳怎麼都沒有寫信給我？」春傑說。

「我沒有寄郵件給你，是因為我喜歡上別人了。」

「就算這樣也該說清楚……」

「我有E-mail一封分手信給你，你沒有收到嗎？」

「沒有。」

「那就奇怪了，會不會是被刪掉了。」恆芸有些疑惑。

春傑立刻想起在他去南部念書期間，他的舊電腦就是老媽在用，會不會是老媽無意中開了他的郵箱把信刪了。

在他上大學那時候，老媽一天到晚打給他抱怨電腦中毒，至於她有沒有刪掉他的信，早已無法考證。

「我有打電話給你，你電話沒接通，之後我爸工作變動，我也跟著搬到另一個州了。」恆芸補充。

「算了，都不重要了，很高興還能見到妳。」春傑說。

「我也很高興。」恆芸微笑。

春傑望著不遠處草坪上的孩子們正在放風箏。沒有說好我們分手的戀情，正像斷了線而不知所蹤的風箏，成為永無止盡的念想。

現在恆芸真真實實在他眼前，啜飲著咖啡，他細細地觀察她染過的頭髮，髮根已經夾雜了些許白頭髮，她的眼角跟眼睛下方也有些細紋。歲月的洗禮，使她整個人看起來更有氣質，她身上所有配件看起來都很有質感，不愧是學過設計的人。

恆芸的話匣子打開了，問起春傑的工作內容、居住地帶等等細節，兩人聊到口有點渴，又向店家要了白開水。

春傑對恆芸略提了自己因健康問題調職的事，並表示自己因為轉職關係多了許多時間可以看書、做其他喜歡的事。他努力讓自己表現出安然若素的姿態，只有這樣才顯得可靠，不管恆芸對他有沒有好感，他都希望自己給她的印象是好的。

此時孟喬正在一旁角落觀察恆芸跟春傑，她看到他們愉快交談的狀況，非常得意。

孟喬認定計畫的第一步棋已經成功了，她開心地用手機記錄春傑跟恆芸的重逢摘要。

恆芸拿手機照片給春傑看自己的設計案例，她提到工作的時候兩眼放光，彷彿又回到年輕時的她，總對夢想侃侃而談。春傑的目光一直定在恆芸身上，以致於沒有發現到有個怪女孩偷偷靠近，拍下他跟恆芸的約會現場。

恆芸把今天烹飪課的成品跟春傑對分，由於春傑是倉促來上課，只能借用恆芸的保鮮盒來裝食物，兩人約定好下回還要再見面。

春傑搭的路線跟恆芸反方向，上了車廂後他不忘跟在月台上的恆芸揮手。他察覺自己對恆芸的好感仍在，內心期盼還有更多時間能好好聊聊，交換這幾年間彼此的經歷。

列車啟動，春傑又看了恆芸一眼，這才發現孟喬站在恆芸身後，朝他扮了個鬼臉。

列車迅速離去，孟喬充滿挑釁的表情彷彿映在車窗上。春傑摸不清孟喬到底在那做什麼。

此時手機訊息傳來，一排文字映入眼簾，是孟喬，「這堂課值回票價了，對吧？」

「滿好玩的。妳手不疼嗎？怎麼沒有回家休息？」

「明天等你下班，見面聊。」

他覺得這女孩不大對，總是答非所問。

又一個訊息傳來，孟喬給春傑發了見面地點。

孟喬剛才說今天這堂課值回票價了，到底是什麼意思？

他回想稍早所見，覺得孟喬會跟恆芸在同一個月台等車不是巧合，這個女孩給他一種來者不善的感覺。

春傑走回家，在家門前遇見了姊夫沈紹安，正確來說是前姊夫，沈紹安跟姊姊已經離婚了。紹安個性開朗健談，上知天文下知地理，過去每逢家庭聚會，春傑總能跟紹安聊得很愉快，就算他跟姊姊婚姻破裂，他依舊習慣稱他為姊夫。

現在的紹安看上去沒有以前的神采了，眼神總是帶著倦意跟抱歉，一切都跟兩年前發生的意外有關。紹安跟德淑本來有一雙可愛的兒女，大兒子念小學二年級，二女兒則讀幼兒園大班。紹安在跨國銀行擔任客戶經理，每天要關心國內外股市及金融產品，還要鑽研客戶有興趣的領域，預備隨時打好關係，從早到晚有接不完的電話。

德淑婚後辭去工作，專心照顧一雙兒女，以孩子為生活重心，事情發生的那天，她感冒去診所看醫生，便要紹安去接孩子。在春傑印象裡，姊姊自從有了小孩後就很少生病，她跟我媽磁場不合，寧可自己當女超人，也不會把小孩往娘家送。

兩年前的那一天，是德淑大兒子思成的生日。那天她兩手提著滿滿的菜回家燉雞湯、準備晚餐，又打掃房間，把自己淹沒在吸塵器的聲音中。

到了本該慶生的時間，德淑沒有等到紹安與小孩，只等到警方打來的電話。警察說，沈紹安闖紅燈，跟路口的砂石車擦撞。目擊證人說砂石車當時正在路口迴轉，閃避不及，直接攔腰撞上紹安的車。

兩個坐在後座的孩子沒綁安全帶，就這麼被拋摔車外，當場死亡。

紹安送醫急救，肋骨、手腳有好幾處挫傷或骨折，在醫院住了兩個星期。他住院的時候還不幸罹患了憂鬱症，公司上層主動替他請了長假。

其實假期並沒有讓紹安好過一點，每天面對的只有孤單與沒有止盡的責怪。

事件發生後春傑一家陷入愁雲慘霧，很長一段時間，吃東西都沒有滋味。

德淑告訴大家，事情會發生是因為他先生開車的時跟某個貴婦客戶通電話。另一個致死原因是小孩沒繫上安全帶，孩子們向來調皮，在後座爭吵總會偷偷解開安全帶互相踢來踢去，紹安向來放縱孩子，不會提醒他們綁好安全帶。

「為什麼連這麼簡單的事情都做不好？為什麼他永遠把自己的事放在第一位？」

德淑把類似的話重複了好久，說給身邊每個人聽。

充滿怨懟的話不只這些，德淑長年以來懷疑自己的先生跟那名貴婦客戶有曖昧關係，因為她總是要他陪她去打高爾夫、以介紹朋友之名邀他出去。

紹安能做的只有道歉，他說自己當時在討論工作上的事，一時分神沒注意到交通號誌，他心痛悔恨，他道歉、道歉，無止盡的道歉。

每天清晨醒來，夫妻總是無話可說，直到進了精神科門診才各自崩潰發洩。每天夜晚焦灼失眠，只要走進沒有孩子的空房，每分每秒都是凌遲。

紹安再也不敢對上德淑的眼神，直到簽完離婚協議書，他才敢正眼看得淑。他澄清自己沒有外遇，愛情跟背叛只存在於德淑的想像裡。

春傑看見姊夫就會想到兩年前的意外，但他不願意成為對他落井下石的人，他從小就被姊姊欺負慣了，她看不慣的事情，她會加倍的尖酸刻薄。事情已經無法挽回了，她卻要他從此封印微笑，永遠困在自責懊悔的囚牢裡。爸媽一致認為他們分開也是好事，或許一切都是神的安排，要讓他們各自走上不同的人生。

此時的紹安佇立在家門口，臉上罩著一層灰色的霧。春傑迎上紹安，微笑問，「姊夫，你怎麼來了？」紹安將手上的食物盅拎到春傑眼前，說，「剛好經過附近，順便買了米粉湯來給你們吃。」紹安把食物盅塞到春傑手上，又補一句，「替我問候德淑。」

紹安轉身離去，他的雙肩不再像以往那樣步履清風，而是微微佝僂，拖著右腳，他的右腳在車禍後留下了後遺症。

春傑只能目送姊夫，請他進家門不是個好主意。

春傑一進家門就被小狗纏上，牠不停在他腳邊繞來繞去，尾巴快速擺動。春傑一見到狗又連續打了好幾個噴嚏。

「你的狗叫什麼名字啊？」春傑的姊姊德淑在客廳茶几上挑菜豆，一邊望向春傑。

「牠不是我的狗，我只是幫同事寄養幾天。」

春傑的媽媽走來抱起小狗，意味深長地望了春傑兩眼，春傑猜媽媽早就看過門口監視器，知道姊夫來過。

「媽、姊，要不要吃米粉湯？」春傑問。

「好啊，米粉悶太久就不好吃了，快打開。」春傑媽把小狗關回角落的狗籠，走去廚房拿了餐具放到餐桌上。

小狗聞到香味不停發出撒嬌的鼻音。春傑瞥向小狗說，「別把這裡當你家，明天就把你送回去。」食物盅一打開，熟悉的香味傳出，這間米粉湯老店離家三個路口遠，美味頗負盛名，春傑跟德淑以前都在外地求學，姊弟倆每次回家做的第一件事就是去那裡吃米粉湯。姊姊剛認識姊夫的時候，沒有先帶他回家拜訪老爸老媽，也是先去吃了那家的米粉湯。

但此刻的德淑完全無視米粉湯，對春傑露齒一笑，兩眼精光綻放。

「春傑，我把客製訂單傳給你了，你能不能幫我訂製夢境？」

春傑表情淡然地滑開手機，映入眼簾的便是夾帶了檔案的新郵件通知。自從德淑失去兩個孩子之後，她便委託春傑用員工價幫她加入了好眠會所，成為一般會員。她每隔一陣子就會遞送夢境客製訂單，春傑不用看，就知道她的夢境是關於她跟兩個孩子的生活。

「思成說過他想當科學家，思慧對歷史有興趣，我想帶他們去亞馬遜雨林划獨木舟、探訪生物，還想去看看埃及金字塔、馬雅文明，春傑，我的預算不大夠，你幫幫我。」德淑殷切地看著春傑。

「姊，我離開設計部了……以後這種事不歸我管，但這次我破例幫你。」

姊姊臉部表情終於變得柔和，「謝謝你，你要記得讓最優秀的同事幫我設計夢境，之前的也不是不好，就是覺得思成、思慧他們應該都長大了，會有比較多自己的想法才對，他們穿的衣服鞋子也該換了。」

春傑沒有仔細聽德淑說什麼，開始吃起米粉湯，這東西一定要趁熱吃，一口湯一口米粉一起下肚。

有人按門鈴，老媽立刻走出去開門，這個時間一定是鄰居立婷。立婷是單親媽媽，每當她要出門總會將六歲的兒子佑佑帶過來給春傑的媽照看。

德淑躲回房間，他不想聽到立婷帶小孩在家裡客廳笑語的聲音。

立婷嗓門大，佑佑則是調皮搗蛋，兩人一進來就告狀，說剛才在公園看到春傑的爸在打太極，身旁都是徐娘半老、風韻猶存的大嬸大媽。

「隨便他啦，我也是有行情的。」春傑的媽信心滿滿說道。

「我要看電視！」佑佑把懷裡抱的昆蟲飼養箱往茶几上一放，跳上了沙發，「哇，王阿嬤家養了小狗耶！好可愛我可以抱牠嗎？」佑佑伸出雙手往狗籠探去。

「這只是我暫時寄養的！」春傑強調。

佑佑不管旁人說什麼，把小狗抱出來，一人一狗就在客廳玩起追逐遊戲。整個木地板被佑佑弄得砰砰作響。

春傑的媽要立婷快去忙吧，佑佑讓她來照顧。立婷每次看見春傑總想幫他介紹對象，但春傑總是興趣缺缺，因此見了她就想跑。

「學弟，不要再挑了，再挑下去好女人都被挑走了。」立婷對春傑說。

春傑只是點了點頭，快速地吃完了米粉湯，立婷自討沒趣，往桌上放了兩包零食就走了。

佑佑等立婷一走就說電視不好看，拉著春傑要他去看自己飼養的甲蟲。

「這是鍬形蟲，剛好一公一母呢。」

「對啊，我爸買給我的。他們昨天晚上一直在交配呢！」佑佑說完大聲笑了好幾聲。

「佑佑快去洗手，阿嬤有煮綠豆湯給你吃。」春傑的媽媽說話時已經從冰箱拿出了綠豆湯，每次佑佑來她總是會準備點心給他，還會檢查他的指甲看是否需要修剪，就像對自己的孫子一樣。

樓上的德淑抱膝坐在地上，即使不想聽，樓下的動靜卻清晰地鑽入她的耳朵。每個孩子的笑聲聽起來都很類似，尤其在佑佑喊阿嬤的時候，她的心就會突然揪緊，緊到不能喘息。

德淑立刻跳起來收拾側背包，拿起眉筆，簡單描了下眉毛就離開房間。

德淑走下樓，勉強對佑佑擠出微笑，便跟春傑還有媽媽說她要出門，晚餐不想吃了。

春傑從她臉上表情讀出她低潮的心情，「妳要去哪？」

德淑慌張丟下一句，「我要去會所，今天睡在那裡。」

德淑快步離去，春傑跟媽媽相望一眼，沒有再說話。

春傑的媽知道只要德淑在好眠會所睡一晚，隔天的她就會如獲新生，臉上滿是喜悅的光彩，因而對她常去會所這件事沒有發表過任何意見。

春傑則懷抱憂心，不管夢境打造的如何精彩逼真，那畢竟是虛擬的世界啊。

6.

一早，藍迪傳訊給春傑說他沒有辦法養狗，狗會讓他想起前女友。

春傑撥電話給藍迪大罵一頓，要他為小狗負責，藍迪卻不痛不癢的說他還在宿醉，掛了電話。

春傑氣炸了，但老媽很喜歡小狗，便說這狗跟他們家有緣，要收養牠，也不管春傑會過敏。

直到抵達會所，春傑還在打噴嚏。

孟喬走在會所建築體後方的綠帶步道，一看見春傑就奔上前。春傑發現她手上沒有任何包紮，感到迷惘。

「妳的手好點了嗎？」春傑問。

「我沒事，我是裝的。」孟喬微笑回答。
「太扯了，我早就懷疑妳是裝的，果然在騙我！」
「別生氣，我這樣做只是為了認識你。而且我真的有受傷，你看我手肘。」孟喬指著右手手肘給春傑看，那裡真有塊拳頭大的瘀青。
「拜託妳說清楚，到底想幹嘛？」春傑說完，揉了揉發癢的雙眼，一早就被藍迪惹毛的他，臉色奇差。
「你得感謝我，是我讓你跟你的初戀情人重逢。」孟喬雙手交抱胸前，面有得意之色。
「妳是終結單身志工還是月下老人使者？妳該不會為了做業績故意往我車上撞，然後又逼我去上烹飪課就為了幫我找對象？」春傑冷冷說道。
「你要這樣想也行，反正，我會幫你跟江恆芸舊情復燃。」
「為什麼？」
「不這樣你怎麼會幫我。我幫你一次，你也回報我一次，好不好？」
春傑發現孟喬的眼神帶著渴望，直覺不能答應，他將視線瞥向旁邊的路樹，語氣放緩說道，「她是過去式了。」
「不，你還有機會，你可以把她追回來，我覺得你們兩個很相配。」
春傑發動車子準備離去，孟喬卻不斷拍車門，問道，「我只問你一個問題，你對江恆芸有沒有感覺？」
春傑沒有理會孟喬，將她遠遠甩在後面。孟喬的問題讓春傑想起跟恆芸重逢那天的事，午後的陽光是用什麼樣的角度投向露天咖啡座，他都記得一清二楚。
恆芸曾是春傑年少的一部分，他懷念她，也懷念著和她在一起的當時純真的自己。那些放不下的回憶像是一把鎖，遺憾則在經過火花鍛鑄後很快轉化成一把鑰匙，插進鎖裡去的瞬間，就是心動。

春傑一進機房，發現今天沒有任何設備故障，儘管工作清閒，藍迪遲到還是被春傑念了一整天。得知王媽媽願意收養小狗，藍迪竟用力抱了春傑一下，「太好了，其實我一直為了拋棄小狗這件事良心不安，我要把網上刊登的收養啟事撤下來！」

春傑指著藍迪的鼻子強調，「你要牢牢記住你欠我一次，不對，加上那天晚上我扛你回家，一共是兩次！」

春傑的手機閃了好幾下，又是孟喬。孟喬說她還有話要告訴春傑，是關於恆芸的重要資訊。

春傑回覆了幾句話，希望孟喬不要再連絡他，他跟恆芸會怎麼樣不關她的事，還有，他們本來就是不相干的路人，就繼續保持路人的關係吧。

又過了十分鐘，春傑的手機收到一張圖檔，春傑一打開，發現是恆芸在用餐的照片，他從照片拍攝角度猜測這是偷拍照。孟喬這傢伙竟然在偷拍恆芸，不對，不只有偷拍而已。

春傑的思緒回到那天跟恆芸分別後，在捷運月台上看見的孟喬，推論出她在跟蹤恆芸。

孟喬接近自己跟恆芸究竟有什麼目的？孟喬帶來的謎團像是具有引力，使春傑再也無法置身事外。

「春傑，你看看，這個女的很正吧。」藍迪指著監控螢幕說道。

春傑抬眼一看，發現孟喬正在機器俊男帶領下走向睡眠艙。

春傑想，原來孟喬也是會員。

一分鐘後，孟喬的睡眠艙關閉，藍迪說要去上廁所離開了機房。春傑的手在操作面板上快速按了幾個鍵，他決定趁現在偷看一下孟喬的夢境。

但春傑只看了五分鐘就打住了，他覺得偷窺別人的夢境很不道德，藍迪不知道什麼時候回來機房，一掌拍在他肩膀，使他嚇了一跳。

「呦，這不是我的女神嗎？」藍迪問完又補充，「你對她也有興趣？」。

「我只是抽檢線路，一切正常。」春傑關閉窺視睡眠艙夢境的功能，切換回自己的E-mail畫面，把德淑給他的夢境客製單傳出去。然而，剛才那五分鐘所見，卻造成他一整天的心不在焉。

看來孟喬跟自己的姊姊一樣，心裡都有放不下的人。

他本來以為孟喬在夢境裡滿足了遺憾之後，離開睡眠艙的時會是春風滿面、如獲新生，但是過沒多久，他在監控畫面裡看見她坐起來的表情是不停抽泣、一臉絕望。

休息時間春傑在空中花園拉筋、放空，孟喬突然出現，燦笑如花。

「妳來這裡做什麼？」

「別裝了，你剛剛一定偷看過我的夢，你都知道了。」

「對，我知道妳有個很愛的人，來好眠會所的人都有一樣的原因，每個人都可以圓夢、彌補缺憾、宣洩壓力之類的。妳愛的那個男人是死了、還是他拋棄妳了？」

「我直接跟你說好了，他是我前男友，也是我生命裡最重要的人，可是他喜歡上江恆芸了，我接近你，是希望你能追回江恆芸。」

「等等……先跳過你剛才說的，有一點我覺得很奇怪，你怎麼知道我跟恆芸以前交往過？」

「因為我看過你的夢境，不久前的某一天好像系統出了什麼問題，我躺在睡眠艙裡本來在體驗自己的夢境，可是突然跳成你跟恆芸上床，後來我看見你離開睡眠艙，我才知道我看見的是你的夢境。」

春傑啞口無言，孟喬看過自己的夢境，看過自己跟夢裡的女主角所做的事，那麼就等於，孟喬看過自己的裸體了。春傑為夢境的自己設計了六塊肌、宛如男模那樣勻稱性感的身材，男人的夢有多淫穢這不用多說，但事後才知道自己變成了小黃片男主角而且還誇大了尺寸，真是尷尬到爆。

春傑苦惱著該怎麼回應孟喬。她擔心他會拒絕，親切的對他說，「我們已經看過了彼此的夢境，互相保守祕密就對了，我是要你考慮一下我提出的協議，我們各取所需。」

「那只是夢而已，我沒有真的要追她。」

「你只是沒有勇氣承認自己還愛她，因為你怕你用盡所有努力之後還是一個人。你為什麼不試試看呢？」

春傑迎上孟喬無畏的目光，是啊，只要把恆芸追到手，夢境就會變成現實了。正當春傑這麼想的時候，孟喬又補充一句，「人生很長，其實也很短，如果你放過這次機會，沒跟你最愛的女人在一起，你不是白活了？」

春傑內心猶疑，那天見過恆芸之後，心中的確起了波動。如果兩人可以再進一步是最好，可是就像孟喬提到的，她喜歡的男人愛上了恆芸，這表示自己一但出手，就會陷入一個三角關係裡。

不對，加上孟喬，是四角關係。

「妳剛剛說，妳喜歡的人變心了，他喜歡恆芸，那恆芸呢？她是不是也喜歡他？」春傑直搗核心的問。

「就我的觀察，他們似乎有發展可能，因為我前男友是她的下屬，兩個人常一起工作。」

春傑皺起眉頭，他判讀的成功率不高。

「不管怎樣，他們才剛開始發展，你是恆芸的舊情人，阿哲只是曖昧對象，年紀還比她小，只要我們合作，一定能成功。」孟喬繼續遊說。

春傑嘆氣，以現代科技，夢境、基因都能改造，但最難掌握的就是人心。時間逝去許多年，他已經不是當年為愛瘋狂的少年，恆芸對他的感覺或許只是老朋友，一旦上了起跑線，兩人的關係勢必改變。

「妳還真是異想天開。」春傑掏出手機滑著，掩飾紛亂的心情。

「不試試看怎麼知道？拜託你。」

「妳剛才說的好像在某個懷舊電影裡演過……呃，是哪部呢……我想起來了，是當哈利遇見莎莉。」

「那都多久前的老片了！我沒看過！」

「沒看過就算了，我是想跟妳說，那部電影內容是，想要追回舊情人的男女主角白忙一場，兩個人最後在一起。雖然是皆大歡喜，可是現實生活裡，不可能在白忙一場之後還會有好結局。」

「你太悲觀了。」

「難道妳就這麼篤定，前男友會因為追不到恆芸又跟妳復合？」

春傑的問題沒有難倒孟喬，她很快就露出微笑說，「如果阿哲沒有跟恆芸交往，也沒有回到我身邊，至少我努力過了，知道了最後的答案。」

「妳要的答案是什麼？」

「他不會是我的，就算我再怎麼愛他，他也不會回來的。」

「好吧，我考慮看看。」

孟喬看出春傑在敷衍，翻了個白眼，「王春傑，是男人就乾脆一點！」

「我是喜歡她，那是朋友之間的喜歡，我會關心她、也會想要知道她過得好不好，但那不是愛情，我分得清楚。」

孟喬點頭認同，「那是現階段你們接觸的次數不夠，你再約她出來，說不定就突然舊情復燃了。」

「想太多了吧，我不確定她對我還有感覺，我覺得她只把我當成老朋友。」

「那可不一定。」

「拜託你都幾歲了！繼續做你那窩囊的春夢實在太廢了！我都說了我會跟你站在同一陣線，我會幫你追到江恆芸，你只要跟我配合，就會擁有美好愛情，完美性伴侶，遵循你的生物本能吧……」孟喬說完還用雙臂抱住自己，裝出甜蜜滿足的樣子。

春傑被孟喬莞爾的肢體逗笑了，呼了口氣，「妳真是夠怪的，我剛剛說了那麼多就是在婉拒妳，妳是不是聽不懂地球人的話？」

孟喬抬起下巴，一臉倔強自信地望著春傑，「你有沒有聽過海龜跟珊瑚礁魚群的互利共生關係？」

「好像聽過。是不是有一些魚會幫海龜清潔身體？」

「不錯，你有概念，海龜長年生活在海裡，身體部位會長寄生蟲跟海藻，很巧妙的是珊瑚礁裡正好有些魚群需要吃海藻跟寄生蟲，海龜就會固定拜訪清潔中心讓小魚幫牠們清潔身體……」

「所以你覺得我們也是互利共生關係？」

「對，不同生物間的合作可以促進族群繁榮，還有另一個例子你一定沒聽過，你知道章魚會跟其他物種的魚合作嗎？」

「我知道章魚很聰明，但是牠會跟別的魚合作聽起來就有點扯了。」春傑被引起興趣，拉高了專注力。

孟喬也往春傑靠近了些，兩人拉近了身體距離。

「七星石斑靠吃小魚或小型甲殼類生物維生，但是有些獵物會躲在岩縫裡很難捕捉，海洋生物學家觀察到，七星石斑為了捕捉獵物，竟然跟附近的章魚混熟了，只要牠發出信號，章魚就會跑去幫牠把岩縫裡的獵物趕出來，兩個合作成功後，章魚也會捕抓到食物。」孟喬說的時候還用手臂模仿章魚靈活的觸角，帶著微笑的表情異常認真。

「這我倒真的沒聽說過，牠們不會講話，要怎麼溝通？」
「魚會用頭指獵物，或者在水裡舞動，暗示章魚這個岩縫裡有獵物。」
「這真的蠻奇妙的。」春傑笑著，他沒想到眼前的女孩會些科普知識。
「重點是，合作捕獵。」
「我知道了，妳就是要我去追恆芸，妳尋求跟阿哲復合，我們各取所需、互利共生。」
「對！」孟喬爽朗答道，又補充：「你挺聰明的嘛！」
春傑想了想，追求恆芸對自己沒有損失，倒是可以試試看，不過他還是想再評估一陣子，依然沒有給正面回應。
孟喬說要趕回去上班了，小跑步奔離會所。
她在人行道奔跑，抬頭望著天空，步伐輕盈，她認為春傑願意聽她說話，協議已經成功了一半。她受夠自己只能自言自語，老是幻想要是江恆芸從此消失該有多好。
不管最後結果如何，至少還有努力一次的機會。
春傑與孟喬分別後，他上網查了他說的生物間互利共生的知識，覺得大自然真奇妙。章魚是無脊椎動物，七星石斑是脊椎動物，兩個完全不同的物種成為鄰居，竟然可以不用言語來溝通並進行合作。
他看到許多關於珊瑚礁毀滅、物種族群驟減的報導，他早就知道整個地球汙染惡化非常嚴重，對相關訊息習以為常；過去在替客戶設計夢境的時候也找過許多資料，只是那時春傑滿腦子想的只有如何達成J.Sir的要求。
過去他想的只有每年的薪資成長幅度、不知道該去哪找女朋友以及假日該怎麼安排。如今看到這些海洋生物的圖片，有些情緒被牽動，原來整個環境的惡化早在兩世紀之前就開始了。

接著，春傑用網路搜尋各種恆芸的資訊，網誌、照片等。

他突然有了動力，想主動抓住這緣分，也覺得自己沒有必要再去體驗夢境了。況且，如果讓恆芸知道自己藉著體驗夢境來回味跟她的戀情，肯定會被瞧不起。

7.

春傑自從降職後，逐漸不再用嚴謹的態度面對工作，甚至連藍迪遲到早退都不管。頭銜、年薪、J.Sir的誇讚、各種第一手資訊，對自己的人生真有什麼重要性嗎？人生會出現一連串考題，那些都不是是非題，而是申論題，這一回，他摩拳擦掌地準備要好好作答。

他常常想起過去自己為客戶設計的各式夢境，如果有機會一定要去親眼去看那些場景。再來，還是希望能好好談個戀愛。

中午時分，春傑打了網路電話給恆芸聊天。恆芸說他正在無人超市買東西，並開啟了視訊跟春傑對話。

「其實我看不清楚你的臉，沒關係，妳就繼續買你的東西一邊講話。」春傑開心地說完開場白。

「上次聽你說過GOOD DREAM公司，我回去就查了一些網絡報導，覺得你們老闆是個真了不起的發明家，對了，聽說你們公司的員工都能免費體驗夢境，那是怎麼一回事，我很好奇。」恆芸說。

「想知道的話下次約個時間過來，我可以用我的權限讓妳試用體驗版夢境。」

「不用了，我已經知道那只是夢，夢都會醒的，而且夢做完就應該被忘記，為什麼還要記住、這不是想不開嗎？」

「妳說得很對。」春傑不禁佩服恆芸，她的思考敏捷，有自己的見解，對她又更多了一分欣賞，「但是我們的夢境不一樣，妳就把它想成身歷其境的電影，人的一生很短暫，能做的事情有限，人都會幻想能夠成為另一個人，擁有另一種生活。」

「我懂，那是種娛樂自己的方式，但我已經很滿足現在的生活了，所以我不需要。」恆芸笑答。

兩人又聊起高中母校旁邊的那家陽春麵，那一帶經過都市規劃改建，那對賣麵的老夫妻不知道搬去哪裡。

春傑主動提出周末見面，說要帶恆芸去麵攤的新址，恆芸也爽快答應了邀約。

這一晚春傑回到家時，停在院子跟多拿些玩了一下。

春傑的媽媽看見他堆著笑意跟小狗玩，打趣地問，「你是不是在談戀愛？」

「沒有。」

春傑老媽上前抱起小狗，一邊說，「感覺你變帥了，心情也變好了。」

春傑開心笑了笑，「真的有變帥？」

「對了，以後不要叫牠小狗，德淑替牠取了名字，叫多拿些。」媽說。

「多拿些？」

「這好像是以前思成養的倉鼠的名字，德淑說這名字好記。」

「當初應該是小孩亂喊，把Dounts故意叫成多拿些吧。」春傑對老媽解釋，老媽這才知道多拿些不是招財、收賄的那種概念。

春傑在家裡到處清掃，杜絕狗的毛屑，忙到一半，訊息聲傳來，是孟喬。

春傑這才想起還沒回覆她上次的提議，他認為要跟孟喬好好談一下這件事。

時序來到秋天，好眠會所空中花園種植的落羽松樹葉由綠轉黃，再過不久就會轉為褐色，飄落在小徑上。孟喬說今天會來會所，便要春傑在花園的水池旁等她。

水池裡多了許多落葉，春傑沒有多注意，只是一直滑手機，孟喬一來就突然拉起春傑閒置的另一隻手，把糖果塞進他掌心。

春傑不愛吃甜食，但孟喬說，這是之前烹飪課的時候恆芸做的，是純果汁做的，她形容著恆芸的細心。

「妳是想接近江恆芸才跟她報同一堂課的吧？」春傑問。

「賓果！」

春傑翻白眼，「妳太變態了，難道妳沒有別的事做、整天跟蹤情敵？」

「我只是想知道她是怎樣的人，結果發現她真的是不錯的女人。」

「這種行為好白癡！」

孟喬想讓春傑了解阿哲是什麼樣的男人，很快交代起自己跟阿哲都出身孤兒院。阿哲是院裡的孩子王，教她吹口琴、帶她爬樹、爬圍牆出去冒險。每次阿哲做了違規的事情就會被院長綁起來打一頓，那是因為院長知道打他可以收殺雞儆猴之效。

再來，兩人長大之後，成為情侶，靠自己的努力念完大學，阿哲有繪畫天分，念了工業設計，是各種設計比賽的常勝軍。兩人感情一直很穩定，同居一陣子後又因為換工作而分開住。一年前阿哲進入鹿易品牌家飾，公司被跨國傢飾集團併購，而恆芸就是傢飾設計部門的總監。

「那妳呢？妳一直在說他的事。」春傑對孟喬的生活不免感到好奇。

孟喬直接連進海洋教育研究中心的網頁，打開一篇研究文章給春傑看，「這是我寫的喔。」

「海洋微生物的報導……真是看不出來，妳會寫這種文章。」春傑訝異地望著孟喬。

「我喜歡大海，以前念書就選海邊的學校，學習水產養殖，後來研究所轉向研究海洋微生物的領域，不過我遇到一些瓶頸，休學半年了。」

「所以妳現在的工作是做什麼？」

「職務是研究助理，主要處理各種文書工作，協助研究員做各種數據紀錄，比方海水成分、溫度跟微生物族群變化之類的，對了，我偶爾還要支援照顧我們救護站的海洋生物，像海豚、海龜、小鯊魚，這就很好玩了。」

「聽起來妳的工作很有趣。」春傑拿走孟喬的手機，很快地閱讀了她所寫的文章，記住標題，想等有空的時候再看。

「這篇文章是寫給訪客看的，比較詳細的我改來改去都不滿意，就一直放在電腦裡了，反正我也不想寫完了。」

「不寫完很可惜，海洋是地球生命的起源，研究海洋真是了不起。」

「不是研究海洋，海洋研究的範圍包羅萬象，我對觀察生物比較有興趣，特別是微生物。比方藍綠藻。」

「藍綠藻是地球最原始的生命，對吧？」春傑在孟喬面前，不敢賣弄太多。

「有學者推估藍綠藻在三十五億年前就出現在地球，又有化石出土報告說是在二十四點五億年前，年份只是參考，重點是，它是一種很神奇的微生物。」

「哪裡神奇了？」

「它體內有葉綠素，能行光合作用，所以地球自有生命開始，呼吸的每一口氧氣都得感謝藍綠菌。我每次觀察藍綠菌總覺得它超級了不起的！」孟喬手舞足蹈地說。

春傑感到孟喬胸懷熱情，心想她不僅是思維很特別的女孩，且具備了充沛的感情與想像力。

「我同意，藍綠菌很了不起……對了，妳剛剛說妳研究所休學，妳研究的題目就是海洋微生物嗎？」

「對，我本來有個機會可以去美國參加跨國研究計畫，不過這要住在那裡的研究站，長時間在船上或是實驗室工作，一去就是好幾年。」

「既然妳研究的是海洋，不是早就該有心理準備了嗎？」

「是這麼說沒錯，但人是會變的，我現在不想離開這裡了。」

春傑觀察孟喬表情，覺得她是刻意裝的淡然，「妳是因為失戀才哪裡都不想去，對吧？」

「你猜對了。」孟喬遲疑片刻，仰起頭看天空：「阿哲說過他要存錢，跟我一起去國外住一陣子，他會衝浪、各種海上運動他都擅長，我一直覺得我們如果可以租下在海邊的房子會很不錯。」

「難怪妳的夢裡有一間海邊的房子。」春傑說完，隨即擔心孟喬生氣，急忙解釋，「其實妳的夢我只看過五分鐘，我只是有點好奇，我不是故意侵犯妳的隱私。」

「我知道，沒關係。」孟喬黯下眼神。

雙方沉默了一陣子，春傑告訴孟喬，「我約恆芸出去了，至於我跟她怎麼發展，我想還是順其自然吧。」

「不，不行。順其自然到後面，什麼都沒有，你要讓她愛上你。」孟喬以接近哀求的語氣，「幸福得透過努力才能得到，我要追回阿哲，你也得盡力才行。」

春傑半推半就下，答應了結盟提議。孟喬火速的把恆芸的調查資料寄給他，裡面有恆芸詳細的作息表，甚至有她每周開晨會、巡視show room以及採購木料原料的時間地點。

春傑讚嘆，愛情竟能激發人的潛能，讓一個普通女孩變成FBI。

為了討論接下來的作戰計畫，孟喬跟春傑約在河濱公園見面。春傑老媽知道他要去公園，逼他帶多拿些去散步。

一路上，春傑又是不停打噴嚏流鼻涕，便放開了多拿些的繩子。

過沒多久，狗的聲音就不見了。春傑放眼望去都沒看見狗，心裡略微不安，四處尋找。

春傑走向公園旁的高地，只見孟喬突然騎著腳踏車從上坡衝下來，還把多拿些裝在置物籃裡。

「是妳找到這隻笨狗，還是笨狗找到妳的？」

孟喬笑了，「我是故意跟蹤你才找到多拿些的，因為我想調查你的所有資料，比方說你有沒有運動習慣、有沒有不良嗜好之類的，我總得知道你出馬追江恆芸有沒有勝算吧？」

春傑愕然，「妳太無聊了！」

「剛才是我亂講的。」

春傑揉了揉鼻子，緩解想打噴嚏的感覺，「無所謂，如果妳真的想瞭解我的事，直接說就行了，我現在就可以告訴妳。」

「沒那個必要，以女生的觀點，你還算有點魅力。」

「有點魅力？不會吧，我如果只是還算可以的等級，妳怎麼可能對我追恆芸有信心？」

「嗯，是直覺吧……我今天來是要告訴你，這周末我們研究中心要在北濱白帆海灘野放小海龜，兩人一組就可以報名當一日義工。你跟恆芸這周要見面，你帶她一起來參加怎麼樣？」

春傑搔搔頭顯得遲疑，「我想安排看電影吃飯，比較靜態的約會，我不確定她想曬太陽……」

孟喬豪氣拍了拍胸脯，「跟你保證這活動值回票價，上次有對男女參加淨灘，後來順利變成情侶，我今天還收到喜帖了。」

「有沒有這麼神啊？」

「不會游泳沒關係，你跟恆芸就穿救生衣去坐獨木舟，跟我們的船一起出海，放心，只會在近海停留一下。」

「所以不是把小海龜放在沙灘上？」

孟喬搖頭，「海岸線垃圾太多，我們會把船開到外海，直接把小海龜投放到事先選定的野放點。那裡食物比較豐富，也靠近洋流，希望能透過海流的運送，提高它們的存活率。」

「好啊，親自看看海洋生物，送他們回家好像很有意義。」

「我把網址傳給你，你快上網幫去報名喔！」孟喬說完，拍了拍多拿些的頭，將牠放在地上，重新把牽繩繫好。

春傑拿出手機點開網址，同步傳給恆芸並留言，「不過，我從來沒划過獨木舟，我小時候曾經溺水，游泳班也報過好幾次就是學不會。」

孟喬爽朗一笑，握拳捶了一下春傑，「你竟然是旱鴨子，沒關係，大家都有穿救生衣，之後如果你想游泳，我可以教你，我以前念書的時候考上救生員執照，在游泳池打工了三年，我跟阿哲夏天一到，每個禮拜都去潛水，真的很好玩。」

接著孟喬翻找幾背包，拿出一排藥丸給春傑，「你過敏犯了對吧？我這有備用藥，拿去吃吧。」

「我還在想妳怎麼老是背個大包包，看來妳裡頭裝的東西不少，連過敏藥都有。」春傑好奇地把目光投向孟喬的大背包。

孟喬把手肘內側翻開給春傑看，「阿哲有過敏，醫生說可能是對空氣中某些特定物質過敏。」

「你跟阿哲都分手多久了，這藥沒過期吧？」

孟喬故意奸詐笑了笑，「誰知道？」

他發現孟喬看起來纖瘦，四肢卻是緊實有肉，她能徒手抬起自己的單車直上階梯，給人一種幹練活力的印象。

分開前孟喬摸了摸多拿些的頭，「對了，我曾經看過一篇文章，有些人對動物過敏是心理問題，你要多跟牠相處，說不定時間久了就不會再對狗過敏了。」

夜風變涼，春傑發現孟喬沒有穿外套逞強，把自己的外套丟給她。

孟喬開心道謝，春傑的舉動，說明兩人已經脫離路人甲乙的關係。

這一晚，春傑的過敏沒有再犯，而他開始認真跟多拿些經營起主人跟寵物的關係，比方說，拿了牠愛玩的小球，陪牠玩拋接球。

狗是很容易被制約的動物，再來的每天，多拿些每回看見春傑總要叼著球去碰他的小腿，讓他無奈又好笑。

8.

野放活動前一天，春傑替愛車做了全車內外清潔及打蠟，最重要的是，將車子的自動駕駛系統裝置完備，以確保自己能載著恆芸安全抵達目的地。

兩人一路上話題不斷，春傑暢懷大笑了好幾次。恆芸對夢境體驗這件事有個好奇的地方，問了春傑，「為什麼去會所體驗夢境的人能記住自己剛才做了什麼夢？我們人不是多半會記不住做過的夢嗎？」

春傑解釋，「大腦的睡眠周期可以簡單分成淺眠跟熟睡，每個人循環的週期會有不同，深淺度持續的時間也不一樣，相同的是，一定會進入到快速眼動期，這是大腦非常活躍的階段，GD公司的設備就是作用在這個階段。」

「這是不是類似淺眠期？所以這時候做夢才會被記住？」

「可以這麼說，但不同的是，平常一個晚上的睡眠，我們會經過好幾次睡眠周期的循環，不過去到會所，這個週期會在睡眠艙裡被調整，公司使用的藥物跟儀器會讓會員進入半夢半清醒的狀態，在這個狀態下去體驗夢境是會被記住的。」春傑興致高昂，他避免使用艱深的句子，擔心恆芸聽不懂，也避免接下來的聊天會冷場。

「原來如此，真神奇。」

「是啊，我們的大腦真神奇，研究顯示，能記住自己夢境的人，有些腦皮質區比一般人活躍。記憶會形成也跟海馬迴有關係……」

「我是說你們公司的設備真神奇。」

春傑爽朗一笑，「是啊，我也常有這種感覺，除了這項發明，我們BOSS厲害的項目還多著呢。」

恆芸微笑點了點頭，指向窗外，「你看外面天氣多棒，連續幾個月空污指數爆炸，我還準備了口罩，看來今天是用不上了。」

霧霾輪流攻陷各大城市，每個人早就習以為常。

恆芸聊起最近的環保相關新聞，不禁感嘆，「有人說多吸幾口空氣就會早死，真是太可怕了。」

「喝水、吃肉都會吃下毒素，反正這個時代不管做什麼都會早死，就不要想太多了，順其自然。」

「你不怕早死？」

「不怕，被踢出研發部之後，我才發現以前自己從沒想過要怎麼安排生活，人不應該怕死，應該害怕沒有好好活過。」

「這句話我好像聽過，很有道理。」

恆芸把車窗搖下，一陣涼風吹入車內，她把瀏海夾到兩側耳後，放眼望去。晴朗的藍天，飄過幾朵蓬鬆潔白、棉花似的大白雲。恆芸開玩笑地說想要撕下一塊白雲咬一口。有人說跟高中同學在一塊就會突然變得幼稚，果然是真的。

不知何時車已經駛到濱海公路，沿岸的奇石怪崖在陽光的映照下顯出濃烈的色彩。海風變得強勁，料想今天風浪會有點大，春傑正在擔心暈船的問題，恆芸便從包包拿出了暈船藥，建議還是先吃了比較保險。

印象中兩人高中熱戀時也來過海邊，不過是跟幾個同學從車站換乘公車來的。恆芸也想起往事，那次海邊旅行有少不更事的瘋言瘋語、嘗試了好久才終於升起的篝火，以及戲水逐浪望著天空許願，希望以後成為了不起的大人。

那時候他們是彼此心愛的人，常找機會獨處，擁抱彼此徹夜談心，不管是兩個人還是一群人，都是青春期裡最珍貴的回憶。

恆芸望著春傑的側臉，以前她最愛看他的側臉，他有很挺的鼻子，那曾是令她心動的風景，她又繼續觀察他開車的姿勢，發現他的手臂及關節都比以前更黑了一點。

恆芸跟春傑，在車上不斷交換著這些年彼此經歷的許多事。恆芸去國外之後認識了好多不同的人，徹底打開了眼界。她從念書到就職談過幾段戀愛，其中也有因為寂寞而交的男友，通常這種關係都維持不久。也偶爾，會想起春傑。

恆芸曾透過網絡找春傑的資料，但始終無跡可尋。後來她認為就算聯繫上了，她人在國外也沒辦法跟春傑見面，就放棄找他了。

她回到亞洲工作後很少出來踏青，每天就是家中到公司，兩點一線的移動，心情始終維持在一個水平線，沒有任何波動，直到洪哲出現。

洪哲因部門重組後成為她的下屬，年紀比恆芸小，煮的一手好咖啡，很愛說話，大概相處三天就了解他從出生到現在的故事了。

洪哲的畫圖及各種組織能力都很出眾，幾次因為趕案子挑燈夜戰，她撐不住，幸好有洪哲幫忙。他雖然年輕卻是閱歷豐富，當然也很會逗女孩子笑。

漸漸地，恆芸習慣每天來上一杯洪哲煮的咖啡，他拿咖啡逼她說自己的故事做為交換。不知不覺，自己對洪哲有了過多的關心，而她也清楚洪哲對自己有好感。

「我們快到了。」春傑說。

只見車子拐了一個彎，來到活動集合點的濱海停車場。

春傑跟孟喬已經達成共識，要在恆芸面前假裝互不認識，於是三人會合時，因恆芸之前幾次上課跟孟喬聊得很投契，一直把她當成小妹妹，能再見到她自然很開心。

「我們三人能湊在一起真是太有緣了。」恆芸對春傑、孟喬說。

孟喬指引他們到置物更衣的地點，孟喬故意告訴恆芸，自己在好眠會所看過春傑兩三次。

沒想到孟喬也是會員，這倒是讓恆芸感到訝異。
小海龜被放在冷卻後的海水槽裡，這一批共有二十幾隻，恆芸跟春傑攀在水槽邊緣像孩子似的觀看牠們。
「真的好可愛。」恆芸說。
孟喬對兩人招手，「快別看了，要分配工作了。」

春傑與恆芸被分配同乘一艘海上獨木舟，協助從海上拍攝遊艇出海及野放過程。孟喬則穿上潛水衣，攜帶全副潛水裝備及水下攝影器材，準備從海上一路紀錄到水面下。
不知是因為秋日的暖陽還是沉醉在幫助生命回歸自由的使命感，每個人心情大好。
恆芸跟春傑在岸上試著操槳跟翻船動作時，兩人不時肢體碰觸，眼神交會。
孟喬在一旁觀看，心情也明亮了起來，她覺得恆芸跟春傑真是非常相配的一對。
在出發前，恆芸去了趟洗手間，她發現了一通公司來電，洪哲也撥了三通手機給她。她趕緊回電，才知道公司的倉庫突然起火。
恆芸提心吊膽，只好跟春傑道歉，她得回去了解情況，看怎麼補救。
春傑想載恆芸回公司，恆芸卻要春傑留下來參加活動，直接搭出租車回城裡。
原本是計畫中的美好約會，就這麼嘎然而止。

「太扯了，恆芸怎麼把你留在這，自己回去了？」孟喬微慍說道。
春傑無奈抿了抿嘴，「這也是沒辦法的事啊。」
「算了，你就趁這次把划船練會，下次還有機會帶她來，海邊是定情聖地。」孟喬幫春傑一起把獨木舟推到海裡。

春傑打了個冷顫，「我覺得浪有點大……」

「放心，不會翻船，而且你有穿救生衣，掉到海裡也不會死的。」

春傑板起臉，「一個人划船怪怪的，萬一我划不回來要怎麼辦？」

「剛好可以體驗少年Pi的感覺啊，海上的奇幻漂流。」孟喬擠了俏皮表情，「我知道不好笑，但我保證你會愛上這一天的。」

孟喬說完，便把防寒衣脫了下來，露出裡面穿的兩截式泳衣，春傑沒想到她竟然是個有人魚線的女孩。因為去會所的女孩子多半不喜歡運動，寧願花時間做夢。

獨木舟推到海上的時候，孟喬便跳上去坐在春傑身後。春傑訝異地回頭看了她，「妳不是等會兒要潛水？」。

「我不背氧氣筒也能潛下去，你專心看前面吧。」孟喬說完便操起槳，同時調整了一下繫在身上的水底拍攝器材。

春傑划了幾下，槳就掉到水裡了，他不知道槳會再浮起來，緊張地叫了幾聲，被孟喬嘲笑。春傑拿回槳，心急地往前划。

「划槳要有節奏，你要瞄一下我的動作，跟我同步，還有，收緊腹部核心，肩膀放鬆。」這時的孟喬一絲不苟像個教練。

他曾以為孟喬很脆弱天真加幼稚，此時的她完全顛覆春傑過往的印象。

划了幾下，挺過幾波浪頭，春傑春傑回頭望去，發現碼頭一側的海岸線緊鄰著懸崖，懸崖上有一片綠草原跟一群牛正在吃草，景色美極了。春傑拿起脖子上掛的相機拍了幾張照片，孟喬見他回頭，也故意做了幾個很醜的表情，兩人放聲大笑。

春傑見到一些垃圾漂來，隨手撿了起來。孟喬對他露出讚許的表情，從腰間拿出一個網袋，「又是垃圾，放進袋子裡吧。」

孟喬把網袋的束口收緊了一點，「這些垃圾只能算是一小片頭皮屑，你不知道颱風過後，整個海岸線全是垃圾，有夠可怕！」

春傑見小艇靠近，拍了幾張連拍，同時不忘繼續話題，「所以野放小海龜等於把它們放進垃圾池，對吧，說不定將來某一天他們還是絕種了。」

孟喬點頭，「但是也不能什麼都不做啊，生命會為自己尋找出路。」

春傑嘆氣，「找來找去還是死路一條吧。」

「你太悲觀了吧？」

「未來地球環境會越來越糟，人類生存也會越來越艱難，妳不認為人類最好還是從地球消失比較好嗎？」

孟喬微笑，像是認同。

春傑又補充，「現在到處都是被有害物質汙染的廢土，越多人類就越多汙染。我不想結婚也不想有小孩就是覺得現在環境太差，沒必要製造下一代。夢境體驗可以解決滿足不了的慾望又不用真的去做，有什麼不好？」春傑停下動作，把槳橫放在船體上，「我對現在的生活很滿足，就算沒有跟恆芸復合，我也不會因此失意。」

「好，我能理解，不過我還是覺得你太悲觀了。」

「很多知名的哲學家都是悲觀的，人類會自尋煩惱，追逐慾望，實現一種慾望又會有別的慾望……」

「等等等，你停一下。」孟喬沒等春傑說完就打岔，「回到你剛剛說到越多人類就有越多汙染的事。」

春傑被孟喬引起興趣，靜靜聽她說下去。

「我覺得應該把事情放大一些來看。我不否認人類這個物種是氣候變遷元凶，也有科學家預言，未來人類只會自取滅亡，不過地球沒有這麼脆弱，說不定生物會演化出對抗汙染的機制，以後會有更新的發明來消滅垃圾。」

「我知道垃圾菌啊，不過靠它們把垃圾吃掉，速度太慢了。」

孟喬搖頭笑了笑，「你要想的應該是，怎麼把這一輩子過好就好了，操心垃圾問題做什麼，而且說不定往後好幾代的人類真的能力挽狂瀾，會做出很多補救汙染的措施，發明出改善環境的產品。」

春傑點頭表示贊同，心裡對孟喬生出佩服之意，「所以我不應該這麼悲觀？」

「悲觀或樂觀都是人類會有的念頭，對地球來講根本沒差。人類最慘就是將來像恐龍一樣絕種，或者人類自己演化成吃了塑膠、能跟體內殘留的重金屬和平相處的體質也有可能，然後繼續稱霸地球。」孟喬說得眉飛色舞。

「這個觀點真不錯，我喜歡這個說法。」

「這個觀點不是空口無憑的，上一世紀全球濫用農藥，導致很多昆蟲體內都有抗藥性，我們正活在一個到處是毒的環境裡，不就跟那些被噴灑毒藥的昆蟲一樣？」

春傑點頭，只見孟喬繼續說，「只是，演化需要長期的時間，地球環境惡化的速度比人類演化出新能力的速度快很多。換句話說，人類來不及升級就得迎接世界末日的來臨。」

「是嗎？」

「只要海平面上升幾公尺或來個隕石撞擊，地球就會reset。就像電腦重灌一樣，生命會遭遇一輪大洗牌。人類如果沒有滅絕，當然能主宰地球，只是，萬一人類倒大楣全部死光，那麼數億年過去之後，地球就會有另一波的強勢生存者出現。」

「嗯，有道理，到時候人類生活的痕跡就會變成化石了，就像我們現在做恐龍考古那樣。」

「對，未來的強勢生存者就會發現人類堆積在地質層的手機還有塑膠飲料杯！」孟喬說完朗笑了幾聲，她發現原來春傑是能聊得上話的人。

有些話，春傑一直很想對孟喬說，便趁氣氛輕鬆，單刀直入地說了。

「比起世界末日，很多事情都不算嚴重，換個角度看，失戀不過就是滄海一粟對吧？」春傑觀察孟喬表情仍顯愉悅，便繼續說下去，「想想妳自己，沉溺在過去的戀情裡，放棄出國的機會，妳還建議我要好好去想怎麼把這一輩子過好，那妳這樣不辭辛苦，想跟阿哲復合又是怎樣？難道只有回到舊愛身邊才算是不枉此生？」

春傑堅定坦然的說完，句句打進孟喬心裡，她沒想到春傑會挖出她的矛盾，迫使她檢視自己的盲點。

「我不喜歡你把話題繞在我身上……我做的事只是想讓自己好過一點。」

孟喬搖搖頭，臉色悵然，「我傳的訊息他全部已讀不回。」

「阿哲還有理你嗎？」

「分手之後就不要再連絡比較好。」

孟喬沒說話，開始划槳，春傑就算看不清她的眼神，也知道她正在不爽。

春傑想把話題帶回生態、科普知識，但此時，一旁小艇上有人對他們振臂吆喝，「預定點到了，可以停下來了！」

載運小海龜的小艇本來跟在他們後面，不知何時已經開到前面停下，從船上的騷動來判斷，現在就是野放的時機。

船尾放下了帆布製的溜滑梯，孟喬抓準時機，戴上面鏡就跳入海裡。幾個研究人員吆喝著，一個人從水槽裡抓出小海龜遞送給站在船尾帆布前的人，春傑看著一隻一隻的小海龜依序滑到海中，心裡竟交雜著喜悅與感傷。

不知道回家的路究竟是不是讓牠們去送死？不知道二十幾隻裡面是否能有半數海龜在找回自由後能夠順利成長、繁衍？

孟喬以自由潛水方式，潛入海中很久，偶爾上來換口氣，又靈巧的鑽進海水中，忠實拍攝著小海龜回家的過程。

春傑手上拿著加裝了長鏡頭的單眼相機，沒有加防水罩，他像個新奇的孩子一樣看見什麼都拍。他想尋找孟喬竄出海面的身影，可是直到小海龜全數野放完，春傑都沒有見到孟喬。

他朝海中望去，試圖找尋，卻發現她已經爬上一旁的小艇。

兩人距離數十公尺，他看不清楚她現在的模樣。他只能想像，從海中竄起的孟喬將頭髮往空中甩動，髮上散射出的水珠如晶瑩寶石，在陽光下劃出一道美麗的弧度。

他繼續想像現在孟喬的樣子，一定很美，她奮力做著自己熱愛的工作，以微薄之力護送一個個的小生命回到海洋裡。

一坨奇怪的物體被海流推送到獨木舟旁，春傑撈起來才發現是一個變形輪胎，裡面還塞了可樂罐。他憂心一嘆，自己才抵達海面多久就撿到垃圾了，足見海洋垃圾的氾濫情況有多嚴重。

野放的海龜中有兩隻身上裝了追蹤器，不知道是不是牠們被取了名字的緣故，研究員對那兩隻小海龜特別有感情，眾人在小艇尾端拍手、叫喊牠們的名字，還傳來女孩子的哭聲。

孟喬正潛游在海面下待命，見到兩隻小海龜衝入海中，其中一隻剛好游向她，隔著潛水面鏡與她相望。她不知道牠懂不懂得道別，依舊奮力在水中揮手。她很開心能夠遇見這個小生命，光只是看見牠游泳時的美麗姿勢，就能忘記一切。

海面上的春傑看不見海裡的情況，但他沒有閒著，用亂槍打鳥的方式拼命按快門，捕捉周遭的一切畫面。不巧，連續波浪拍向獨木舟，一陣晃動之後，春傑失手讓相機掉入了海中。

春傑驚呼，那可是他跟老爸借的相機，好不容易拍攝了難得一見的野放過程，最後卻什麼都沒有留住，他非常扼腕，責罵自己的笨拙。

大海伸出數不清的手掌將春傑的獨木舟推離海岸，春傑發現自己與其他人的距離遙遠，害怕回不去了，試著跟孟喬求救。船艇的引擎聲在海面形成一道音牆，他喊了幾聲都沒有人注意他。

春傑心想自己該不會要一個人划回去吧。他搜尋了半天，因為視野不清楚，無法判定孟喬到底人在哪，他只好假設她已經回到小艇上。

不管怎麼樣，自己至少得用力划直到接近小艇，不動就會被一波一波的浪潮推離海岸線。

他花了很多力氣不斷地划，但小艇卻一溜煙地開回碼頭。他全身被汗水浸溼，再也無暇顧及美景。回岸上這段路程，春傑在心裡罵了無數次髒話。好不容易接近岸邊，孟喬終於發現了臉色蒼白疲倦的春傑，便拉攏在附近衝浪的大漢，跑去海裡幫忙把獨木舟推回岸上。

春傑累癱了，大字形躺在沙灘上，望著天上一朵朵飛過的白雲，等待疲倦感褪去。

「我剛剛以為我划不回來了。」春傑大口喘氣。

「我本來要騎水上摩托車去把你拖回來，用望遠鏡一看發現你很認真在划，全心投入的樣子，就覺得你可以靠自己回來。」孟喬故意擠了個調皮的表情。

「妳太可惡了！萬一我翻船掉到海裡怎麼辦？……不對！妳一定要說我有救生衣不會死。」

孟喬笑靨如花，用力拍了拍春傑，「我是想讓你運動！」

春傑又氣又無奈，「我可不會感謝妳！」

孟喬把毛巾蓋在他溼透的頭髮上搓了搓，又替他掏了一下耳朵裡的水，「有機會我們再一起出海，很好玩吧？」

突如其來親密的舉動，讓春傑的心跳快了兩拍。

孟喬把自己拍攝的畫面拿來給春傑看。錄影畫面中是小海龜靈活游走的身影，孟喬內心難掩激動，兩眼放光地望著畫面，像是在看自己的孩子做體操表演那樣驕傲。春傑看了一陣子就發現畫面太小，眼睛有些吃力，他轉而觀察孟喬。

孟喬的雙頰被太陽曬得通紅，笑容燦爛，使春傑也被感染了快樂。

「對了，妳游泳身手不輸海龜，妳該不會有腮吧？」春傑故意開玩笑跟孟喬說。

「我最擅長的就是憋氣，小的時候在孤兒院，只要做錯事就會被院長用力把頭壓到儲水的大水缸裡。我跟阿哲都很調皮，我們常被處罰，剛開始的時候我們很害怕被壓進水缸，後來乾脆比賽，看誰憋氣憋得久。」

春傑聽完啞口無言，他不懂孟喬怎能用輕鬆的語氣帶過，明明她講的是自己的受虐經驗啊。

「你們院長太過分了，萬一鬧出人命怎麼辦？」

「他不管怎麼弄就是不會把人弄死，我曾經看見他對上帝懺悔，我想他要照顧很多小孩，心理壓力很大，所以不怪他。我們院長也有好的時候，他會唸故事書給大家聽，他也常帶我們去樹林探險。」

「如果他還在管理那間孤兒院，妳應該去檢舉他！」

「他退休了，我們回去過幾次，或許是少子化的影響，現在捐錢認養小孩的人變多了，設備跟管理方面都改善很多……你別以為成長在孤兒院的孩子都很可憐，院長有時候很兇，但多半時間都不大管我們，我們可以盡情到處跑，很自由呢。」

「你小時候一定很調皮吧？」

「我常常把撿來的小貓、小蟲帶回院裡，藏在床底下養，有一次我把水溝撈起來的小魚放在奶粉罐裡面養，我不知道奶粉罐會漏水，弄得整個房間地板都濕了……」孟喬被勾起回憶，笑聲連連。

「難怪你會被處罰。」

孟喬吐了一下舌頭，躺在沙灘上打滾。春傑望著她四肢亂動活潑的模樣，覺得莞爾，原來孟喬這女孩除了有點怪以外，還挺有愛心、喜歡小動物的。

後來春傑在淋浴間沖澡的時候，因為鼻子嗆到水，難過地咳了幾下。他想起孟喬所說的曾經被院長把頭壓進水缸的事。

剛開始她肯定充滿恐慌，那時候，是阿哲陪她度過了那段孤單又受虐的歲月，她會渴望找回他、依賴他，也是可以理解的。

春傑換回原本的衣服，還沒來得及把墨鏡戴回去，太陽刺眼的光線猛然罩上。剛才淋浴間燈光不足，一下子站到陽光下，使他視線突然一片模糊，眼前景物宛如上了馬賽克。

他以為自己要瞎了，寒顫從腳底爬到頭頂。

孟喬剛好走來，看見春傑扶著牆壁，跑上去拉住他的手，關心他，「春傑，你還好嗎？」

孟喬把春傑帶到一旁長椅上坐下，她得知春傑視網膜出問題，不能再動刀，感到惋惜。

「上帝是公平的，祂讓你有聰明的頭腦，不錯的身材跟外表，如果眼睛又像飛行員一樣那你不就太完美了？」

春傑很意外，孟喬竟會誇讚他，「不錯的身材跟外表？你的意思是以女孩子的眼光來看，我還算可以了，對吧？」

「對呀。」

「我的狀況不會持續太久的，現在醫學很進步，國外已經研發出人工視網膜了，我已經跟國外治療單位聯繫過，排上了移植名單。」

「你的意思是視網膜移植嗎？」

「對，現在有細胞培養的視網膜，成功機率有九成，估算再過幾年就能輪到我了。」

「到底是幾年？九年跟一年差很多耶！」

「反正就是聽天由命了。」

孟喬突然將臉龐湊近春傑，扶正他的下巴，認真看著他的雙眼，「那你現在看的見我嗎？」

「當然沒問題，只是在我視野裡面的妳，有點像是畢卡索的畫。」

孟喬驚叫，「不會吧！畢卡索畫的女人都很古怪！」

「用畢卡索的畫來形容是有點誇大了，我是說類似畢卡索那種不對稱風格加上一點點莫內的筆觸。」

「莫內的畫都是朦朧美，天啊，你太可憐了吧……不對，我們認識了這麼久，你一直不知道我長什麼樣子？」

春傑搖頭，「我當然能看見妳的形貌，至於有沒有痘疤還是大小眼，這就不知道了。我的視力時好時壞，盡量不熬夜，就不會再惡化了，我還能開車呢。」

「能開車就好，現在不是有矯正鏡片？眼睛有問題的人只要戴上矯正鏡片也能打網球，對吧？」

「我是視網膜有問題，不是水晶體，矯正鏡片沒辦法改善，還好我本來就不大運動，不打球也不會覺得怎樣。」

孟喬看了看時間，神情一緊，說要回研究中心去。

「妳一直沒說妳做的是什麼研究？」春傑感到好奇。

「海洋微生物研究，比方說，你聽過海洋雪嗎？」

「海洋雪啊，如果有機會我真想親眼去看看。」春傑對孟喬這麼說。

「沒想到你竟然知道海洋雪！那是一種……」

孟喬話音未結，春傑就接口，「單細胞生物。」

「嗯，你說對一半，我剛才說過的地球最強生存者，就是單細胞生物。更正確來說，海洋雪是各種海洋有機物的組合碎屑。海洋雪每年帶著可觀數量的碳沉積到海底，在一定程度上，與溫室效應互相抗衡。」

孟喬說完之後，口沫橫飛地補充了一長串關於單細胞生物的知識。

春傑聽得興味盎然，同時感受到她對研究的熱情，「其實現在不用下潛到深海才能看海洋雪，我的夢裡就有海洋雪，我說的是程式打造的夢。」

孟喬神往問道，「太棒了，不用潛到深海就可以看海洋雪了，你能不能讓我參觀一下你的夢？」。

春傑故意賣關子，「我不會讓妳看我的夢，都是假的，要看就得看真正的海洋雪。妳只要參加國外研究隊就有機會，為什麼不去試試呢？」

孟喬抓了抓下巴沒有回話。

「妳別再去會所了，阿哲已經不愛妳了，妳得認清現實，夢境只會讓妳產生混淆、更加依賴。」春傑認真對孟喬說。

孟喬一臉齟齬，「我還需要一些時間。」

「除了跟阿哲在一起，妳一定有其他想做的事吧？」

孟喬蹙眉不語，對春傑連聲道謝，就說得去收拾東西了。

春傑望著孟喬的背影，暗自懊悔，在愉快的相處後，似乎不該提起阿哲的。

經過這一天的相處，他發現孟喬是個有趣的女孩，挺喜歡跟她說話的。

每個人心裡都有一個專屬於自己的開關，有些人終其一生都沒等到任何人去按那個開關，但孟喬卻在無意間，按下了春傑心中的開關。

孟喬就像一本書，春傑不經意的翻開第一頁，以為其中索然無味，誰知道書裡卻藏著驚喜。

春傑想起還沒打電話給恆芸，這天分別得太倉促了。正這麼想的時候，恆芸主動來電。恆芸提到她的同事在火警意外中受到嗆傷，她現在還在醫院。

得知恆芸忙到沒有空吃晚餐，春傑便自告奮勇說要送吃的過去給她，還有她的同事。

其實春傑心裡大概有底，恆芸會特別留在醫院照顧同事，想必是交情不錯的人，他想見見那個人。

9.

來到醫院，春傑查看了病房表，五〇六號房，洪哲。

果然跟他猜的一樣，受傷的人就是孟喬的前男友。

春傑進到病房，看到恆芸用筆電坐在床邊的小桌啪啪啪的打字，洪哲一臉睡意，一看見春傑就抬起手揮了揮，用微弱嘶啞的氣音說了聲嗨。

「不要說話了，好好休息。」恆芸瞪了一眼洪哲，彷彿大姊姊在管束小弟弟似的。

洪哲看上去英俊結實，笑容爽朗。

「來，快吃吧。」春傑把外帶的麵交給恆芸。

恆芸一吃便知，這是高中母校旁邊的陽春麵。春傑刻意提醒老闆，麵煮五分熟就好，以免到了醫院悶得太爛。恆芸也識破他的用心，以大口吃麵大口喝湯來回應春傑的體貼。

洪哲對恆芸打了打手勢說他也要吃。恆芸沒讓他吃，沒有醫囑是不能擅自飲食的。

洪哲無奈用頭撞了撞枕頭，恆芸說洪哲除了吸入性嗆傷，頭也被高處的商品砸中，所以頭部才有包紮。恆芸說話時，總會關心的望望洪哲。

洪哲似乎不能接受自己因為輕微嗆傷而住院，拿了手機輸入文字，告訴春傑，其實他沒那麼嚴重。

探完病，恆芸跟春傑一起離開。春傑注意到，恆芸在離去前替洪哲把手機接上充電器，也替他整理好打結的耳機線。

她顯然是怕洪哲在醫院會無聊，也知道他有聽音樂的習慣。春傑直覺這意味著，自己不用再白費力氣追求恆芸了。

「今天我半路失約，真是不好意思。」恆芸覺得有些愧對春傑。

「下次吧，下次一起看電影怎麼樣？」春傑提出邀約。

「嗯，再說吧。這次倉庫出事，很多訂單都要延後，聽說代替的木料品質銜接不上，很多工作亂成一團，我肯定要忙好一陣子了。」

「好吧。等妳忙完再約。」春傑微笑。

春傑正帶著恆芸走向停車場，卻看見孟喬從遠處的天橋上走下來。

春傑猜測孟喬是要去醫院探望洪哲，或許洪哲的同事裡也有孟喬認識的人，把他住院的事告訴她，否則一個女孩子不可能那麼神通廣大，連洪哲住哪間病房都知道。

春傑假裝沒有看見孟喬，料定今晚，她不會好過。

孟喬來病房探望洪哲，他還沒睡著，見到孟喬的時候，他微笑的張開手臂，孟喬也立刻上前抱住他。

然而洪哲只是抱了一下就放開了，就像好朋友、或兄妹間久別重逢的擁抱。

孟喬的神情掩藏不住對他的深切思念，他都知道。她坐在病床緊緊握住他的手，有時候貼上自己的臉頰，有時候輕輕吻著他的手背。

兩人互望了很久，洪哲沒有發出一點聲音，只是望著她，漸漸的，他的雙眼蒙上一層薄淚。

「你怎麼了？」孟喬問。

洪哲微微搖了搖頭，似乎不想說明。

「讓我留在這裡陪你，好嗎？」

洪哲繼續搖頭，眼裡滿是歉意。

「不要這樣……」孟喬用哀求的語氣，把下巴靠在他交握的手指關節上。

洪哲坐起來，打手勢向孟喬示意，要她去自己的背包暗袋裡拿東西。孟喬伸手找了找，拿出一封信。

洪哲用手機輸入文字，要孟喬回去再看，還有今晚他要一個人好好休息。

孟喬直覺，這封信裡寫的肯定不是什麼好東西，她走出醫院，沿路上一直猶豫該不該看，終於在走上天橋的時候鼓起勇氣，就著一盞燈，把信拆開。

洪哲好看的字跡映入眼簾，那封信的大意是，他真的愛過孟喬，只是，愛情已經不在了。

分手信的內容為何，孟喬早就看過也聽過。不管孟喬怎麼尋求復合，洪哲始終耐心對她，沒有惡言也沒有任何不耐煩，因為他把孟喬當作生命裡最重要的朋友。

正因為希望她好，所以他一遍又一遍的複述分手這件事，用最溫柔且持久的方式陪她一段，直到她能接受。

洪哲在信裡的最後說他會一直牽掛著孟喬，為她祝福，為她禱告。

孟喬滿臉是淚。

路燈下出現了一個拉長的影子，是春傑。

春傑悄悄來到孟喬身後，開口，「剛才妳來之前我也去了阿哲病房，我感覺到他跟恆芸是互相喜歡的。」

孟喬抬起紅腫的雙眼瞪了春傑一眼，生氣語調，「我知道……不然他幹嘛跟我分手？」

「那妳還自取其辱！白癡啊！」春傑難得用這種強硬態度罵人。

孟喬哭著哭著就笑了，笑完之後鼻涕就流下來了。

春傑看見孟喬竟然用袖子在擦鼻涕，瞪大了眼，「妳有夠髒的耶！」

「面紙咧？給我面紙？」

春傑因為沒帶面紙，被孟喬罵了好久。

天色已經很晚，春傑見孟喬體力透支，只好送她回宿舍。

海洋研究中心的單人宿舍就如同大學時代那樣的配置，讓春傑感到熟悉。孟喬的房間稱不上凌亂，到處充滿生活的痕跡，比方說亂丟的泡麵粉包、穿過的衣服，仔細一看倒還算乾淨，至少不會出現用過的衛生紙或者蟑螂的屍體。

燈具、書櫃都是樸素的木作款式，四壁牆面沒有年久龜裂的痕跡，開關或插座旁邊也沒有灰灰的手印，猜想是孟喬曾經油漆過這房間。白色是這房間的基礎色，唯一繽紛的色彩就是書桌前的一張彩色照片，有個女潛水員優游在珊瑚礁裡，旁邊除了熱帶魚，還有兩隻幼鯊。

「這照片上的是妳嗎？」

「對啊。」

「太酷了，那天妳也教我潛水吧。」

「我學費收很貴的喔。」

「不會吧，我們不是說好了要互相幫助？」

春傑往孟喬的單人床沿一坐，隨即被她趕走。時間已近午夜，春傑以為孟喬在趕他早點走。

孟喬指了指地板，「我這有睡袋，如果你懶得開夜車回家，不如就打地鋪睡吧。」

「也好。」春傑說完就走去開了冰箱，發現裡面冰了幾罐啤酒，「妳果然是有在喝酒的。」

「喝完比較好睡，啤酒對失戀的人來說不是必備品嗎？」

「一起喝吧。」

孟喬找出兩包零嘴打開，跟春傑坐在地上喝起啤酒。春傑以為喝醉的孟喬會發酒瘋又說起阿哲，卻沒想到她一喝醉就只是抱著枕頭哭。

到底要用掉多少面紙才能拭盡悲傷，春傑想不明白。

10.

春傑在地板上恍惚醒轉，想起自己還得上班，匆匆幫孟喬把房間略為整理了一下就離開了。

他開車上了快速道路，湛藍的大海又出現在路旁。能夠在靠近海洋的地方工作，喜歡著海裡的生物，他覺得孟喬已經得到了天賜的幸福。

同時間的家中，德淑正在對媽媽發脾氣，原因是媽媽把思成的衣服送給佑佑穿。那件衣服仿照彼得潘的造型，是思成在幼兒園戲劇表演時，德淑自己縫紉的。

佑佑面對大人的吵架，只想趕快脫下衣服，春傑媽無奈抱住佑佑，朝德淑激動比劃要她退開，「妳嚇著孩子了！而且思成都走了，妳留著他的衣服做什麼？」

德淑瞪大雙眼，「那是一個紀念，我……」德淑突然無法換氣，全身發抖。那衣服上殘留著孩子留下的味道，表演完後一直沒有洗，就這麼保留到現在。每當她看見那件衣服，孩子開心律動的可愛模樣又會親臨眼前。

老媽扶著悵然的德淑回房休息，德淑一直罵老媽將孩子的東西亂送人，再也不讓誰動任何東西。

媽媽在門外罵德淑小氣，思成、思慧的玩具還新著，為何不借給佑佑玩。

德淑眼神空茫地望著天花板，直到手機傳來提示音，他一看，有錢匯進自己的帳戶了，紹安過去每個月總會按時給家用，孩子過世後，紹安將保險金全數給了德淑，每月也會按固定的日期給贍養費，一天不遲。

德淑想起紹安就有氣，前幾天她再走進好眠會所之前發現紹安走在她後面，便向街邊的巡警舉報有人跟蹤她。

紹安被警察帶走之後，德淑發現地上遺落了一個藍色紙盒，她馬上認出這是藍鬍子蛋糕店的水果蛋糕。她這才想起今天是自己的生日。

但不管紹安做什麼，都無法在德淑心裡掀起波瀾，最後蛋糕直接被丟進好眠會所的垃圾桶。

服務員為了垃圾分類拆開蛋糕，把盒底的小卡片拿給德淑。

小卡上寫：生日快樂。她瞥了一眼就把小卡撕毀。

回憶突然撞進心裡。她懷思慧的時候從不忌口，最愛吃的就是藍鬍子蛋糕店的甜點，兩個小孩生日時也是訂這家的蛋糕，這家店附贈的蠟燭很精美，他們家有個抽屜裡還有好幾個沒燒完的蠟燭。

她幾乎是用跑的往睡眠艙奔去，只想趕緊跟小孩團聚。

幾個會員排隊刷晶片手環進入，動線卻被堵住了，這時最前面有個西裝筆挺，戴眼鏡的斯文男子，用力推倒了機器服務員。整個一樓入口警鈴大作，兩個機器保全立刻上前壓制住了那名男子，將他帶離會所。

德淑聽見那名男子不滿的原因是他的會籍突然被終止。好眠會所在審查會員資格時會同步創建一個虛擬的銀行帳戶，該帳戶必須存進一定金額的會費，假設會員失業、銀行帳戶低於扣款水平線，成了負債人口，或者犯刑入獄，會籍就會立刻被取消。

那個男子在被請出去的時候一直保證自己不會失業太久的，他只有在會所才能放鬆睡上好覺、做上好夢。

德淑沒有多對那個男子投以任何關注的眼神，她只想趕快進入新的夢境。

新的夢境開始。

德淑跟思成、思慧坐在水上飛機上，他們緩緩下降，降落在一處群山環繞的湖畔，遠處山頭可以清楚看見雪線，以及翱翔的老鷹。

母子三人攤開野餐墊鋪在池邊的草地上，開始釣魚。德淑親自料理兩個孩子釣上來的魚，準備豐盛的大餐。

每個母親的成就感就是看著孩子吃飽玩好，思成思慧兩人一直聒噪的講話講個不停，德淑頻頻被逗笑了。

小憩過後，有個老人牽了兩匹馬過來，老人充當嚮導帶他們到附近的市集遊覽。這個市集就像早期美國西部電影裡的小鎮，而德淑與思成、思慧瞬間也變換了衣著，穿上了牛仔褲、領巾及牛仔帽。

思成一直黏在打靶攤位，而思慧則跟德淑一起買了好多手作飾品，以及顏色繽紛的糖霜餅乾。

德淑開心地跟孩子們吃著餅乾，可是夢裡的餅乾嚐不出味道，不知道糖會不會放太多了，她幫思成思慧揩去嘴邊的餅乾屑，又掏出手帕打算替他們擦掉身上的汗水。

思成跟思慧沒有流汗，德淑湊近他們時，也聞不出他們頭上、身上有任何味道。

德淑站在黃沙滾滾的西部小鎮街心，以錯愕結束了夢境。

德淑又是流著淚醒過來。程式能打造的感官體驗有限，德淑很清楚這一點，但這新的夢境未免太短了。

德淑迅速走到服務櫃台反應夢境太短。機器服務員調出她前幾次的夢境時間紀錄，告訴她，她每次訂製的夢境長度都有增加，並把清單給她看。

德淑啞口無言，慢慢走向會所的出口，她想起有人說過，快樂的時間總是短暫的，這一定是因為夢境的品質不斷提高，越來越逼真，才會使自己像吸毒一樣不能克制，想要延長體驗的時間。

「要多少時間妳才覺得夠呢？」德淑想起春傑這樣問過她，關於這句話的答案，她自己也不知道。

德淑一走出會所，一旁的高層樓建築物，猛地落下一個人影，伴隨著一聲巨響之後，地上多了一灘噴濺的腦漿及血漿。她定睛一看，竟是剛才在會所被禁止進入的那個西裝男子。

一旁路過的人紛紛尖叫走避，有人拿手機打電話報警，德淑心裡飽受震撼，僵直後退。原來有人死在自己面前比看見鬼還恐怖。

石板鋪設的人行道凹凸不平，她打滑之後跌坐在地上，隨即痛哭失聲。

她不想以任何方式再次經歷別人的死亡。

春傑上班途中，藍迪來電告知他會員自殺的消息。

春傑震驚且遺憾，他想起最初自己打造夢境體驗系統時的初衷是要娛樂大眾，如今怎麼變成了玉石俱焚的場面？

電話又來了，車裡的導航顯示螢幕從藍迪切換成老媽的臉，她萬分著急，說德淑傳了奇怪的訊息給她，一早出門到現在都沒有回家。

緊接著，顯示螢幕出現一排字：媽，謝謝您一直照顧我，我愛您。那是老媽轉傳過來的訊息。

姊該不會想尋死吧，春傑擔心，隨即聯絡紹安。

紹安認為德淑很可能去了山區的私人莊園，那是紹安客戶的豪宅，過去曾出租給旅客或舉辦露天婚宴。但近連來營運不佳，便將佔地廣闊的樹林另外劃分了一塊結合休閒功能的樹葬區。當初紹安跟德淑就是在那個莊園辦婚宴，也曾常帶孩子去那裡度假。

孩子死了之後，骨灰經過處理，也送來了這個莊園的樹葬區，植存在樹木的根部。

春傑一路飆車，趕到私人莊園，正好看到紹安在跟保安談話。

紹安急急忙忙帶著春傑往樹葬區奔去。他們以為會看到傷心欲絕的德淑站在思成、思慧安眠的樹蔭下，映入眼簾的卻是歇斯底里的德淑，正拿著一個塑膠瓶潑灑汽油在樹幹。

春傑立刻衝上去抓住德淑，紹安也同步夾上去，搶走德淑手裡的瓶子。

「妳幹什麼？」春傑問。

德淑掙脫春傑的控制退到樹幹旁，撕心裂肺的哭了起來，「我…我要跟思成思慧一起死在這裡……」

春傑跟紹安都發現德淑的眼神不對勁，兩人拿走德淑的袋子，從裡面翻出一把水果刀，以及安眠藥。

紹安滿是心疼地拉住德淑的雙手，「妳別這樣，孩子已經死了，到底要多久妳才會接受事實？」

德淑激動地揮開紹安，尖銳的指甲數度刮傷他手臂。

「對，我知道他們死了，我每天都過得好痛苦，都是你害的……」德淑不斷喃喃自語，夾雜著嗚咽聲。

春傑上前拉開德淑，卻被她打了一掌，心裡怒氣被激起來，「姊，事情已經發生，妳再怪姊夫也沒用！思成思慧已經沒救了，但是妳的婚姻還有救！」

德淑聽不下去，「夠了，你不要說了！」

春傑一臉憤慨抓住德淑的肩膀，「就算妳能在夢裡擁抱孩子，但妳感覺不到他們的體溫；就算妳能在夢裡跟她們一起吃晚餐，但是妳沒辦法嚐到食物的美味，因為妳所有的經歷都是程式寫出來的！都是假的！」

「春傑……」德淑哀求地望著春傑，放聲大哭。

紹安不忍心見德淑受刺激，眼神示意春傑別再說了。但春傑不願意停下，他激動地傾倒堆積在心裡的話，「妳遲早要接受事實，他們真的死了，死了，死了！」

德淑身體癱軟地坐在地上，思緒亂成一團，「我不知道，我不知道為什麼他們會死啊……」

德淑的心碎讓春傑、紹安都很難受。春傑嚴肅對德淑說，「我會立刻幫妳辦退會，還要把妳的夢境檔案刪除，就算妳想去會所，保安也不會讓妳進去的。」

紹安緩緩上前，卻不敢碰德淑，擔心再刺激她，「德淑，妳的苦我都知道，但妳不該結束人生，思成、思慧不會希望妳放棄自己。」

德淑突然撲向紹安，用尖銳的指甲抓他、用全力打他，「我人生都被你毀了！我最後悔的就是嫁給你……」

紹安默默隱忍、承受德淑的各種言語及暴力宣洩，像這樣的畫面，以前已經上演過很多次，春傑實在氣不過，上前把德淑拉開。

春傑爆青筋的對德淑大吼，「夠了！妳能不能鬆開妳的拳頭，握住姊夫的手？」

德淑霎時愣住，她從沒見過春傑發那麼大的脾氣。

「姊夫很關心妳，妳卻只會責怪他！把身邊的人都拖進妳的痛苦裡，這樣妳滿意了嗎？」春傑說完就怒氣沖沖地轉身走了。

德淑的心情由激動到無力，安眠藥的效用發揮，使她意識漸漸模糊。紹安上前抱住她，讓她靠在自己身上，德淑想要推開他，卻使不上力氣。

紹安擔心一放手又會被德淑拳打腳踢，加重了擁抱的力道。

「德淑，我還是那句老話，對不起，千千萬萬個對不起……但這是我最後一次跟妳道歉，我會繼續過好自己的生活。」紹安話音顫抖，雙眼噙著眼淚，「妳要走出來，妳永遠是我最愛的老婆。」

德淑知道自己沒有力氣掙脫，從抗拒到逐漸接受，最後把頭埋在紹安的懷裡，一直哭到睡著。

春傑回到會所，發現機器服務員的反應有些延遲。藍迪慌張地跑來跟他說，因為核電廠跳機的關係，發電機自動啟動了，但不知道什麼原因，輸電線路的熱負荷過載。

春傑嘆氣，會所頂樓雖然裝置了太陽能板來發電，可是日光照度不足，會所的大部分供電只能仰賴電廠的輸送。藍迪提到前幾年電力還沒那麼吃緊，是因為會員不斷成長，設備不斷更新，才使電力供應變的不足。

春傑跟藍迪商量後，緊急關上空調，也把一半的睡眠艙停機。

「沒電又不是我們幹的，公司早就該料到會有這一天，誰叫上面的人不處理。」春傑無奈說完，又對藍迪補充，「你去通知所有會員，會所進行維修，暫停進入，還在睡眠艙裡的，立即終止體驗。」

「知道了。」藍迪離去。

春傑看見許多會員魚貫走出會所，鬆了口氣。由於睡眠艙在體驗的時候是密閉空間，只靠管線輸送氧氣及加重深層睡眠的微量藥劑，如果機器發生嚴重的故障使艙體打不開就會危及人命，在管理上不得不慎重一點。

藍迪跟春傑在會所四處檢測儀器，還是沒辦法讓供電穩定下來，乾脆把發電機也停下。當所有電力停止的時候，會所裡的機器服務員們也同步停止運作，有的機器人走到一半就停下來，瞳孔失去光源，模樣像極了展示服裝用的人偶。

「公司即將發表個人版夢境體驗機了，你知道嗎？」藍迪問。

春傑在幾年前就參與過個人版機體的開發過程，對這樣的趨勢並不意外，只是感到擔心，「之前國外不是才發生過客戶因為體驗夢境損傷了大腦，風頭還沒過去，不會這麼倉促上市吧？」

「你說呢？」藍迪對春傑神祕一笑，帶他走回機房。

打開門之後，春傑就看到機房中間的工作桌上有一個大紙箱，他緩緩靠過去看，從裡面取出了一個外觀類似全罩式安全帽的玩意。這玩意不僅材質輕盈，整體設計採半縷空的金屬肌肉線條，質感精緻前衛。

原來這就是個人版夢境體驗機的最終成果，春傑正想按下電源，藍迪卻把頭盔搶走，快速把個人版夢境體驗機戴在頭上。

「這是我靠關係拗來的，我玩完再換你！」藍迪把辦公椅弄倒，以舒服的姿勢躺下，「我要去會會我的十大名模跟十大女優了，嘿嘿！」藍迪說完就開始操控機器，只見頭盔旁的燈號由藍轉紅，表示已經進入夢境。

春傑不用想就知道藍迪做的一定是超誇張的春夢，他不想目睹藍迪臉上色色的表情，帶走平板電腦，離開機房。

春傑想起德淑目睹的那起自殺意外，連線調閱出監控視頻跟那人的會籍資料。男子名叫傑夫，張傑翰，他的建檔照上是穿合身的西裝，跟他來會所大鬧那天穿的一樣。

春傑漫步走到空中花園，總覺得傑夫很面熟。隨著一陣吹過來的花香，他猛然想起傑夫曾跟他念同一所大學。

兩人不同系，交情似有若無，唯一交集就是修過同一門通識課程。那時候做分組作業每個人都會找自己的朋友，以三到四人為一組。春傑在大學的時候喜歡徹夜看各種電影、打電玩，總是睡過頭，而傑夫據說總是在熬夜聯誼約會，因此兩人在課堂上遲到，沒有分到組別，只好臨時湊起了一個雙人組。

那次的作業是要寫APP程式，由於傑夫是建築系的，兩人商量後結合彼此特長，設計出一款能自動掃描物體輸出成３Ｄ列印的APP，標榜能夠及時建構出任何模型。

那時候的傑夫英俊爽朗，擁有很多個曖昧對象，走到哪裡都有人以關注偶像的眼神望著他，是個校草天菜級人物。

春傑好奇傑夫的夢境內容，連線進去查看，赫然發現竟是自己的設計之作。

傑夫在夢裡的職業為大企業董事長，擁有私人小島及專用噴射客機，曾經的老闆則是他的貼身助理，或許他對前任老闆充滿恨意，夢境中總是不斷刁難助理。春傑對傑夫的夢境沒有特殊印象，多數人都想在夢裡充分享受金字塔頂端的生活，以及跟夢中的情人擁有快樂的生活，不過他倒是記得傑夫的偶像是賈伯斯。

夢境快轉到最後，還真的出現了賈伯斯，傑夫跟他一起打球，討論第七波科技革命[1]議題，對是否泡沫化產生激烈爭辯……

畫面嘎然而止，春傑感到悵然又愧疚，沒想到曾經風光的同校同學傑夫竟會成為夢境重度依賴者，人生的結局是自殺墜樓。

春傑想起自己也曾因為生活過於沉悶單調，分離出另一個自己活在虛擬的幻境中，他早就清醒並省思，夢境設計對這個世界是否是必要的存在？

不，每個人都會做夢，差別在於要相信多少。人腦自然創造出的夢境是一種生物自我清理整頓的機制，夢境映照著每個人的所見所聞，能夠整理記憶，放鬆情緒。

但是程式設定的夢境就像強效的興奮劑，是過度膨脹自我的怪獸，將人一口吞噬。新世紀最可怕的藥不

[1] 第七波科技革命被宣稱是人工智慧科技潮。

是毒品，而是人類永無止盡的不滿足。

困惑、焦慮在春傑心裡糾纏，就在他思考的同時，一個相反的想法被碰撞出來。他覺得自己可以設計出不同以往的夢境，他曾期許自己的專長能為某些人帶來一點好的影響，只是在公司商業目標的追求下，早就忘記了初衷。

春傑打開自己的夢境程式，發呆了好一陣子。接著他想起孟喬，她心裡有很多對生物的愛、對阿哲的愛，卻寧願沉溺於夢境，裹足不前。

他內心有一股驅力，突然很想為孟喬做點什麼。

春傑掏出手機，留訊息給孟喬：「我不會去追恆芸了，我退出計畫。」

會所的步道祕境安靜的只聽得見風聲，春傑直接在堆滿落葉的石凳上坐下，把平板靠在兩腿上，腦中出現一個又一個新想法，快到他來不及打進電腦裡。

熱情與雄心又死灰復燃，他已經很久沒有這樣了，過去在寫程式的時候只當作是例行公事，如今，熟悉的程式碼化為一份真心的祝禱。

春傑想像著靈感執行的結果，興奮不已，甚至忽略了眼部的乾澀。

在程式寫完前，不能停，他怕一停下來就會發現自己再也看不清楚了。

第二章　禮物

1.

孟喬睡了一整天，不斷責怪春傑。她不懂春傑幹嘛要退出，為什麼他不把江恆芸追回來？她努力了這麼久難道真要放棄阿哲？

今後自己就要一個人生活下去了，孟喬心情鬱悶。

「Have a good dream——」孟喬想起機器服務員總說的這句話，救贖近在眼前了。

她加快腳步奔向好眠會所大門，一刷感應手環，卻顯示禁止進入。

緊接著春傑出現，對孟喬說，「因為電腦病毒的攻擊，妳的夢境檔案毀損，會籍也被取消了。」

孟喬錯愕，「我不懂，怎麼會突然毀損？你們沒有備份嗎？」

「沒有。還有，夢境體驗可能會毀掉人的大腦，我勸妳不要再續會了」

「那其他人怎麼可以進去？」孟喬指著一旁剛走進大門的會員問向春傑。

「妳最好接下來都完全不要聽關於阿哲的事、不要見他，妳很清楚，妳們已經分手了。夢境給妳的只是不切實際的幻想，只會讓妳分不清楚現實，以為跟他之間還有希望。」

孟喬情緒慌亂，「我只是太難過了……阿哲跟我相處了很久，我沒辦法接受他消失在我的生活裡！」

「沒什麼大不了的吧，有些人註定只能陪你一段時間，不是一輩子。」

孟喬搖頭不想接受，春傑望著無助的孟喬，又繼續說，「不如往另一個方向想，今天妳失去了愛情，得到的卻是友誼。這也是我最近的心得，我發現自己對恆芸只是初戀情人的懷念，我回家以後不會再想起她，不會想要再打電話給她，但我相信我跟她會一直是好朋友。」

「你真的甘心只跟她當朋友嗎？」

「對，老實跟妳說吧，我今天上班前約她吃早餐……她說，她跟阿哲在一起了。」

孟喬失落、懊惱，掄拳搥了春傑的身體，「都是你動作太慢了，你有機會追到她的！」

「這是妳的事，跟我無關。」春傑語氣堅定，「妳從一開始就不應該把我攪和進來，妳現在最好清醒過來，接受阿哲的離去。」

「好，我知道了。」孟喬落寞轉身，本想離去，卻又回頭詢問春傑，「她說到阿哲的時候，是不是看起來很幸福？」

春傑點頭，「對，她還告訴我，阿哲已經出院了，妳別擔心他。」

「你有讓江恆芸知道我找過你嗎？我是說我纏上你，鼓吹你跟她復合的事。」

「沒有，她沒有必要知道。」

孟喬毅然邁開腳步，快速跑開。

春傑心裡還有話要說，猜想孟喬回去這一路上又會淚流滿面，擔心追去。

他曾經以為自己能跟孟喬起舞，分化江恆芸跟洪哲，各自得到幸福，可是他見到恆芸第一次提到阿哲的表情，那時就知道，自己早就輸了一大段。

春傑掛心孟喬，工作有點分神。藍迪知道春傑想去找孟喬，忍不住自誇說他可以駭入捷運站每個進出口畫面，一定能幫他找到孟喬。

孟喬思緒呆滯的走著，用自己的玻璃杯點了外帶咖啡，之後就走到附近的電影院，隨便選了最接近的場次買了一張票，是最後一排的座位。

不久，春傑出現，特意選了鄰近孟喬的位子。

他等到放映場的燈全部滅了才走到孟喬身旁坐下，她立刻發現春傑，她就是故意選旁邊沒人的座位，這個冒失鬼太刺目了！

春傑見到孟喬在瞪他，揚揚手要他往隔壁移過去一點，春傑只好照做。

這是喜劇電影，但孟喬跟春傑在看的過程始終沒有發笑，兩人暗暗注意著彼此。

孟喬終於忍不住坐過去問春傑，語氣帶著不滿，「你跟來做什麼？」

「我剛好想看電影。」春傑說的是違心之論，他好幾年不曾進電影院了。

「誰不知道你眼睛有問題？你是在跟蹤我吧？」

「我學妳的啊。」

孟喬笑了幾聲，隨即變臉，「你該不會喜歡上我了吧？」

「唉，妳的毛病就是太自以為是了。」春傑搖頭，又問，「妳看電影習慣坐最後一排？」

孟喬解釋，「那是阿哲的習慣，他喜歡坐最後一排，因為他習慣脫鞋子，而且坐最後一排……要做什麼基本上不會有人看見。」

「喔，難怪我剛剛看見你在挖鼻孔。」

「你幹嘛看我啊，神經。」孟喬翻白眼踢了一下春傑小腿。

整場電影春傑跟孟喬都在聊些有的沒的，或是打來打去，沒人記得螢幕上在演什麼。

走出影廳，兩人買了外帶的潛艇堡坐在路邊吃。

天空突然閃光大作，拋下幾道雷聲，孟喬嚇到臉色發白地靠向春傑。

孟喬倏然回到兒時那間陰暗潮濕的小倉庫，閃電與大雷雨伴隨淒厲的尖叫聲，所有的雜物就像著了魔似的往她身上砸，她被壓得動彈不得，只能從縫隙裡向外窺看。

她快窒息了，不只是空間的壓迫，還有地上的殷紅血點。她縮起身子抱住頭，只要不要聽見閃電、不要看到雷光乍現，忍一忍就會過去的。

春傑觀察孟喬，心想打雷有什麼好怕的，發現她身體僵硬，把手放在她肩膀上。

「妳沒事吧？」

孟喬搖頭，「沒什麼啦……」

春傑覺得孟喬表情不大對勁，定定望著她，她為了安撫春傑，微笑地靠向他，語氣極力鎮定，「我有一次去機場碰到雷雨，我一直幻想閃電會打中飛機，結果就在機艙裡恐慌症發作，然後就被請下飛機了……」

春傑意外，「我一直以為妳天不怕地不怕。」

「打雷的時候我是不能出門的。」孟喬表情害怕，雙手不安地交互搓揉。

兩人在街邊坐了好一陣子，下起大雷雨，彼此默然無語。

孟喬收到手機訊息，一看，竟是阿哲傳來，問候她人在哪裡，打雷了要小心一點。春傑湊過去看，發現孟喬的嘴角微微上揚。

「他還是很關心我。」

「如果我是他，也會傳訊息給妳，妳要是在打雷的時候發瘋是很可怕的。」

「沒人想聽你講話。」

「再聽我一句，時間再怎麼追都追不回來的，逝去的愛情也是，看開一點吧。」

孟喬沒有反應，只是呆看著大雨。

春傑稍微抬高音調認真望著孟喬，「妳不應該放棄妳的研究，這是很了不起的工作，妳研究海洋，而海洋還有很多沒有解開的奧祕。」

「其實最近一個世紀以來，海洋生物已經死了很多，連深海都看得到垃圾，繼續研究下去只會覺得自己的力量很渺小，什麼都沒辦法改變。」

春傑揉了揉鼻樑跟眉心，剛才一陣冷風讓他覺得眼部周圍肌肉緊繃。

「別這麼悲觀，沒人要妳改變什麼。只要妳繼續投入，一定會有很棒的發現。不是為了讓世界變好，是要去探索自己的可能性。」

孟喬的眼神由茫然轉為認真，她很慶幸身邊有個能夠陪自己等雨停的人。

「喂，我怕我之後忘記跟你說……我很開心能夠認識你。」

「我也是。認識妳好像讓我單調的生活變得有一點有趣。」春傑笑了笑。

潑灑在周圍的大雨帶來陣陣寒意，春傑脫下自己的外套披在孟喬身上，他的體貼令人窩心。

春傑外套的氣味聞起來帶著一點汗味，卻不會令人討厭，她側過頭把臉貼在外套袖子上，輕輕摩娑著。

這場雨看來好一陣子不會停了，孟喬看起來非常睏倦，她靠在春傑的肩膀上沉沉睡去。

春傑拿手機出來打發時間，並將手機拍攝調到靜音，連續拍攝了幾張孟喬臉部各個角度的照片。在構築夢境的時候會需要客戶的照片，參照數據越多，設計出的畫面就會更真實。

她醒來的時候自己已經回到宿舍床上，看看時間，原來自己已經睡了一個下午，不知道春傑什麼時候送她回來的。

她抱住枕頭繼續昏睡，絲毫不知春傑才剛離去。

春傑一邊走出宿舍電梯，一邊低頭確認手機裡剛才蒐集的照片，他把孟喬書桌上幾本書的簡介、牆上的潛水照片跟研究資料翻拍了一輪。

他的視線停留在一張特寫照片，某篇英文論文中有很多段落被螢光筆標記了顏色。他用手指放大照片，發現某段句子被紅筆圈住，下面空白處還寫了翻譯文：海中細菌的密度大於宇宙繁星的密度。

他認出那是孟喬的筆跡。

他繼續看著放大照片，孟喬又在另一個空白處寫了筆記：我們看不見細菌，但是它們的力量不容小覷，它們代表自然界的復原機制。

孟喬的筆跡表現這篇論文的重要，春傑被引起求知的興趣，打算有空再找出那篇文章來看。

宿舍走廊另一頭有個人朝春傑走來，兩人同步發現對方，一起停下腳步。

春傑訝然出聲，「洪哲？」

洪哲露出微笑，對春傑揚起手，目光熠熠，神情健朗。

洪哲跟春傑沿著海邊棧道漫步，雷雨早就停歇，已是夕陽西下時分，海面如鏡，映照出一團團的橙色雲朵。兩人站著談話的地方往海的反方向望去，正好能看見孟喬宿舍的窗戶。
洪哲一直以為春傑是恆芸的高中同學，不明白他為什麼會出現在孟喬的宿舍樓。
春傑簡單描述自己跟孟喬的相識經過，洪哲才知道孟喬跟春傑看過彼此的夢境，也才知道春傑在年少時曾跟恆芸相戀。
「原來孟喬接近你是為了我……她真是太亂來了。」洪哲搔搔頭，無奈微笑。
「你來看她應該是因為大雷雨的關係吧。」
「對……她是長年來的毛病，以前我每天會看天氣預報，只要說到會有大雷雨，我就會去陪她。」洪哲思索片刻補充道，「她是六歲的時候來孤兒院的，社工人員說她在雷雨夜撞見爸媽拿刀互砍，她小的時候家境不好，爸媽總在為錢吵架。」
春傑訝異孟喬小時候曾遭遇過這種慘事，這與初見她時的感覺差異太大了，他一時之間反應不過來。
洪哲將目光放回海平面，遺憾一嘆，「聽說事發當時她昏過去了，應該沒有看到她爸媽的屍體最後呈現的樣子，總之那件事變成陰影，導致她害怕打雷。」
「嗯……但是，你跟她分手了，最好不要再出現在她身邊，她太依賴你了。」
「我知道，我只是有點擔心她，對我來說，她是永遠的家人。」
洪哲又提到他跟孟喬相處超過十年，兩人對彼此太過熟悉，不知道什麼時候開始，他對孟喬已經不是愛情，而是習慣。
洪哲嘆息，他從不知道愛情會隨著時間消失，他為了讓孟喬幸福而努力過，他寵著孟喬，最後才發現她的依賴竟成了負擔。
春傑表示無所謂，孟喬一直在他的呵護下，也該長大了。

洪哲臨走前提到他要搬去跟恆芸一起生活。春傑聽著洪哲說著關於恆芸的種種，心裡沒有任何吃醋的情緒，他清楚明白，他跟恆芸兩人的命運在很久之前就錯開了。

「她很需要有人陪她說說話，你有空能不能多陪她？」洪哲問。

「我知道，這不需要你操心了。」春傑回答的篤定態度，讓洪哲對春傑流露出欣賞目光。

這兩個男人都知道，人要活得順心，有時候要殘忍一點。過去的愛情不是拖累自己的包袱，而是一枚慶幸你如此愛過的勳章。人生不需要時時負重前行，必須把包袱暫時寄放在內心的某個角落。好好跟那些包袱告別完畢，封上一道鎖，然後坦然地、輕快地走向未來。

2.

孟喬在清晨醒來，她慵懶地挪動幾下找到舒服的位置，白色天花板就像電影屏幕一樣，開始播放她跟阿哲的兩年前騎車旅遊的回憶。

那是一趟說走就走的旅行，兩個人背上行囊跨上阿哲的機車，他們參考了幾個部落客的旅遊文章，輸入手機，讓手機決定旅行的路線。

沿途經過的美景好多、還有道地的美食，都銘刻在腦中。

手機突然傳來訊息聲，打斷孟喬的思緒，是春傑傳來的──「別當懶鬼了，妳該丟掉阿哲的東西，快全部扔了！」

孟喬落寞自語，我才剛失戀哪有心情整理東西呀？

她沒有心情上班，寫信給直屬上司請了病假，然後就牽了腳踏車外出。

晨光初起，海鳥在天空中追逐，啾啾歡叫。她繃緊全身肌肉騎腳踏車，沿著海岸線，以快速的節奏一直騎。

露營區的人聲喧囂及音樂聲鑽入耳中，使她突然一陣心酸難忍。不知道為什麼，來到越熱鬧的地方她就越想哭。

時間過了一天又一天，孟喬把重心轉到工作上，想利用工作撫平思念阿哲的情緒，有時候她會打開手機看春傑有沒有傳訊息過來。

好朋友不是該持續地關心跟問候彼此嗎？他難道不會擔心我嗎？孟喬帶著疑問傳了訊息給春傑。

接著是一陣來回：

「你在做什麼？」

「寫程式。」

「你還能寫程式？眼睛不會太操勞吧？」

「還好，保持適度休息。妳呢？心情好一點了嗎？」

「糟到不行。」

春傑傳來了一首經典歌曲，納金高版本的Smile，附帶一句話，「聽聽這首歌吧，保持Smile。」

「謝謝你點歌給我。」

孟喬從包包拿出耳機開始聽。這首歌的歌詞非常勵志，即使內心傷痛、恐懼憂鬱，只要保持微笑，你將會看見陽光重新出現在生命裡。

連續幾天，春傑點歌給孟喬聽，有時候是歌曲的網路連結，有時候是MV視頻。其中出現穿著日本特攝片那種緊身服的不知名歌手，邊舞邊唱，搞笑怪異的程度使孟喬發笑不止。

「這是什麼爛歌啊！」

「就是爛所以才傳給妳。」

「你現在在做什麼？」

「跟多拿些玩。」

「妳心情好一點了嗎？」

「還行，歌呢？」

他們養成習慣，每天總會有一小段時間，會打開手機看看有沒有對方傳的新訊息。

孟喬的訊息傳來了，「我現在在吃這個鬆餅，超好吃的。（附加照片）」

實際上春傑根本看不清楚鬆餅上加的是奶油還是水果，他已操勞了好一段時間，終於使程式趨近完成。

3.

一連數日，孟喬都在熬夜，她辛苦燒腦，一鼓作氣地把所有的焦慮與熱情轉化成一篇學術文章，發給國際期刊單位。

孟喬好幾天沒洗頭了，她正打算外出去美髮店，保全一看到她就把她叫住，說她有個待簽收的包裹。

寄件人是王春傑，來自好眠會所。

她迫不及待衝回宿舍開箱，打開包覆的氣泡紙後，映入眼簾的是一個金屬光澤的頭盔，還有一個說明書。

她仔細看了說明書，發現上面有紅色墨跡。那些紅色圖形出自春傑之手。春傑預設孟喬只會使用這個儀器一次，為了避免說明書造成混淆，他把障礙排除及維修保養的段落全都用紅筆劃了大叉。儀器的圖面上也被春傑畫了紅筆，只標示出三個重點：1. 打開電源；2. 導入夢境；3. 夢境結束後這個儀器將會自動爆炸。

孟喬心想，第三步驟怎麼怪怪的，他送的這東西是禮物還是炸彈？

她打開電源摸了一陣子，才弄清楚原來這玩意是個人版的夢境體驗機。她非常迷惘，春傑不是要她別體驗夢境，為何送這東西給她？

孟喬打了兩通電話給他，沒有接通，她猜春傑會不會是救回了她被毀損的夢境檔，想讓她找些樂子。

「反正先用看看再說。」孟喬被好奇心驅使，坐向床沿。

說明書上提到在戴上夢境體驗頭盔前必須將藥劑貼片貼在手臂內側皮膚上。貼片內含微量助眠藥物，只要接觸到人的體溫，藥物就會透過皮膚釋放到血液中，使人快速沉睡。

孟喬貼上貼片三分鐘後才覺得想睡，她手持無線遙控器仰躺在床上，按下了啟動夢境體驗的按鈕。

雙手一鬆，她驚叫出聲，她正從黑暗的甬道快速墜落……

白光一閃，她發現自己臉上多了墨鏡、頭盔，身上綁著安全帶，四周傳來風的呼嘯聲。

原來她坐在輕航機裡，儀表板出現穩重輕柔的女聲，告知現在飛行的高度大約是一千英呎，因上升氣流加強，高度將會急速上升。

孟喬抬頭上下看、左右轉，發現這架輕航機的機艙上蓋全是透明的，因此可以將大地景色一覽無遺。

湛藍的天空下有壯麗的峽谷，翠綠的植披，峽谷下端則是旖旎的河灣美景，更遠的山巒上還能看見靄靄白雪以及延伸不斷的雪線。

輕航機快要追上一排有著彩色羽翼的大型飛鳥。孟喬從沒有在生物圖鑑上看過類似的鳥種，簡直是鳳凰跟大雁的融合版，她欣賞鳥群飛翔的姿勢，感受牠們乘風起舞的英姿。

她不斷發出哇、呦呼的驚叫聲，跟那些鳥兒招手說Hi。

鳥兒嘎嘎叫了幾聲作為回應，孟喬看向儀表板想讓飛機轉向，跟在那群鳥的後面，但不知道如何操控，「要怎麼轉向啊？」

飛機竟有心電感應似的，詢問孟喬要轉幾度方位。孟喬會意這架輕航機搭載智慧駕駛，便開始跟她交談，說要跟著那群鳥走，看看它們飛去哪裡。

鳥兒似乎被飛機驚動了，紛紛往下方河谷飛去，孟喬的輕航機無法及時跟上，此時峽谷景色已經落在後面，她發現飛機高度正緩緩下降。

輕航機最後降落在一處寧靜的湖畔，她開心跳到地上，迎面的風卻帶來一陣聞起來有些刺鼻的灰色煙霧。

「請戴上防毒面罩。」智慧駕駛提醒道。

孟喬爬回輕航機這才發現座位旁掛著一具面罩，她連忙戴上，並感到驚訝，難道剛才從空中所見的美景只是中看不中用？

她喃喃自語，為什麼得戴上防毒面罩才能下地？

儀錶板上出現一篇報導，智慧駕駛出聲，「您所在的高山小鎮皆是人造風景，地表深度十公尺皆為垃圾掩埋場，三天前東北方遭遇隕石碎片撞擊發生燃燒，請勿前往東北地區。」

孟喬探索的興致瞬間被澆熄，她只好重新坐上輕航機，要智慧駕駛替她找到其他好玩的地方。

地圖顯示出世界五大洲七大洋及各大城市，除了密密麻麻的知名景點，還另外顯示了空汙指數。城市的汙染指數自然是居高不下，但其他國家公園、本該是大片樹林的地方，指數也在三左右。

孟喬好奇世界上到底有沒有汙染趨近於零的地方，便詢問了智慧駕駛，希望能去具有原始美景的海邊看看。

她一下達指令後，輕航機就突然消失。孟喬身邊的景色快速變換，她兩腳踩空，再度墜落。不到一秒的時間她整個人掉在鬆軟的白色沙地上，耳邊傳來海浪拍岸的聲音及孩童嘻笑聲。

她坐起身，發現自己的雙腳浸在海水裡，眼前是一片碧藍色的海水，遠處有幾個綠色小島矗立在海面上，從地形可以推測出這一帶皆是平淺的珊瑚礁。

幾個孩子圍住孟喬，友善地請她吃樹上摘下來的果子，接下來一整天，她跟隨這些可愛活潑的孩子滑木筏穿過淺水區，水道兩側長滿植物，構成了一條綠色隧道。

水底的游魚不時穿梭在她們的竹筏旁，她盡情歡笑，感受海風吹拂在臉上的快意。

從木筏上跳水、從海蝕崖上跳水、從低矮茅屋的屋頂上跳水，她無憂無慮的玩瘋了。

最令她不可置信的是，穿上潛水裝潛入稍微深一點的海中，竟可以看到鯨魚母子還有成群的海豚。

在她過去的訂製夢裡，她還有阿哲跟海豚一起游泳，但這次的夢很不一樣，親切的孩童和村民讓她忘記了自己失去了摯愛，海龜來到她身邊悠游覓食，像是刻意與她交朋友似的，在她身旁翻轉，惹她失笑。

探訪完海邊之後，場景又切換到一艘船上，孟喬正在研究船上以顯微鏡查看海中細菌樣本。

接連好幾天她都住在研究船上，跟一群幽默的夥伴們忙著投放探測儀，記錄各種數據。這是一艘擁有先進科學儀器的研究船，船體很大，除了研究員的個人艙房外，還設有健身房、交誼廳，以及實驗室。

只可惜，船上再好的硬體建置仍敵不過大海的顛簸，多變的海象使人一下子無法適應，當大浪不斷來襲，船上的夥伴們就像連鎖效應一般開始與自己的嘔吐奮戰。

孟喬對船上生活適應得很好，她就像天生的水手一般不會暈船，唯一引發她嘔吐的是夥伴們隨意放在廂房地板上充滿腳臭的運動鞋、以及帶有嘔吐味的毛巾。

領頭的博士像是嫌眾人吐的不夠似的，把自己私藏的威士忌帶到交誼廳，要眾人聚集過來，開酒慶功。博士恭喜孟喬跟研究夥伴發現了好幾種可以改變世界的新種細菌。因為研究船上的設備有限，他們將活體樣本寄送到國際科學暨生物研究組織的微生物部門做培養。現在培養的細菌已經成長到肉眼可見的密度，其中最令人驚喜的就是會吃塑膠的細菌。

研究顯示，吃塑菌能在酷寒酷熱環境下存活，甚至可以被人食用。過去這些菌種只能在海中存活，一來到實驗室就全部死光了，遑論能夠培養出足夠的活體樣本，這是一件重要的創舉。

交誼廳的氣氛一片喜悅沸騰，幾個夥伴湊過來親了孟喬的臉頰。

孟喬身處掌聲跟笑聲中，無法相信自己真的能有所成就，她的研究室牆壁上貼著一張泛黃的字條，上面寫——「海中細菌的密度大於宇宙繁星的密度」。

這個意象如同鐘響那樣敲擊了她的心，使她儘管不眠不休、忙得暈頭轉向，依舊擁有源源不絕的熱情。現今的物理學尚不能窺知宇宙所有的奧祕，她加入的團隊卻有了研究上的突破，解開超越繁星的族群之謎。

數十年的時間就像電影快轉一般，被壓縮成三十秒的長度，孟喬變成四十多歲的熟女。她離開了研究隊，盡情探索世界上各處不受汙染的美景。

場景瞬間變換，她胯下多了一匹馬，自己也換上牛仔帽、一身輕裝與長靴。馬兒帶她行經一處祕林小徑，映入眼簾的還有一條清澈小溪。

細雨緩緩落下，雨點打在臉上的觸感就像絨毛輕柔拂過臉上，讓她想到小時候睡覺抱的那隻玩具熊。一棟別致的木屋出現在小徑盡頭，馬兒的鼻孔噴出白色熱氣，她疼愛地拍了拍馬兒，安慰牠的辛苦。

她走進木屋，裡頭該有的家具一個不缺，她推開一扇又一扇的窗戶，幽幽空谷傳來幾聲鳥鳴。風灌入整個屋子，空氣清新無比帶著草香，在胸臆之間擴散開，她注意到桌上放著一本素描圖，裡面畫了栩栩如生的各種動物、植物，就像自然百科圖鑑。

如果這時候有美食與好咖啡，有個人能坐在桌邊跟自己分享這一切該有多好。

正這麼想的時候，桌上突然出現兩客精緻的餐點，使孟喬驚喜尖叫了一下。

她拉了椅子坐下，拿起刀叉，期待下一秒會出現一位俊帥男神跟她一起用餐，但是正這麼想的時候，突然聽見連續的嗶嗶聲。

四周畫面越來越模糊……她看不清楚眼前的人是誰……

孟喬突然從夢中驚醒，從床上倏然躍起，拿下頭盔。

頭盔旁的電源顯示燈正在閃爍，顯示電力不足。孟喬懊惱，原來剛才使用個人版夢境體驗機之前，忘記先把電充飽。

她將懷中抱的金屬頭盔放在床上，沉思良久。剛才她所體驗的夢境跟以前在會所體驗的夢境不同，剛才在夢裡，她可以感受到用手抓住章魚的時候，手背被吸盤吸住、觸手纏繞的力道。

還有小屋木桌上排餐的香味，以前的訂製夢境從來不曾有過視覺以外的五感體驗，這究竟是怎麼回事？

孟喬想起之前跟春傑的訊息交流，這才恍然大悟，原來他忙著寫程式是為了自己。

孟喬按耐著焦躁，打電話給春傑，響了好久，終於接通。

「春傑，真是太不可思議了！你送來的這個機器，我是說那個夢境，實在太逼真了！」孟喬興奮的語無倫次。

春傑在電話那頭微笑，「妳開心就好……」

「但我以前的夢都沒有任何氣味，你怎麼做到的？」

「那是妳自己腦補的，大腦有嗅覺反應區，我想出辦法用微量電擊刺激這個區塊。」

「這個夢是不是你為我設計的？」

「是啊……我看了妳的研究資料，知道妳做的是哪種研究了。」

孟喬激動問，「你為什麼要這麼做？你不是眼睛不好，你怎麼能再寫程式？」

「我OK的啦，人生總是要有個代表作嘛！」春傑輕鬆說道。

「這禮物太貴重了，真的謝謝你，我很喜歡。」

「我還抄了你書上的話。」

隨後兩人異口同聲說出——「海中細菌的密度，大於宇宙繁星的密度」，說完又一起笑了。

「你還蠻細心的嘛！」孟喬誇讚著春傑。

「一定要多找資料，作品才會完美。」

「不過這個夢有點太誇張了。」

「夢做得越大，我們就能走得越遠，不是嗎？」春傑語氣帶著豪邁與自信。

春傑曾反覆問自己這樣值得嗎？他不知道她是否能忘情於阿哲，就這樣廢寢忘食的投入在為她打造夢境未免太傻了。但他無法克制想要挑戰自己能力的衝動，以及想要為孟喬做某些事的衝動。只要是為了她好的任何事情，他都願意去做。

春傑對孟喬早已生出好感，只是他不確定該在何時表白心跡，畢竟她才剛失戀。

孟喬發現春傑沉默了很久，故意開玩笑地問，「你應該不會隨便送別人這樣的厚禮吧，你會不會是喜歡上我了？」

「如果這樣就表示我喜歡妳，那就算是吧……」春傑淡然回答。

孟喬略顯不滿，「是就是，不是就不是，算是吧，是什麼答案？」

「妳剛被甩，問我喜不喜歡妳有意義嗎？」

孟喬支支吾吾說不出話，春傑續道：「我是對妳有好感，想幫助妳，也剛好我有靈感想要替妳設計新夢境，這很有挑戰性！」

孟喬切換視訊，將手機拿遠，想讓春傑看看自己開心的表情。

「你成功了，我剛才醒過來超震撼的！」孟喬對手機鏡頭朗笑，做出俏皮的表情。

春傑卻沒有開啟自己的手機鏡頭，「這是我最後一次為別人設計夢境，我也希望這是妳最後一次體驗夢境。」

「我知道，你希望我不要過度沉溺在夢裡，對吧？」

「對，我只是覺得妳很可惜。妳說你怕搭飛機，妳曾經放棄參加國外研究隊，妳覺得自己做不到，但其實，妳做得到的。」

孟喬聽完春傑這番話，沉默了好久，她想到春傑為了設計她的夢境，肯定找了很多資料去了解她。

此刻她真想擁抱春傑，更想看看他，春傑卻說自己在開車拒絕開手機鏡頭。

孟喬不甘心又說，「我們周末能不能見個面，我請你吃飯！」、「我沒有酒伴，你陪我喝！」……不管孟喬提出什麼邀約，春傑都答應了。

但現在春傑只能找理由倉促結束通話，因為他對孟喬說了謊，他根本沒辦法辨認視訊中的她，只能從聲音推敲出她的表情。

其實他正坐在醫院眼科門診的等待區，等待號已經快輪到他了。

春傑深深嘆氣，一早起床時，他發現自己的視力惡化。他小心從家中樓梯走下來，多拿些吠叫著朝他撲跳上去，接著他就一腳踩空，從樓梯上一路摔下。

醫師評估春傑的視力無法靠手術恢復，替他聯繫了國外的再生醫療機構，該機構可以透過組織培養使視網膜細胞再生並有多起成功案例。

春傑寫郵件向公司請了長假，說明要去治病，人資部對管理機房人員較鬆散，兩個月的假不用往上簽到更高層主管，直接准假。

藍迪提出許多工作上的疑問來跟春傑討論，春傑因為身體欠安，心情不佳，衝藍迪發了頓脾氣，所有設備都有監測與維修流程，不是跟吃飯喝水一樣簡單？

藍迪告訴春傑，幾天前S女在家中割腕自殺，藍迪說他會注意到這個新聞是因為，S女子是好眠會所的會員，在他的搭訕名單裡排第三個。

春傑本來以為藍迪想說的是那名S女有多正，聽到的卻是始料未及的怪事。

藍迪說他印象中那名女子差不多是半年前加入會籍的，跟傑夫使用同一區的睡眠艙，他們都是重度依賴夢境的會員，而且都寫過客訴單。

春傑覺得情況有異，要藍迪去調出同一區睡眠艙的客戶資料，發現最近有幾個會員頻頻投訴對體驗品質不滿意，或是提出希望延長會籍的要求。

資料顯示S女跟傑夫都曾因為需求沒有被滿足而蓄意鬧事，最後都以自殺結束生命。

春傑懊惱，自己視力模糊，只能倚賴藍迪找資料並解讀給他聽。

幸好會所內有機器人可供驅使。藍迪找機器服務員來機房幫忙過濾監控視頻，機器能夠由肢體與臉部肌肉的變化來判讀出人類的情緒表現。

結果顯示，S女、傑夫與這一區的會員，他們的情緒表現在入會之後一直保持興奮愉悅，但隨著體驗的次數變多，卻出現憂鬱、容易暴怒的傾向。

是什麼原因會導致這樣的巧合？春傑懷疑是設備哪裡出了問題，當初J.Sir讓他背黑鍋的事件就是公司設備損傷了客戶的大腦，如果J.Sir沒有謹記這個教訓還變本加厲，會產生今天的結果一點都不令人意外。

春傑一直很清楚，J.Sir在國外的實驗機構主導關於腦科學的研究小組，不過J.Sir的兼任職位很多，加上那小組一直沒有發表什麼了不起的突破性研究，因此那小組沒有什麼記憶點與話題熱度。

此刻，一個清晰的回憶突然闖進春傑心裡。多年前，春傑在J.Sir辦公室討論事情時，無意間看見他桌上的一份英文報告，內容是關於：如何運用植入式晶片激發大腦潛能、影響各區塊的功能。當時他匆匆看了一眼就被引起興趣了，如果可以強化大腦功能，那麼很多大腦功能損傷，例如中風、運動遲緩及失語症都不必經過長期復健治療，這實在是了不起的研究主題。

不過，以積極層面出發的各種研究已經不是新聞，反之，故意誘發大腦建構出各種情緒與幻想，改變人的行為與個性，不啻為另一條魔法師的修練之道。

藍迪聽完春傑的揣測認為不大可能，若是以營利角度來看，應該對頂級會員動手腳，讓他們掏錢出來海撈一票才對。

春傑擔心起孟喬，要藍迪幫忙查出孟喬是否也有異常狀況。

結果顯示孟喬沒有重度依賴及憂鬱現象，她加入會籍到現在是八個月，比傑夫跟S女稍早了些。

春傑鬆了口氣，但究竟是不是設備出問題導致S女與傑夫自殺？孟喬會不會也是隱性受害者之一？

懸在半空的疑問使春傑感到煩躁，今天是放長假前最後一天工作，他的腦袋卻停不下來。

他開啟語音祕書，確認飛機班次資訊及下榻的飯店，美國眼科治療機構也發了信過來，確認春傑抵達之後就能馬上進行視網膜重建。

孟喬的身影和笑容劃過他腦海，春傑用錄音給孟喬發訊。

他希望她照顧好自己，下次想要聽她說說自己的研究之類，可是最後刪刪減減只剩下一個重點，就是失約——「對不起，答應妳的邀約要延期了，等我休完假回來再找妳。」

這樣的訊息會不會太簡單了，他反覆思量，這才發現自己很捨不得她。

必須分開的狀況使他發現，他是喜歡孟喬的，他曾被她的異想天開搞的啼笑皆非，又佩服她的堅強與執著。

他追憶起認識孟喬的過程，在內心發願，等自己的眼睛完全治癒之後，他一定要好好看清楚她的臉，記住她的每個表情。

早知道一定要在啟程前見她一面，抱抱她，他為自己的後知後覺懊悔了很久很久……

4.

夜幕低垂，居酒屋內一陣觥籌交錯。研究中心的同仁們請孟喬吃飯，席間大家互相勸酒，已經喝得有些醉了。

孟喬參加國外海洋研究隊的申請書已經通過了，這份工作是是半義工性質，長期在海外到處遷徙，忍受各種辛苦，更無法攢下什麼錢。

眾人一陣喧鬧之後，幾個女生跟孟喬離情依依地擁抱，這單位的女孩們每個都是善良又真性情。有人提到去年在海邊一處風化地形做研究時竟碰上瘋狗浪，兩個人被捲下去，幸好孟喬身上攜帶了自動充氣救生圈，才救了那兩人的性命。

大家共事已久的趣談妙事一樁一樁地被提及，革命情感的連結，使好幾個人都鼻酸了。

孟喬想到自己就要孤身一人前往異國了，心裡既期待又不安。對她來說今天的聚會不是這份工作的句點，而是一條圍巾，她要時刻裹著這份溫暖祝福，今後不管多困難，只要伸手去撫觸，就知道她們都在。

還有另一個人，是另一枚最醒目、最珍貴的勳章。她在走回宿舍的路上，再次撥電話給春傑，可是依舊沒有回應。

已經兩個月沒有他的消息了，上次他沒頭沒腦的說要延後見面令孟喬有點生氣。要不是春傑替她打造的夢境，她不會毅然決定加入國外研究隊。

她只要想到春傑夙夜匪懈地寫程式，就是為了替她構築美好幻境，她就想衝過去揍他！

明明眼睛不好卻還要寫程式？太白癡了！

但怎麼到現在還沒辦法親自見到春傑，用力地抱一下他，說聲謝謝呢？

是春傑，給了她冒險的勇氣。

孟喬抽空去了會所，卻沒見到春傑。藍迪向她說明春傑眼疾又犯，幾乎喪失視力，請了假去治療，除此之外，沒有其他資訊可以告訴孟喬了。

孟喬又氣又擔心，春傑怎麼連去哪裡治療都不告訴她呢？偏偏她還有一堆行李沒有整理，工作也沒交接完，忙得無法分神。

飛往美國的航班已經確定，直到登機前，孟喬都在試圖聯絡春傑，她寫了好幾封郵件，錄了語音訊息，傳了自拍照片，總之希望他快一點給她聯繫，告訴她自己是否安好。

所有的通訊管道都嘗試過之後，她突然覺得自己好傻，春傑去治療眼睛，一定把眼睛包紮起來了，該怎麼收發訊息跟郵件？

好吧，她只能放過想跟春傑說話的念頭，認為等春傑好了，他一定會找時間跟自己吃飯，就這樣一天過一天，持續等待並樂觀的盼望著。

數日後，孟喬抵達夏威夷展開工作。研究隊位於陸上的基地是一棟五層樓高的建築，像個小小國際村。這裡集合了各色人種，其中除了海洋生物學家，也有地質學家，能源學家。領導者則為美國籍的史坦博士。

史坦博士為海洋生物研究巨擘，蓄了一頭白髮及灰白色落腮鬍。

孟喬抵達時就把整個基地探索一遍了，這裡不只有先進的科學儀器，能夠快速分析各種樣本，也能透過儀器掃描，辨認出各式各樣的海裡生物。

有個房間必須終年維持黑暗與低溫，那裡有個模擬深海的大水槽，圈養了幾種稀有海洋生物，有長了毛茸茸觸角，身軀會變形的海蛞蝓、五顏六色的管蟲以及一些體色接近透明的魚類，都是近幾年才被發現的新物種。

展開新生涯的孟喬，每天都會學習到前所未見的新知識，她天天望著藍色大海，有時感到恐懼、有時感到新鮮。更多時候，她面對著大海，不斷發送訊息給春傑，把訊息當日記來寫。

有人打電話到辦公室把孟喬叫出去，說是新的載人潛水器送來了。孟喬開心奔向碼頭盡處，跳上研究船。一艘外觀流線型，兩側配置圓圓鼓鼓推進器的黃色潛水器映入眼簾。

這艘最新的載人潛水器價格昂貴，能夠承受巨大的水壓而不產生任何裂隙，並且在研究器材上採用最先進的設備，不僅能採取海中地質樣本，也能運用吸引技術蒐集活體生物樣本。孟喬想要知道坐在裡頭下潛是什麼感覺，特意問了女博士生艾希莉。

艾希莉是蓄著一頭捲髮的黑人女孩，身材壯碩，說話聲音宏亮，簡潔快速，她非常激動地提到上次跟史坦教授一起下潛的過程，說自己怕死了，回來以後還得開著燈睡覺，四肢都麻木了。

那是永無止盡的黑暗所造成的恐懼，四肢麻木是因為長時間待在潛水器中無法伸展肢體。艾希莉說那幾個小時她宛如置身地獄，在深海沒有廁所能上，所有排泄物必須透過特殊裝置儲存起來，即使嘴巴超乾也只能忍著不喝水。

這還不是他們準備探測的最深地點，總之艾希莉拒絕第二次下潛的任務，說自己罹患了幽閉恐懼症。楊教授要孟喬試試看，她沒有二話就答應了。

接下來幾天，孟喬日夜不懈地以擴增實境做模擬駕駛，除了要熟悉潛水器的操控程序，也要事先體驗在海中環境可能出現的各種狀況，透過練習跟適應，面對突發狀況才不至於亂了陣腳。

新型潛水器配備了先進的機器手臂，用於採取各種活體生物、地質及水質樣本。孟喬很快就把潛水器各部位的操控方法摸熟了，楊教授誇讚孟喬不僅聰穎，應變能力又快，只是她過於認真投入，常常過午不食。

海上研究其中最重要的工作就是海底探勘。楊教授總是叨唸孟喬太瘦、臉色太蒼白，要她加強健康管理，萬一在進行海底探勘任務的過程中身體出了狀況是沒人能夠救她的。

楊教授見孟喬的緊急連絡人資料寫的是洪哲，本來以為是她的親人，沒想到竟然是前男友。經過孟喬解釋，她才知道孟喬是孤兒。

孟喬也順帶提到她跟春傑的相識過程，說了一長串，楊教授將辦公椅轉向孟喬，耐心聆聽。

不知道過了多久，孟喬才發現自己交代了太多瑣碎的細節，「教授真是不好意思，我好像說太多話了。」

「Meng，妳跟那個叫王春傑的人有保持聯絡嗎？」楊教授問孟喬，在這裡大家都喊她Meng。

「來到這裡我一直很忙，回過神才發現我跟他好幾個月沒有聯絡了，他之前動手術住院，說會跟我聯絡的……」

楊教授瞇眼微笑，「妳如果愛他，不要只是被動地等。」

孟喬表情顯出迷惑，「我不確定自己真的喜歡他，我失戀沒多久，應該是因為太空虛了，才會一直想到他吧！」

「妳提到王春傑為妳打造了夢境，真令我印象深刻，妳要記住，是他給了妳勇氣，妳才能來到這裡，這是一個男人對女人所能做的最浪漫的事。如果是我早就把他撲倒了！」楊教授說完，咯咯笑了。

孟喬眼神閃爍了一下，心想，是嗎？我會一直想到他就是喜歡他嗎？那我到底是什麼時候喜歡上他的？

楊教授見孟喬在沉思，拍了一下她的肩膀，「在這世界上，要找到喜歡的人真的很不容易，妳的表情寫著妳是喜歡他的。」

孟喬遲疑想了想，「或許是我太後知後覺了，不過，他一直沒給我任何訊息，也沒說要見面，如果他喜歡我，不是應該主動來找我嗎？」

「這是消極的想法，不要放棄任何遇到愛情的可能。」楊教授說著，從櫃子取出兩個酒杯，又從冰箱拿出一瓶香檳，隨即補充，「我年輕時談過很多戀愛，戀愛跟做研究一樣，需要不斷嘗試跟練習！妳不要怕去嘗試，先去行動，當成自己是在探險，把過程走完才會知道結果嘛！」

楊教授徒手用力扳開香檳的軟木塞，跟孟喬開始喝起香檳。

杯裡升起一個一個晶瑩氣泡，此刻她心裡也冒出了小小的氣泡，一個破掉，一個又形成，那是她懊悔的情緒。

現在的她已經來不及請假去看春傑了，她被排定獨自去探勘海底大陸棚，那是基於各種氣候條件、不容許被更動的行程。

這次研究預定採取各種地質及海水數據，以測知汙染程度及該處生物圈樣本。研究隊經過討論，決議將潛水器投放在賽提斯小島[2]外海附近。那一帶海域海象多變，有古船的墳場之稱。曾有貨輪在該海域翻覆，當時不僅油汙外洩，船上滿載的貨物與化學藥品全都倒入大海，使該處的生態遭受嚴重破壞。

地質探勘資料顯示，這一帶海底有甲烷潛藏帶，具高度危險性，科學家懷疑正是甲烷氣泡突然釋放才導致沈船。[3]

這個古船墳場已經過半世紀的長眠，無人打擾探訪，使它得以休養生息。近幾年有幾位研究海洋生物的國際學者發現，他們安裝在大型迴游魚類上的信號標顯示那些魚類曾通過這片海域，認為賽提斯小島外的海域正在漸漸復甦。

楊教授把周圍海域的地形圖與海象分析等資料交給孟喬，再三提醒她要隨時確認周遭環境。每一次下

2 此為虛構地名。

3 據《美國物理雜誌》報導，兩位科學家首先將水注入由垂直玻璃板隔出的空間中，在水面放上由丙烯酸材料製成的船體模型，然後讓水底產生氣泡，並用攝影機記錄下氣泡與船體模型的作用過程。他們在實驗基礎上進行推算後發現，如果單個氣泡的半徑大於或等於船體大小，那麼就有可能把船掀翻。（參考網路報導）

潛，都會伴隨許多危及生命的不確定因素。假設被甲烷潛藏帶突然釋放的氣泡擊中潛水器，她便會葬身海底。

任務的出發時間在即，電腦早已模擬出下潛路徑附近的地貌、壓力與海流等各種變化，隊上會隨時與孟喬保持連線。隊上每個人都覺得孟喬不可思議，無論何時她總是看起來神色自若，能獨自對抗孤單與未知，宛如海神的女兒。

研究船在風浪中馳騁，船尾上橫跨的鋼製拱門中間吊掛著潛水器，孟喬等待著倒數計時。

「三、二、一……」。碰的一聲，潛水器被投放到海水裡。

一陣水波激盪之後，孟喬看見幾隻瓶鼻海豚經過，往上衝出海面跟同伴嬉戲，她讚嘆驚喜。全球的大型魚類數量岌岌可危，她操作水下照相機照了幾張海豚相片。

能夠親眼見識到海中精靈的活潑可愛，她覺得自己好幸運，隨即操作起望遠鏡，試圖把四周的景象盡收眼裡。她隱約看到遠方有小型魚群，但來不及看個清楚，就被海流帶走了。

潛水器自動鎖定了方位，緩緩下潛，她毫無預期地衝進了水母群之中，幾個大型水母擦過潛水器的玻璃罩，發出摩擦聲。

經過海洋上層透光帶之後，海水的能見度立刻變差。她打開潛水器照明，繼續下潛。

沿途景象非常荒涼，宛如野火焚燒過後，只剩一片灰敗。不，這裡是海洋，更具體的形容詞應該是——這片平原宛如被化學物質腐蝕過後那樣的貧瘠。

沒有海藻、海帶及任何海洋生物的蹤跡，這實在太駭人了。孟喬想到她曾經看過的一部海洋探索紀錄片，五十年前，海洋攝影器材不比現在先進，卻能拍到噴射墨汁躲避大魚追逐的章魚，以及在潛水夫周遭好奇游動的各式魚群。

在地球上，人類能輕易尋覓鑽石，卻再也無法挽救珊瑚礁，沒有健全的珊瑚礁生態圈，仰賴珊瑚礁生活的生物們自然會瀕臨滅絕。

有人說，世間萬物的生命必定會走向死亡，但這些可愛無辜的生物們卻只能任由自己被汙染毒害，被劇變的氣候扼殺。牠們沒有辦法替自己辯護，沒有辦法對抗人類的自私與貪婪。

牠們只有一個生存的海洋，沒有其他生路可以選擇。許多美麗的生物以眨眼速度為時間單位，邁向滅絕。這些孟喬早就知道，她也知道自己沒有辦法改變什麼。

她坐在潛水器中緩緩向下沉，悲傷也越來越深，終於忍不住哭了出來。

她想到春傑，如果能跟他同步連線該有多好。

那句話一直烙印在她心裡——「海中細菌的密度大於宇宙繁星的密度」，此刻的她正置身在數不盡的繁星裡，想起那個給她勇氣去開創未來的人。

王春傑這男人已在孟喬的大腦建立了一條迴路。每當孟喬想起他的時候，專屬於他的迴路就會隱隱發燙。她以為隨著時間過去，熱度會越來越少，卻沒想到那份燒灼的思念卻頑強生根，使她煎熬難受。

半個小時後，定位儀顯示孟喬已經接近目的地。這裡是陽光無法到達的深海平原。

四周一片漆黑，她看向探照燈光束打亮的前方區域，感覺孤寂。

過去她看過許多探險影像及報告，對深海生物感到非常佩服，深海就像另一個未經探索的星球，這裡有許多尚未被發現的新物種。

正因為深海之處太陽光無法抵達，所以深海生物並不仰賴太陽，牠們演化出一種維生方式，只需要透過類似化學合成的程序，妥善運用海底蘊藏的能源即能存活，牠們是如此渺小，數量卻又龐大到無所不在；牠們是如此知足，不會汲汲營營於自己不需要的資源。

過沒多久，孟喬的潛水器接近海底山脈外圍，一艘附滿甲殼類與藻類生物的灰色巨大船體出現在前方，她的情緒由孤絕漸漸轉為期待。

她的手心微微出汗，呼吸變得有些急促，胸中升起的是一股面對未知領域的興奮。

那艘船彷彿一直在虛無的荒漠中等待著他人的來訪，而她，即將叩問第一聲問候，暫時緩解它的寂寞。

資料顯示這是十年前一艘經過爆炸後沉沒的油輪，當時滿布海面的殘油焚燒數日，有毒黑煙籠罩了天空，對生態造成嚴重衝擊。

船體長滿藻類及藤壺以傾斜之姿停泊在海底，看上去肅穆寧靜，猶如墓園般帶著一種神祕氛圍。

孟喬先在沉船外觀潛游一圈，船體殘破頹圮，損壞嚴重，到處是無脊椎生物。她用電腦自動計算出距離跟海水阻力，操控機器手臂，準備採樣。

機器手臂緩緩伸出艙外，夾起一個斷裂的殘片。潛水器側邊裝載的採樣箱自動打開，殘骸及海水被順利收進採樣箱。

孟喬他就像發現新玩具的孩子似的，沿著巨大的海岸山脈邊緣繼續探索，渾然不覺時間的流逝。

一個長著橙紅色大眼的不明生物從潛水器旁游過去，牠游泳的姿態非常悠閒，長型身軀呈現半透明帶有咖啡色紋路，外觀近似鰻魚，可是牠的側邊及上下都有帶刺的鰭狀物，張牙舞爪搖旗的樣子，跟獅子魚很類似。

孟喬搜尋所有看過的海洋生物資料庫，確認沒有看過牠的資料，心裡認為這是新物種，立刻操縱潛水器試圖跟上那條魚。

那條魚到處覓食，沒多久就發現自己被跟蹤了，加快速度衝回自己家躲起來。孟喬駕駛潛水器緩緩靠近牠的家，這才發現牠住在混和了砂石及塑膠的膠礫岩礁，上頭還插了個電腦主機外殼。

原來這條疑似新物種的魚，以人類垃圾為家，仔細一看，旁邊還有另一隻同種類的怪魚。只要確認牠是新物種，就擁有為牠命名的權利，她想要第一時間跟春傑分享喜悅，和他討論這種奇怪的魚要叫什麼名字。她有好多好多話要跟春傑說。

王春傑，你到底去哪了呢？為什麼不跟我聯絡？說好的下次見面到底要等到什麼時候？

潛水器浮出海面，刺眼的陽光讓孟喬睜不開眼睛，她開心尖叫了幾聲。研究船出現在不遠處的海面，正快速前往接應她。

楊教授的聲音從通訊器中傳來，詢問孟喬的狀況。

「太過癮了，我今天的經歷比任何一次高潮還美好。」孟喬非常振奮，語調比平常誇張。

「太好了，我們都很想看看妳帶回來的東西。」楊教授被孟喬傳染了好心情，臉上掛起愉悅的微笑。她開始佩服這個能夠獨力進行探險的女孩，一個人在海裡面對未知的狀況，必須擁有強大的心理素質，以及隨機應變的自信。

「我們準備為孟喬歡呼吧。」楊教授走到研究船船首甲板上，對其他人這麼說。

5.

春傑的眼部被繃帶纏住，筆挺站在房間中央，兩腳踩著彈力繩，規律地訓練兩手的肌肉。他一周沒有外出了，醫生嚴格禁止他做任何可能會摔跤，或引起頭部震盪的活動。

病床旁的櫃子上放著未拆封的新手機，之前春傑在摔倒時不小心把手機壓毀，於是他便一直呈現沒有手機的狀態。幸好德淑託美國的朋友給春傑寄了新手機給他。

網路成癮症曾讓他焦躁不安，醫生勸他在眼睛好起來前不要收發信件，更不要看網絡文章，若是想知道什麼資訊，連上網路找ＡＩ播報員念給他聽就行了。

今天他覺得特別不一樣，他打開窗戶的時候感受到隱微的光線穿透繃帶、穿透了他的眼皮，這一定是代表他眼底視網膜的感光細胞成功增生，可以察覺到周遭的亮度變化。

醫師帶著護理師進來，要他坐下。護理師走去把窗簾拉上，開啟暖色照明讓室內光線不至於刺眼。醫生下達指令，與護理師合作，開始拆除覆蓋在春傑眼部的繃帶。他回想兩個月前就醫的狀況，首先醫生進行了一次眼部手術，從他的視網膜取出健康的細胞，送進實驗室培養。

然後他就放假去了。他委託朋友排行程、買各種交通旅遊票券，到處探索吃喝，其中也包括參觀細胞再生實驗中心。正常視網膜結構如蓋房子一樣，蓋好一層之後必須經過層層堆疊，才能擁有正常功能。幸好醫學科技進展神速，在先進儀器的幫助下，細胞培植的速度加快了數十倍，過去費時需要一百五十天的細胞培植，現在只需要一個月就能達到足夠移植且功能完整的細胞結構。

醫生問他這些日子的旅遊經驗，春傑回答的意興闌珊，他住院前只剩微弱視力，朋友怕他人高馬大的外國人撞到，特意替他準備了一根盲人手杖，好讓他扮演盲人。春傑覺得拿手杖挺有趣的，說不定能得到一些特權，但是當他去到美術館跟藝術中心時，不免感覺到旁人異樣的眼光。

他們應該很好奇盲人要怎麼欣賞藝術？他看的見名作嗎？

春傑始終保持微笑，故意拿著手杖經過那些人，以享樂的心態輕輕哼著歌，傳達自己沉浸在藝術中的喜悅。許多藝術名作及大師的經典設計早就在春傑腦海裡了，親臨現場沒有讓他感到多興奮，依舊必須靠想像力來滿足自己。

春傑又形容中央公園的美景是一片印象派畫作的黃色綠色，惹醫生失笑。春傑印象中的中央公園跟其他公園沒什麼不同，只聽見到處人聲喧嘩，單車鈴聲、孩童嬉鬧聲交雜。後來為了打發時間，他就躺在草皮上聽音樂，一片落葉飛下來蓋在他額頭上，除了草葉的氣味之外，毫無特別之處。

他在公園虛晃一下之後，就去咖啡館跟朋友會合，暢談這幾年兩人所經歷的事。春傑自從視力惡化後就養成了一種習慣，總是會用經典電影中出現的畫面來填補自己的想像。

護理師替春傑感到惋惜，認為在視力恢復前旅遊實在不是個好主意，但春傑補充，有個地方他倒是看得很清楚，就是曼哈頓島下城那道大圍牆。

數十年前，美國為了防範氣候變遷進行沿海築牆計畫，這道牆成功保護曼哈頓不被上升的海水淹沒，也因為設計新穎並建置了美麗的燈光變化，成了新的觀光景點。

護理師跟春傑分享了自己跟男友某次約會就是去大牆，春傑只冷冷的回應，說他對人工景觀向來沒有好感。

「幸好我耳朵沒聾，朋友請我去百老匯，我經歷了一場很棒的表演。」春傑說。

醫師皺眉思索片刻，音樂劇除了音樂，當然得看演員的表演，「你看的那一場劇名是？」

「《歌劇魅影》……我以前看過電影，劇情都記得，所以只要用聽的就知道演員的表情、還能猜想他們的走位。」

「這部劇已經老掉牙了，不管服裝怎麼改，我還是不喜歡。」年輕的護理師說完，此時，春傑眼部的繃帶也全部卸下了。

「慢慢張開你的眼睛。」醫師說。

春傑的眼簾微微拉開一道縫，醫生及護理師的臉龐突然出現，有個感觸突然撞進他心裡，啊，原來他們兩個長這樣子。

女護理師身軀圓胖，一頭金髮，至於操著一口流利英國腔的醫生，比春傑原先想像的還年輕。

春傑對醫生微笑，「原來你跟我一樣是黑髮黃皮膚的人種。」

「以國籍來說我是英國人，但我祖父，祖母是日本人……恭喜你。」

醫生伸手與春傑交握，春傑看見窗簾被風掀動，內心非常激動，但他克制了心情，鎮定的對醫生道謝。

「有件事要告知你，我們接獲你老闆特助的來電，你的公司有意替這次治療費用提供全額贊助。」

「全額贊助？」春傑想確認自己沒有聽錯，老闆J．C向來一毛不拔，難道他突然接獲神諭、認同春傑是因為職業傷害弄殘了眼睛，所以良心發現想要補償他？

「我盡了告知義務，不管由誰來付費，請在明天出院前結清就行了。」醫生查覺到春傑的懵然，壓低身子，露出敦厚的微笑，拍了拍他的肩膀。

「放輕鬆。護理師會帶你去做幾項檢查，接下來就好好享受全新的視野，你會有重新活過來的感覺。」

「恭喜出院。」醫生跟護理師最後離去前，按慣例說了這句話。

春傑坐在床上拿起手機，聯絡J.Sir特助，說明願意接受贊助，反正他的眼睛也是因為工作過勞導致，當然得接受公司的人道補償了。

第二通電話他撥給藍迪。等待接通時，他的嘴角揚起，他從未感到如此期待，即使對方是那個老是帶給他麻煩的白目同事。在春傑休假期間，他一直跟藍迪保持聯繫，遠端操控他幫忙做些事情。

他想起傑夫意氣風發的臉，他絕對不會讓傑夫白白的犧牲，而是讓他的死亡成為開戰的號角。

夜晚的城市到處點著絢爛的燈火，但春傑沒有心情欣賞，只是透過酒店窗戶放鬆一下眼睛，就繼續埋首於電腦前。

他的雙手飛快忙碌地正在進行一項重要行動。

春傑以前有個同事是從設計機器人的公司跳槽過來的，跟他互動不錯，一次聚會上，從同事口中得知，公司採購的那批機器人在軟體方面有個資安漏洞。

那些機器人每天都會更新一次，只要駭入機器人公司的軟體設計部取得重設密碼，就可以連線進特定機器人，提取他們儲存的數據。

春傑腦力全開，在入侵行動成功前，滴水未進。

兩個小時後，他終於走出房間，他步伐輕快地走到酒店裡的酒吧，要了一杯最烈的酒。

太爽快了，他不禁想像如果J.Sir現在就在他面前會有怎樣的表情，會不會跟耶穌被門徒背叛的時候一樣失望震驚？

地球另一頭的城市，藍迪正在跟第N任女友吹噓，得知他協助春傑駭入了會所的機器人，使機器人為己所用，對藍迪崇拜至極。

而自從春傑傳了機器人的重設內碼給藍迪之後，藍迪胃口越來越大，只要性別是女的，不管是機器或真人都通吃。

「等一下，慢一點輕一點……」藍迪望著跪在他兩腿間的女機器人，她正以溫柔而有節奏的方式替藍迪口交。她的代號是F，藍迪都叫她Fanny。

他很清楚，從重設內碼的那一刻起，不管他對會所的機器人做什麼，公司都不會知道，這些機器人只會聽命於替他們重設內碼的人。

女機器人F是所有機器服務員裡五官最精緻的，藍迪一直覺得讓F只做接待公關的工作太浪費了，便每天把她叫到機房，親自教她性愛的幾個步驟，宣稱這樣可以把客人服務得更好。

藍迪知道自己注定會丟掉這份工作，並不是因為對女機器人性騷擾或做出逾越職權的事，而是好眠會所累積的邪惡，已經足夠吞噬它自己。

電腦正把一連串數據備份到春傑的雲端。這份數據列載了所有好眠會所會員的入會資料，其中那些對夢境重度依賴的會員，入會的半年前剛好面臨公司軟硬體大升級的階段。

資料顯示，接待機器人在半年前展開新的入會程序，申請入會的會員必須與接待機器人一對一面談。該面談程序是在會所頂樓一個隱密的高級包廂進行，沒有人知道機器人跟會員在裡面做什麼。原本藍迪只是答應幫春傑找出會員自殺的原因，沒想到查著查著竟然跟公司的機器人有關。

藍迪撥電話想跟春傑討拍，雙方開啟了視訊連線。

春傑正在下榻酒店浴室裡刷牙，藍迪看見春傑裸著上身，故意換上色瞇瞇的表情，嗲聲的說，「春傑哥哥！超想你的！什麼時候回來？」

「我還想去美國西部玩幾天，把所有的假用完再回去。」

「請這麼多天，喔……我知道，不請白不請，你怎麼沒早點跟我說，我也該請假好好玩一下！」

「拜託，你每天工作都在玩，好了，什麼事？」

「你要的檔案我都上傳好了。」

「謝謝，我正要看。」

藍迪聽見春傑房內的分機響起，只見春傑接起電話，臉色突然變得凝重。

「先講到這裡，我要去見J.Sir了，他人在美國。」

「哇歐，他知道你做完手術就等不及要召見你，這麼想你喔，不對……該不會是有別的黑鍋要你揹？」

「對耶，難怪他幫我出了這次的醫療費用，好了，不說了！」

視訊裡的藍迪對春傑拋了一個大飛吻，「美國總公司是J.Sir的邪教大本營，就看你的了，兄弟。」

結束通話後，春傑爽朗地笑了幾聲，他早就能夠輕鬆面對任何人的揶揄，那些職場的不愉快早就已經是上一個世紀的事了，現在的他感到如獲新生，連血液的流速都加快了。

J.Sir派的豪華轎車正在春傑下榻的酒店門口等候，酒店經理陪春傑走出來，替他開門，還在他坐上車的時候鞠了九十度的躬。

春傑覺得這經理肯定是幫著J.Sir在監視他，就是要確保他真的上了車。

車子平穩開出紐約，上了高速公路，駛向郊區的科技園區，景物從高樓大廈漸漸轉變成各種民房綠地夾雜。

春傑將注意力放回豪車內，眼前的小桌上放了盤精緻的小點心，一旁的酒桶放著香檳及名貴的酒類，車內還有聲控電腦及環繞劇院。

春傑對這台車的內裝很滿意，這表示自己不是被J.Sir歸類為低等員工，而是還有利用價值、具有重要性的人物，否則不會派車來。

其實春傑一坐上車的時候就知道開車的是機器人了，讓他訝異的是這個機器人長得像物理學上的大名人，年輕版的愛因斯坦。

春傑要這駕駛機器人按照特定的編排撥放一些經典老歌給他聽，再來，又問他能不能給他一根雪茄。

駕駛機器人很快就回應，「你應該是認錯人了，我不會隨身帶著雪茄[4]。」

他的回答讓春傑大笑，他擁有很好的幽默感，而且這個駕駛機器人的反應比會所那些機器人更快，表情細微的跟真人一樣。春傑忍不住想跟他聊天，「我知道你不是愛因斯坦，但你一定能解釋重力波給我聽吧？」

這次換機器人大笑了，他說，「公司規範的工作包括陪客人聊天，但若是聊天內容會讓我分心，我有拒絕回答的權力。」

春傑實在很喜歡這位駕駛員，可惜他是公司產品。

「你的名字是？」

「Albert。」

春傑搖頭笑了笑，這命名該不會是J.Sir的傑作吧？愛因斯坦不信人格化的上帝[5]，J.Sir故意這樣命名，分明是想挑釁這樣的理論，誰說人類當不了造物主。

---

4 愛因斯坦（Albert Einstein）愛抽菸，無論是捲菸或雪茄，並有慣用的標誌性菸斗。

5 媒體多次將愛因斯坦描繪成一個虔誠信教的人，這激起他發表了如下聲明：「你所讀到的關於我的宗教觀的信息當然是個謊言，一個系統地重複著的謊言。我不相信人格化的上帝，我從未否認這一點，而且都表達得很清楚。如果在我的內心有什麼能被稱之為宗教的，那就是，對於我們的科學所能夠揭示的世界結構，對於這世界結構的無垠的敬仰。」（Albert Einstein. Albert Einstein, The Human Side: Glimpses from His Archives. Princeton University Press. 27 October 2013. ISBN 978-1-4008-4812-6.）

這位駕駛無時無刻都在跟雲端處理器連線，這表示所有春傑跟駕駛機器人互動的細節都會一處不漏的被記錄下來。如果J.Sir對車內發生的事感興趣的話，就會知道春傑厚臉皮討要了所有的酒。

他不知道J.Sir有沒有察覺到出問題的環節，如果有，這一趟總公司之旅一定非常不妙。

GD美國總公司位於東岸最繁華的城市，這裡商業大廈林立，爭先恐後地遮蔽天空，加上空氣汙染，天空永遠是灰濛濛的顏色。行人走在街上很可能看不見自己的影子，因為整條街都籠罩在附近大樓的暗影中。

GD總公司大樓的建築呈圓形立方體，遠遠望去有如龐大的銀色金箍棒，彷彿正對照著J.Sir的處事風格，一向擁有翻山倒海的決心。此刻的春傑已不像從前那樣對權威有著敬畏之心，他是個熟知對方戰略的勇士，昂首踏出的每一步都充滿自信。

來到總公司地下停車場，駕駛機器人引領春傑走向電梯，在電梯口，春傑看見了熟悉的身影。是拉維跟妙妙，兩人正在電梯前低聲爭執，他們不知道春傑就在後面兩公尺處。

春傑想起不久前，以前的同事告訴他拉維跟妙妙結婚了，兩人住在一起沒多就發生各種爭吵，看來不是謠言。

過去春傑對八卦一點興趣都沒有，但妙妙跟拉維爭吵的聲音自動傳入耳中，春傑才發現妙妙生氣時張牙舞爪的樣子完全顛覆過去的文青形象。

拉維跟妙妙聽見細微腳步聲回頭，兩人一見到春傑，頓時土著一張臉，春傑放慢腳步，揚手打了招呼，「Hi！」

妙妙做出客套微笑，拉維卻沒理會春傑逕自進了電梯，妙妙則是冷著臉，拒絕跟上拉維。

妙妙用一種千言萬語的眼神望著春傑，春傑敏銳察覺她有話想跟他說，便問Albert能不能等他一下？

Albert說他只有兩分鐘的時間，J.Sir預訂了會議室，要準時出席。

春傑對Albert點頭表示自己會遵守時間，隨即把妙妙拉到旁邊。妙妙望著不遠處正在等候他們的Albert，神色顧忌緊張。

「最近好嗎？」春傑問。

妙妙直接切題，「我他媽一點都不好，我今天是來辦離職的！而且我要跟拉維離婚了！」

春傑一愣，「既然要離婚幹嘛你們又一起來美國？」

「拉維想把他的家人接來美國，可是我很不適應他們家的一些習慣，而且，有件事我不知道要跟誰講……拉維他，幫J.Sir做了一些很不好的事。」

妙妙很在意樑柱上方的監視器，故意把身體轉向背對監視器，同時壓低聲音對春傑說，「我跟拉維會離婚是因為他對我的家人毫不關心，我哥是好眠會所的會員，不久前，我哥出事了。」

這句話讓春傑心裡一悚，「他是自殺嗎？」

「算是吧，他是警察，因為有貪污被降職，家庭也不幸福。有一天不知道為什麼他就拿槍對自己的腦袋開槍，他遺書上寫到，覺得自己很沒用，我之前聽說你們的會員傑夫自殺的消息，覺得兩者有關連，我要拉維幫我查清楚我哥自殺的原因，但……他不願意，連一句安撫的話都沒給我。」妙妙一臉黯然，說的噙淚，然後她又補充了婚姻是如何扼殺了原本的愛情，總之她對拉維，只剩下滿腔失望。

一旁的Albert過來催促，說不能再耽擱時間了。

春傑對Albert點頭回應，輕輕拍了妙妙的手臂，「你說的事，其實我也在查，先讓自己好過一點，我先去開會，我會再連絡你，好嗎？」

妙妙笑的苦澀，「回頭再聊，能見到你真好，我很想念以前我們一起做研發的日子。」說完又朝春傑伸出手，「Bye Bye！」

春傑也伸手與妙妙相握，突然間他感到手心有個四角尖銳的物體。

春傑在前往會議室途中揑緊著口袋，那是妙妙交給他的一塊晶片，他直覺就快解開謎團了，這件事絕對比去會議室見J.Sir還重要。

他假裝尿急，拜託Albert讓他去上洗手間。

春傑一進入男廁隔間，拿出晶片仔細觀察，才發現原來這不是晶片，而是一個晶片形狀的透明卡匣。仔細一瞧，卡匣中間放置了一個米粒大小的微型晶片。

春傑立刻聯想到這應該是新型的微型晶片，是取自妙妙哥哥的腦內，便用手機照了張照片。

他迅速跟藍迪連線，要他去查這微型晶片是不是在半年前開始被運用在會所裡，並與他們掌握到的會員隱私數據做比對。如果能證明傑夫跟自殺會員的大腦裡被植入的是同一批晶片，就能得出答案了。

藍迪聽完春傑的猜想，表示認同，得知春傑一直沒有時間看他上傳的檔案，藍迪扼腕不已，催促春傑快點去看某個檔案。

春傑費了一點時間才找到藍迪所說的那個有問題的檔案，發現那是一段監控視頻，地點是在好眠會所的高級包廂。

視頻中的主角正是他的同校故友，傑夫。

Albert在敲門，催促春傑，五分鐘後J.Sir就到了，開會的時候向來只有他遲到，更不會有員工讓他枯坐等待。

春傑硬著頭皮說自己腸胃不舒服，只要再拖兩分鐘，再兩分鐘就好。

會議室架構在建築體最高層，採用大面落地窗，四周的玻璃都上了一層塗料，會根據陽光自動產生顏色變化，控制室內的遮光程度。緊鄰入口處的牆面看起來是一面寬闊白牆，中間有抽象的黑色墨跡不斷延伸、流動，產生各種變化，富有禪意。

春傑駐足一看，發現這白牆實際上是塊超大顯示面板，成像非常逼真細膩，感到咋舌佩服。

「這叫墨流，源自古代中國，後來在日本跟土耳其發揚光大，是一種常見的藝術創作手法。」J.Sir中氣十足的聲音傳來，身後跟著一名身材高大，金髮碧眼的女祕書。

「J.Sir。」春傑點頭，此時女祕書朝他遞了張名片。春傑從來沒看過她，不禁猜想她也是機器人。

「春傑，這位是唐娜，她不是機器人……坐吧！」

J.Sir是非常敏銳聰明的人，很快猜出春傑在想什麼。春傑有些措手不及，只能微笑以對。

J.Sir身材精實高大，戴著厚重的黑框眼鏡，過去總是不苟言笑，給人嚴苛的形象，現在的他蓄起了落腮鬍，眼神變得比以前柔和。

今天的J.Sir一直帶著親切微笑，讓春傑很不習慣，他禮貌地一揮右臂，示意要春傑坐在最靠近他的座位。唐娜一等春傑與J.Sir坐定就為他們送上兩杯熱茶。

整個空間充斥茶的清香，不知何時，一旁白牆上的墨流已漸漸轉化成籠罩著薄霧的樹林，如果再加上幾道微風，就能讓人誤以為身處戶外，被美景包圍。

但此刻春傑沒有寧靜舒服的感覺，他只瞥了一眼身旁的風景就把目光集中在J.Sir臉上。仔細一看，J.Sir的眼神仍維持一貫的沉穩，白頭髮則變得比以前多，今天的他沒有帶著威儀的氣場，而是一臉清朗。在以前開會的時候，這樣的表情會被下屬判定為Safe。

「眼睛完全恢復了吧？」

「嗯，但是我不大明白，這次的治療費用是補償還是福利？」春傑故意把平常講話的速度調快了一些，音量也加大了點，試圖拉抬自己的氣勢。

「補償？」J.Sir搖頭一笑，「不，你就當作是一點預付薪資或是員工福利……我今天找你來是要跟你討論下一個階段的計畫，機房不是你該待的地方。」

春傑先入為主地覺得J.Sir不是要提拔他，而是有很棘手的工作要丟給他，「恕難從命，我要離職了。」

J.Sir露出迷惘，「你說什麼？」。

春傑感到有點暢快，篤定冷靜的說，「我要離職，我也不會接受慰留，而且我要代替我的朋友傑夫向你跟這家公司求償。」

J.Sir眼神變的冷峻，帶著輕蔑的微笑，他用更舒服的姿勢坐進沙發似乎等著看春傑搞什麼把戲。

春傑開啟手機裡的視頻，繼續這場談判。

視頻裡可以見到傑夫被一名女性機器服務員帶到會所的高級包廂內，在看完了電子合約內容後簽字，到這裡仍是正常程序。

傑夫對某條合約內容提出疑惑，詢問女服務員，女服務員給了明確答案，說明植入性微型晶片是可以取出且對健康無害的。傑夫被說服，接著女服務員操作電動椅，使椅子自動抬升、轉向。

春傑操作手機，故意讓重點畫面停格。只見畫面中的傑夫放鬆地趴在躺椅上，女服務員替他在腦後某個區塊消毒，接著便以槍型的儀器在消毒部位植入了晶片。

「傑夫是我的大學同校同學，他在半年前接受了會所的新措施，對夢境產生重度依賴，最後自殺了。」

「你怎麼能夠證明傑夫對夢境產生重度依賴是因為被植入了晶片？」

「我比對過數據，幾個半年前被植入晶片的會員，腦部區塊都出了問題。這些人之中，有人曾經去醫院精神科就診，匪夷所思的是，就診病歷及fMRI[6]紀錄竟然同步上傳到公司的雲端裡存了起來。」

J.Sir雙手交握沉著聽著，他沒有預料到春傑蒐集到的資訊如此完整，猜測他一定是利用了某種方法突破了公司的資安防線，但世界上沒有駭客可以竊取公司的機密不是嗎？

不對，弱點就是公司的機器人，機器人不但是頂尖的駭客，也是各種數據的處理器，J.Sir心想，春傑一定早就控制了會所的機器人，將他們收歸己用。

春傑見到J.Sir的臉色越來越暗沉，覺得自己已經踩到他的痛處，事到如今，乾脆全部攤牌，「醫院上傳的就診紀錄是會所的機器人查出來的，我跟藍迪不可能在短時間內過濾那麼多資料。」

J.Sir慢條斯理地喝了口眼前的咖啡，「你替公司找到大漏洞了，以後我會加強資安的管理。」

春傑厭惡J.Sir到極點，攸關人命的事，怎能用戲謔的態勢來回應？但他按耐情緒，繼續點開備份檔案，把一筆筆會員的隱私數據給J.Sir看。

春傑補充，「過去公司販賣夢境是要圖利，市場沒有萎縮，不至於用晶片來控制會員，所以我推翻了這樣的猜測，後來我看了機器人找的這些資料，終於懂了……會員的病歷、大腦的各項數據都是有計畫地被蒐集起來的，他們就像是被做實驗的白老鼠。他們每次體驗夢境，對夢境的信仰就會逐步加深。」

J.Sir的肢體語言換成兩手交抱，帶著緊戒的姿勢，「你說得沒錯，我用微型晶片對部分會員做實驗，這個計畫運作了好一段時間，只是我們沒有想到晶片發揮了很好的作用，效果好到有人自殺了。」。

---

[6] fMRI（功能性磁振造影）是神經影像學技術，能夠判讀腦部受到刺激時的各種變化，腦神經造影資料可以做為人類心智活動的證據。例如深陷戀愛中的人們，大腦建立獎賞迴路的區塊會變的活化，而前額葉皮質則會產生去活化的現象，使其降低判斷、懷疑及批評的能力，產生情人眼裡出西施的效應。

「你應該中止實驗，把客戶大腦的晶片都取出來，賠償認錯。好眠會所也應該停業，說什麼有需求而創造，夢境體驗根本就不是人們需要的東西。」

春傑態度凜然，略做思考之後又繼續說，「人們需要的是希望，存在於現實中的希望。」

J.Sir倏然站起，無懼地直視春傑，沒有顯露出一絲一毫生氣或懊悔的情緒，「你想要替你朋友求償，那是多此一舉，我們必須放眼全球，你所看到的實驗具有劃時代的意義，就算你揭發有人自殺的消息，也只會被政府跟媒體消音，到時候不僅是我，許多人都會跟你為敵。」

春傑氣憤回嘴，「你的意思是，那些人是活該的實驗白老鼠？我最好閉嘴以策安全，是嗎？」

「王春傑，你曾是我旗下最優秀的員工，我想要繼續跟你合作，如果你不屈從，我會讓你知道後果是什麼？」

J.Sir對唐娜揚了揚手，唐娜隨即以眼睛投射出影像到白牆上。

那是正站在研究船上的孟喬。

春傑非常震撼，這是他恢復視力後第一次清楚的看見孟喬。她正帶著美麗的笑容倚在研究船的欄杆上看著平板，她長長的黑髮隨風揚起。

這應該是擷取研究船上的監控影像。春傑氣得火冒三丈、緊握拳頭，此刻他恨不得能直接幹掉J.Sir，他竟然用孟喬來威脅他。

「給你十分鐘考慮，只要你配合，唐娜會告訴你新的職務內容。如果你執意對抗我，我會讓這個女孩直接死在大海裡，讓你連屍體都找不到。」J.Sir冷冷說完後，走出會議室。

春傑明白J.Sir說的不是玩笑話，以他的影響力，他什麼事都做得出來。春傑牙一咬，暴怒的拿起桌上的咖啡杯朝唐娜扔去。唐娜精準無差的接住了杯子，並帶著「你就是拿我沒辦法」的機車笑容。

白牆上的孟喬影像正望著大海，突然對他回眸一笑，令春傑心醉。

孟喬應該有看見海洋雪了吧？

春傑覺得欣慰，隨後卻是更深的酸楚與難受，他只能對著孟喬的身影喃喃說，「抱歉，跟你說要見面的約定，不知道什麼時候才能實現了。」

6.

一隻殼上有著斑斕美麗紋路的寄居蟹走在沙灘，孟喬彎腰跟在牠身後，小心放輕步伐。小小寄居蟹遇到牠的同伴，她想像他們正在交談，因為牠們不斷用腳輕碰對方。

孟喬微笑用食指輕輕推了推兩隻寄居蟹的殼。她看見有人從沙灘盡處走來，身穿夏威夷老土花色的海灘褲，裸著上半身，臉上戴墨鏡。

那不就是王春傑嗎？

春傑、春傑——孟喬邁開大步奔去……

春傑你到底去哪裡了？你知不知道我發現了新物種，我真的做到了！？

孟喬來到春傑面前，張開雙手擁抱他，卻突然雙腳踩空，沙灘跟眼前景物全部被一陣大龍捲風吹走……

孟喬猛然驚醒，這才明瞭原來剛才自己在作夢。

來到國外之後她每天的行程非常緊湊，總是很晚回到宿舍，大概是會認床的關係，她總是睡睡醒醒、輾轉反側。昨天她結束首次任務後，倒頭就睡，她睡了足足一天，終於破了睡眠紀錄，也終於作了夢。

人肯定會作夢，只是夢裡的情節不一定會被記住。但這一回，她清晰真切地夢見了春傑。

她望著空空如也的雙掌，不斷回想，他的皮膚曬黑了一點，他對自己露出親切的微笑，歡迎她靠近。自己明明聞到他身上散發的男人味，怎麼瞬間就消失了？

孟喬彎曲雙腿，悵然地把頭靠向膝蓋，臉頰左右摩娑著睡褲，她實在不想醒來，可是也回不去夢裡了。

她以前從來沒想過夢裡的男主角會換人，夢見一個人就代表很思念他嗎？抑或是大腦在歸檔記憶時，隨機拼湊成遇上春傑的畫面？

她拿起手機確認郵箱跟APP，沒有關於春傑的回音，她決定再寫封郵件給他，咒罵他不守信用，臭豬王春傑……等等。

孟喬盯著手機修改信件內容，怎樣都不滿意，最後趴向枕頭，把那些負面的字句全刪了，只留下一行：

我想見你。

傳送。

今天研究基地的氣氛有些詭異，孟喬發現從她走進大門開始，迎面而來的人都用特別的目光望著她。那眼神多半帶著欣賞，有的則帶著不敢置信的懷疑，好像在說，你這個黃種女孩到底憑什麼，竟然用雙手往土裡一掘就挖到了鑽石？

孟喬走向楊教授辦公室，還沒敲門，門就先打開了，走出來的人除了楊教授，還有史坦博士。

博士拍了拍孟喬的上臂，讚賞地說，「Good job！」

黑人女博士生艾希莉從走廊盡頭出現，身後帶著幾個人，還有一瓶香檳，孟喬突然聽見香檳被打開的聲音，接著就被噴了整頭整身的香檳。

她撈上來的活體樣本經過解剖檢驗，證實為海洋的新物種，匪夷所思的是，這種魚體內殘留了數種致病的重金屬毒素卻還能存活。

經過化驗分析及顯微鏡觀察，這種怪魚體內的住民不僅有塑膠微粒，還有特殊的微生物，證明生命已經變化到可以跟塑膠共存。

史坦博士認為孟喬的新發現很了不起，不管接下來的研究結果如何，發現新物種已是了不得的事。基地眾人祝賀孟喬，楊教授也用力擁抱了孟喬，恭喜她擁有為這隻怪魚命名的權利。前幾秒她還覺得開心，過沒多久她就成了一座木然的人形立牌，任眾人拉著抬著，四處展示。

不安的情緒在孟喬內心翻湧，她不知道那個她最想分享喜悅的人在哪。

慶賀活動一直延續到中午用餐，她接到洪哲的電話，才從吵雜的人群中脫身，鑽到角落。

孟喬跟洪哲一直保持聯絡，本來她希望能透過他的協助，從春傑的家人口中問出春傑的去向。洪哲在電話中對孟喬的探勘成就感到歡喜，並提到他跟恆芸一起去過春傑家。遺憾的是，春傑幾天前離開治療眼科醫療中心後就不知去向，他的家人提到，春傑曾說他痊癒後要做的第一件事就是去旅行。所有人都認為春傑是在旅途中，忘記跟親朋好友報平安。可是孟喬不相信，她直覺他不會神經大條到忘記跟她之間的約定。

結束通話後的孟喬悵然失落，她告訴自己不要多想。

楊教授要孟喬把心思放回研究上，繼續等待，她說，如果那個人心裡有你，他會自己找來的。

時間來到深夜，同樣著急尋找春傑下落的人還有藍迪，他所在的國家與夏威夷相隔半個地球。

藍迪一如往常地窩在會所機房裡上班，每隔一陣子他就注意時間。

春傑跟J・C的會談已經過了好幾個小時，春傑卻一直沒有聯繫藍迪。藍迪一直覺得喉嚨乾燥，不停喝水，內心顯露擔憂。

他不斷回想春傑躲在男廁隔間內跟他進行的那次通話。春傑在掛電話前曾交代，他必須預設這次與J．C的會面會出現最壞的結果，如果他失去聯絡，藍迪一定要快點離開會所。

藍迪的手機傳來音效，他趕緊收信，信件是春傑用陌生位址寄的。郵件內容顯示，春傑這次的談判失敗，他要藍迪用最快的速度找一個沒有任何監視器、沒有任何機器人的地方躲起來，防止被J．C秋後算帳。

「幹！我沒事幹嘛跟公司對幹？」藍迪一邊抱怨一邊收拾東西準備離去，隨後，又一封同樣位址的信件發來，春傑說，他不會放棄，要藍迪繼續保持聯絡，計畫還沒結束。

藍迪心想反正我他媽已經一無所有了，王春傑你最好是給力一點。

會所的所有機器人全部被遠端重新開機了，藍迪知道這一定是總公司的下令，這次真的是挫賽了。

7.

回到GD公司後的春傑被賦予重任，按J.Sir指示併購了幾家快要倒閉的公司，擴大廠房及生產線，Albert被指定為他的私人助理。全球無人工廠的機器人數量已來到最大值。

在公司所有開發的材料中，有一種軟性材料非常昂貴，用於最高價的機器人。春傑第一次看見赤身裸體的Albert的時候不禁驚呆了。

Albert全身遍布這種能發電的軟性材質，由可以彎折的原料構成集電電路，透過行走及關節活動就能發電，電力會儲存在脖子上方與後腦部位的電力中樞。Albert的身體構造裡也有能夠使用太陽能轉換電能的零件，要是遇到突發狀況需要爆發性的肢體活動，電力中樞會調節電力，使四肢快速獲得所需的電力。

春傑對J.Sir雖是滿腹埋怨，卻再次被他的發明震撼，並感到不平。J.Sir自負又聰明，為何不去做些對人類真正有貢獻的事？

J.Sir像是故意測試春傑的極限，讓他參與一個接一個的項目。春傑屏息以待乖乖聽命，一方面是為了賺錢，一方面是為了蟄伏，如果沒有能力反擊，至少要親眼看看J.Sir到底能夠囂張到什麼程度。

這天春傑在電梯碰見J.Sir，J.Sir突然對他說，關於傑夫的事他覺得很遺憾，他不是不想補救，只是來不及，在歷代發明家創造的過程中，總會出現一些犧牲品。

春傑憤然，不能理解J.Sir對犧牲品的解釋，那是他朋友的性命！

J.Sir的說話語氣總是傲慢，這些性格上的扭曲源於他孤身一人的背景，J.Sir跟任何人不曾建立親密的連結，狂妄地以為自己能夠主宰萬物。

Albert對春傑解釋，傑夫的家屬透過律師向會所求償，雙方已經達成和解了。

這件事就這樣輕易地落幕了嗎？表面上看來，春傑平靜接受了Albert告訴他的結論，實際上內心滿是革命的騷動。

春傑查看共用行程表，發現Albert請了一周的假，他很好奇機器人請什麼假？

Albert沒有收到J.Sir命令，就不能回答。春傑基於好奇，直接打了J.Sir的視訊專線，想要商談工作調度問題。

諷刺的是，J.Sir的來電等候是一段John Lennon的歌曲〈Imagine〉[7]，這首歌春傑也很喜歡，因此過去誤會自己跟J.Sir有共同喜好。

J.Sir在視訊中交談後，簡短提到，他讓Albert替他辦件事，或許應該有個人類隨著Albert同行會比較好。

春傑覺得這是一個逃出公司的機會，遊說J.Sir讓自己陪同前往，並順便提到，自己已經工作很久沒有休假了，希望在任務後，能好好休一段長假。

J.Sir爽快同意了，事實上，J.Sir對春傑早就設有一道堅實的防線，Albert有同步錄像錄音功能，並隨時將資料上傳到雲端，只要Albert在春傑身邊，一切行動言談都逃不過J.Sir的掌控。

J.Sir給春傑的代步工具是直升機，高層主管都可以無償借用，至於駕駛，更無須擔心安全問題，因為Albert裝載了駕駛程式，技術等同專業機師。

春傑跟Albert在出發前，找了家餐館吃飯，才剛在露天座位坐下，就有兩個小女孩走過來兜售他們做的草編手環。

Albert沒等春傑做出反應就掏錢出來給其中一個小女孩，小女孩為了答謝，變了一個小魔術給兩人看。等到小女孩跑的不見人影，春傑才發現自己放在桌上的手機被偷了。

Albert立刻起身說要去追回來，春傑卻拉他坐下，說算了，反正手機是消耗品，再買就有了。

春傑微笑望向Albert，「我一直以為我們所有消費都是透過網絡交易，沒想到你身上會帶現金。」

Albert回應，「我們沒有月薪，不過，根據工作表現會有年終獎金，這應該是公司為了激勵各個機器人

---

7 Imagine為英國知名樂團披頭四的歌曲，歌詞有渴望和平、反戰，傳達世界一家的理念。

吧，一但被通知有現金存入帳戶，我們可以選擇要不要提領出來。」

「原來如此，那你會因為有獎金更認真工作嗎？」

「我倒是沒想過，我只是認為，隨身帶些現金以備不時之需比較好，畢竟不是所有地方都用線上交易，貨幣永遠具有交易的功能。」

「你說的該不會是黑市吧？只能現金交易？」

「我是擔心全球網路會因為電腦病毒突然掛點，一個好的助理要有應付未來的準備。」Albert自信說道。

Albert的人性化思維讓春傑感到意外，春傑總想弄清楚Albert究竟具有什麼樣的人格（或者說是個性）。因此春傑除了在工作時跟Albert交談，也會私下跟Albert聊些隱私的事，比方說自己養的狗叫什麼名字，還有現在心裡惦記的女孩——孟喬。

Albert得知春傑跟孟喬認識的過程後，詢問，「你很喜歡她，對吧？」

春傑點頭，沒有多做解釋，他現在才知道把一切交給時間這個念頭很蠢。時間沒有把他對孟喬的感覺沖淡，而是日日澆灌著思念的芽苗，助長想要擁她入懷的衝動。他沒有一天不去猜想孟喬現在在做什麼，更期待有一天能走近她，感受她說話時溫暖的鼻息。

Albert觀察春傑面容，不確定那代表遺憾還是愁思。人類的心緒有上百種，非常複雜，Albert知道自己絕對無法準確解讀，乾脆直接問，多問就能多學。

Albert露出好奇表情，「我一直很想知道人類的愛情到底是什麼東西？」

春傑一時之間想不到什麼解釋，「就是心裡會一直惦記著那個人，想要見到她，我這樣說好了，你可以連線到好眠會所找出我的夢境，你看完資料應該就知道了。」

Albert花了十幾秒就看完春傑的夢境，知道女主角是江恆芸，「我懂了，你曾經很想要得到愛情，可是現實生活無法滿足你，你只好替自己設計了理想的夢。」

「對，不過我現在夢裡的女主角，是孟喬。」春傑說完笑了兩聲，在Albert面前他早已放開自己，反正關於自己的一切，只要Albert想查，什麼都查的到。

「我懂了，一但愛上了某個人，自然會夢到他，對吧？」

春傑點頭，他對Albert有期待，希望他能夠理解自己的感受，畢竟感受不是靠資料庫的搜尋就能了解。

餐點送來了，Albert坐在旁邊靜靜地看春傑吃飯。

「這東西看起來不怎麼可口。」Albert對春傑說。

春傑訝異點頭，「真的很普通，你又不懂吃，你怎麼知道？」

「我不能吃不代表我不懂，我身上配備的除了工作技能，防身、駕駛飛機，還有烹調技能，我只要看一下就知道這份牛肉過熟了。」

「真厲害。」

「有機會的話我會烤肉給你吃。」

跟Albert的互動帶給春傑愉快的感受，隨即Albert動作緩了一拍，顯然是在跟J.Sir進行資料通訊。

J.Sir跟Albert之間的聯繫緊密且通暢，這提醒了春傑一個問題，他曾經問過自己好幾次，到底該把Albert當朋友還是敵人？

Albert回復正常後，對春傑說，「我查了一下孟喬，她所在的研究船正前往夏威夷沿海，你為什麼不去找她？夏威夷是度假的好選擇！」

春傑略頓了幾秒，「我只是在等待時機，我不確定現在去找她是對的。」

Albert眼神充滿不解，「你還有很多假期沒用，以我了解，J.Sir對你的工作表現很滿意，不用擔心工作的事。」

春傑在心裡翻了個大白眼，果然機器人不會了解人類深層的心思，但他不想對Albert隱瞞自己的心情，「J.Sir知道我的弱點，知道我喜歡的女人是誰，我想確定自己能夠保護她，再去找她。」

「你的考量是對的。」

「孟喬在做的研究跟J.Sir是背道而馳的，J.Sir為了研發各種科技已經到了喪心病狂的程度。我可以為惡魔工作，假裝我可以出賣靈魂，但若是孟喬因為我的關係被J.Sir傷害，我一輩子都不會原諒我自己。」

Albert聽完春傑的話，神色一動。

春傑無奈聳肩。「如果你把我剛才說的話上報，我也認了。」

「不，我會保守祕密的，說上司的壞話可以紓壓。」

「這又是資料庫裡搜出來的？」

「當然。」

春傑在跟Albert的朝夕相處中，發現他對資料的判讀跟運用越來越類似人類。春傑想起孟喬提過，未來人類毀滅之後，會有其他強勢物種崛起，Albert如果會進化，究竟是不是一件可喜可賀的事？

Albert繼續剛才的話題，「我認為你應該去見她，我不會把你的戀愛過程寫進工作報告裡。」

春傑微笑點頭，他心想若是Albert真能成為自己最忠實的夥伴不知該有多好？

8.

春傑跟Albert搭直升機直抵非洲西部，那裡有全球最大的電子垃圾場。

Albert對春傑報告，那邊的機器人主管失蹤了，幾位負責處理回收工作的機器人發生故障、失控等狀況。Albert是要去了解機器失控原因，把它們重新開機，使廠區恢復正常。

春傑注意到，Albert在稱呼自己的同類時竟然是用「它們」這個代稱，看來他沒有把機器人歸類為有機生命體。

許多公司包括GD在內，宣稱他們建置了一條回收再製或汙染分解的處理線，但只要是身在該產業，對材質製造略有了解的人都清楚，回收廢棄品這條路不但漫長，而且心虛。

大部分生產者的眼光只著重於東西怎麼賺進大把鈔票，是不是對環境無負擔，回收率多少，都是其次。

直升機經過曠原，飛行高度開始降低，來到一大片村落上空。春傑首先注意到下方水池的顏色很怪異，墨黑濃滯，像是一塊被上帝隨意棄置的硯台。

天際一片陰霾，俯視而下，盡是低矮破落的民房。地表上滿覆灰敗無法辨認形狀的物品，不像其他國家的城市那樣充斥繽紛的色彩，給人糞土一般的觀感。

更顯眼的東西攫住了春傑的目光，那是有如大軍壓境的太陽能發電板，讓枯黃的大地穿上了整齊橫列的盔甲。料想應該是為了地盡其用而設置的，既然土地長不出作物，種電是合理的運用。

直升機降落在廠區外圍的空地，Albert分給春傑一個防毒面具。春傑覺得這一幕好熟悉，想起自己送給孟喬的夢也出現過防毒面具，自己好像在驗證當初編造的夢境。

孩子們看見直升機降落，天真的圍過來，他們睜著銅鈴大眼，全身衣衫殘破，每個人皆是乾枯瘦弱的體態。

Albert先走進廠區大門，春傑則往反方向走，打算隨意看看附近環境。

孩子們尾隨在春傑後面好奇的盯著他，春傑知道是自己的防毒面具看起來很怪異，於是便脫下了面具。一個孩子頑皮地抽走春傑的防毒面具戴在臉上，其他的孩子伸手去搶奪，引起一陣紛擾。

春傑保持微笑，並用新手機查起資料，發現這邊的汙染指數超標。

這一帶每年重病而死的人數居高不下，環境被廢棄科技零件嚴重汙染。可以提取後再製的材料都進了廠區，價值較低且數量龐大的垃圾便任由村民搬運。

到處是隨意堆積的電子垃圾山，疊起的高度有好幾層樓，水溝裡有黑色汙水橫流，景象令人觸目驚心。這裡的路旁只有強韌的小草，看不到任何一棵健康的樹木，更沒有蜜蜂、蝴蝶的蹤影，可以料想到這裡的土壤遭受嚴重汙染，能夠存活的植物非常稀少。

一個十幾歲的少年帶著弟弟妹妹在焚燒電纜外的塑膠包覆材料，以獲取可以變賣的金屬材料。刺鼻氣味瀰漫而來，春傑拿出手帕遮掩口鼻，後悔剛才把面具脫下。

每一條廢棄電線只剩稀薄的殘餘價值，卻是他們的生活所依。這些民眾有人是因戰亂流落至此，或是從種不出植物的旱地搬遷而來，他們於貧苦的夾縫中奮力求生，只能以回收垃圾、撿拾為業。鎮日與毒物為伍的下場就是被各種疾病纏身，過著芻狗不如的生活。

沉悶的情緒壓在春傑胸中，為了避免毒氣殘害，他加快腳步返回廠區跟Albert會合。

廠區內異常寧靜，到處凌亂殘破、設備傾倒，像被爆炸炸過，加上強盜打劫又經過亂石敲擊，讓人狐疑這裡是不是經過一場戰爭。

這個廠區是GD公司轉投資所成立的回收公司，一切自動化，使用機器人來做拆解及回收分類處理，有血有肉的人類管理階層只要待在千里之外就能監督廠區的運作。

不是所有被製造出的零件都能回收，即使設計了回收處理線，大半廢棄物處理起來仍是曠日廢時，只好先暫時棄置，或者是先封存掩埋。

這些帶有毒性的垃圾逐漸被遺忘，看不見，但它永遠存在，一旦沒有管理好，毒物就會滲入土壤造成可怕且致命的汙染。

「可以慶幸的是J.Sir運用的是冷凍粉碎技術[8]，我們的作業員一天二十四小時都在處理垃圾，回收速度應該能夠慢慢追上。」Albert說。

「你到底哪來的樂觀啊？」春傑顯露不解。Albert的說法沒有不對，機器作業員不用休息，而人類一天只有八小時，機器人工作的效率肯定比人類高。可是，就是因為機器太好用了，又成為普及的生活必需品，人類就更加投入製造科技產品以增加效能，相對地電子廢棄物又增加，就這樣陷入一個停不下來的循環裡。

Albert使這裡的網路連線恢復，搜索所有監控畫面，發現廠區的機器人主管是在廢棄物封存區出事的。從幾個監控畫面的串聯就能推敲出事件的始末。時間最早的畫面是，機器人被誘騙到柵欄旁清掃垃圾，被突然扔過來的炸彈炸到，幾個民眾從被炸壞的柵欄跳進來，湧入廠區。

接下來，機器人主管去察看事故，也遭到民眾攻擊。為首的少年用壓力鍋做了炸彈攻擊，等機器主管一

[8] 冷凍技術能使電子廢棄物易碎，使回收處理更加容易，科學家正在研究這種垃圾分解的方法。

倒，其他民眾如入無人之境，恣意破壞。民眾合力將爆破後的機器人殘骸全都撿走，整個廠區能夠搬走的資源，全被洗劫一空。

「看來機器人都被偷去賣掉了。」春傑說。

Albert看見自己的同類被人類爆破宰殺，仍是一臉平和。

不過這個廠區設立已有十年之久，為何直至今日才發生衝突，春傑認為有另外的導火線。

Albert認為春傑所言有理，將監控畫面上的人一一記住，用臉部辨識來搜出這些人的身分，果然不出幾秒，扔炸彈的少年就被發現身分了。

那名少年名叫馬可，有偷竊前科，不過令春傑印象極深的是他的背景資料。馬可父母皆死於癌症，弟弟在發動爆炸前一周進了醫院，他的弟弟被診斷出腎臟衰竭，因為沒錢醫治，生命已在倒數階段。

春傑清楚腎臟衰竭跟有毒物質有極大的正相關，他認為馬可已經夠可憐了，想阻止Albert把這名少年的資料呈報給J.Sir，但才剛開口，Albert卻說，他收到J.Sir的指令了。

J.Sir下達的指示看起來簡單：將馬可封口，不管用任何方法都要封鎖人類攻擊廠區的消息。

「封口具有很多種意思。」Albert自言自語，顯出一絲疑惑。

春傑認為J.Sir的指示下得不對，按照人類的思維，封口有很多方式，最極端的就是殺人，J.Sir恐怕是正在忙別的事，疏忽了指令必須清楚，導致Albert一時拿不定主意該怎麼做。

「不對……」一個念頭閃過春傑心裡，他震驚於自己的發現。封口這兩個字，如果指的真是殺人滅口，那麼，J.Sir的發明早就脫離了人工智能的發展規範[9]——「機器人不得危害人類」。

過去在人工智能發展上，國際科技聯盟早已制定了規範，用於保障人類權益，違背這一個最重要也最基本的條款，足以證明J.Sir在道德上已澈底淪喪。

春傑打斷思路，拍了一下Albert肩膀，「我覺得J.Sir的建議是要你匯給馬可一筆錢，讓他帶弟弟去換腎，再搬去好一點的地方治療。至於封口，讓他簽一份協議書禁止接觸媒體就是了。」

Albert帶著淡淡微笑，「原來是這樣……我知道了。不過，所有電影裡演的封口，都是指殺人！」

春傑嚴肅下指令，「反正你聽我的就對了。」

當天稍晚，少年馬可跟Albert約在廠區外廣場見面。

春傑想去醫院病房看看馬可的弟弟，付錢請人載他來到醫院，卻發現在這個不友善的地方尋找一個不認識的小男孩，實在是一件困難的事。

這間小醫院設備落後，標示不清，走廊靠牆處停靠了一整排髒舊的病床，到處擠滿了看診的居民。春傑每走一步，腳下就會踩到垃圾或是黏稠的痰，或許因為護理師超時工作、居民等得不耐煩，每個人說話都很大聲，互相叫罵。

春傑的亞洲面孔在這些非洲居民中是個異類，頻頻遭人白眼，或被當成空氣一般視而不見。春傑感到自

9 科幻小說家以撒．艾西莫夫（Isaac Asimov）於一九四二年發表的作品〈轉圈圈〉（Runaround，《我，機械人》（I, Robots）中的一個短篇。初次出版在一九四二年三月的《超級科學故事》（Super Science Stories）雜誌。艾西莫夫在小說中為機器人設定了以下行為準則：第一，機器人不得傷害人類，或坐視人類受到傷害；第二，除非違背第一法則，否則機器人必須服從人類命令；第三，除非違背第一或第二法則，否則機器人必須保護自己。

已不受歡迎，有些喪氣地與Albert通話，向他求助。

Albert強大的資料搜尋功能很快發揮效益，半分鐘就找到了馬可的弟弟，諷刺的是，Albert說醫院病歷才剛更新，馬可的弟弟急救無效，半小時前死了。

接下來，春傑看見了令人難忘的一幕，他看見馬可的弟弟遺體由兩個居民抬出醫院，他們沒有把他送回家，因為不管去哪，那裡都只有垃圾堆。馬可看見弟弟被放在一個土坑裡，他掩面嚎哭，旁邊的朋友勸他趕緊火葬了。

馬可看起來嚴重營養不良，腳上只穿著一雙破舊的夾腳拖鞋，可以看得出他的腳背受過傷，或是被什麼重物砸傷，導致腳板變形。

春傑跟Albert選擇遠遠地站在一旁觀看，Albert判定就算求償，馬可也付不出來。

春傑暗自擔心Albert會按照J.Sir命令殺人，幸好Albert最後做的決策是，給馬可一筆錢。

春傑得知Albert寫的廠區事故報告裡沒有把爆炸歸咎在馬可一人身上，著實鬆了一口氣。

春傑希望馬可能夠遠離這裡的電子垃圾，好好活下去。

Albert看過機器主管的工作手冊，決定在離開前巡視整個廠區，確保沒有其他狀況要處理，春傑便有了機會，能夠一窺其他廢棄汙染物質的處理狀況。

他們乘坐通往地下六層的巨大貨運電梯，來到一個不見盡頭的甬道。一進入地底，春傑就知道自己的猜想是對的，許多來不及處理的廢棄汙染物質全都封存在地底。

甬道兩側是一道一道的金屬閘門，綿延至遠端，每一道閘門後都安放著多如牛毛的桶裝毒物。這些東西就像一個一個銳利的錐子，扎在地表，如果地球有感覺，一定會覺得全身難受吧。

直到啟程回去前，春傑始終繃緊臉色。他想起他為孟喬打造的夢境裡有一片純淨無汙染的森林，有充滿活力的海洋生物，而她身邊圍繞的孩子們，個個帶著可愛笑容，頑皮地又叫又跳。

孩子不應該像是這裡的居民那般，死氣沉沉、雙眼凹陷、骨瘦如柴。

要不是親眼目睹，他不敢相信世界上竟然有人生活在如此低劣的環境中，以拾荒為業，與汙染為伍。

連續幾天春傑都睡不安穩，他對這一切感到無能為力。

再厲害的發明，似乎都無法消化深埋於地底的廢棄毒物，這些東西的存在，是對生命的一場慢性大屠殺。

好幾次，春傑想起了孟喬，想起她曾經樂觀表示，「……說不定往後好幾代的人類真的能力挽狂瀾，會做出很多補救汙染的措施，發明出改善環境有幫助的產品。」

春傑望著掌中又輕又薄的新款手機，許多感觸油然而生。

手機是人類先進科技的代表，過去電話被發明出來，滿足了人類與他人溝通表述自己的慾望。透過與他人的連結互動，各種感情會增強，也能獲得各種資訊與支持，換句話說，電話的出現，滿足了人類的基本需求。

而今，科技產品做得越來越小、資料量越存越多、汰換速度越來越快、什麼都宣稱能夠智慧思考發展物聯，到底追求的是什麼？

方便、省時、省力、有線變無線、生產力進步、知識的共享、權力地位的象徵、一個比自己還炫的網路分身……這一切的好處，真是人類的基本需求嗎？最初製造產品的各種初衷，是否依舊存在？

春傑反覆思量，內心滿是無奈與苦澀。

9.

前方有一片沸騰的海，像藍色絲綢，被數以萬計的隱形之手翻動拉扯。豎耳細聽，海面傳來的聲音，真的跟開水沸騰時發出的聲音沒有兩樣。

孟喬跟艾希莉站在研究船船尾，手持望遠鏡觀看海面的騷動，數千萬隻的小魚正在海面倉皇聚集，四周已經被獵食者包圍。小魚們無處逃竄，只能躍上水面，海面被拍打不斷出現許多白沫，與鱗片在陽光下閃動，看起來宛如沸騰的滾水。

天空有成群海鳥陸續往下俯衝，啄起小魚迅捷地飛走，這些聰明的鳥會跟在漁船後，也知道在茫茫大海中該去哪裡找吃的。

孟喬目睹了大自然的生存戰，難掩興奮，艾希莉不斷用相機記錄眼前的盛況，她們早就在紀錄片裡看過這樣的景象，卻還是不如親眼所見來的撼動人心。

此時一隻銜著小魚的信天翁像失去動力一般，撞向研究船的駕駛艙玻璃，隨即彈到甲板上。孟喬跟艾希莉跑過去看，發現那隻可憐的鳥已經死亡，牠的脖子在猛烈撞擊下被扭斷，而牠嘴裡的魚被拋在甲板上，看起來仍很有活力。

小魚連續跳了幾下便張開大口喘息，孟喬趨前，輕輕把小魚捧起，丟回海裡。

「不知道這隻鳥怎麼回事？為什麼會突然摔下來？」艾希莉問孟喬。

「牠看起來好瘦，可能是生病了。」

孟喬與艾希莉本來應該把信天翁的屍體扔回海中，讓牠回歸到食物鏈，不過她們沒有這麼做。她們合力解剖了這隻鳥，發現牠的肚子裡有魚型的塑膠玩具，以及一些人類的家庭廢棄物品。

「真可憐，信天翁一生只有一個伴侶，這隻公鳥再也沒辦法飛回去找牠的老婆了。」艾希莉嘆道。

孟喬惋惜地表示，「牠腸胃阻塞很久了，這次獵食讓牠耗盡體力，難怪會突然暴斃。」

艾希莉輕撫過信天翁的頭，像是做最後的告別，她的舉動讓孟喬有些意外，沒想到這個身材高大，形式作風充滿陽剛味的黑人女性，竟有這麼溫柔的一面。

孟喬把手套及口罩脫下，放回消毒箱，取來相機對著鳥屍拍照。

「信天翁可以飛行很長的距離去覓食，真難想像，牠飛來這片海的一路上都在忍受痛苦，不管牠原本的棲地在哪，可以肯定的是牠們的生活環境汙染嚴重。」孟喬拍了幾張照片，一邊說道。

「地球上再也找不到沒有汙染的地方，我敢說這隻鳥的老婆不是已經死了，就是也病著，希望你能在天堂跟家人會合……好好安息吧。」篤信基督的艾希莉在胸前畫了個十字架。

又一個在眼前消逝的生命，孟喬早就習以為常，整個生態系早就被人類的汙染澈底擊潰，不再健康。

孟喬跟艾希莉隨研究船停留在夏威夷近海已好幾個月了，兩人互相照顧生活起居，成為摯友。

艾希莉很聒噪，擁有燃燒不完的精力，說的笑話總能逗孟喬哈哈大笑。有天她們突然發現用力扭轉耳垂可以緩解暈船的感覺，從此這個動作成為兩人的默契。

艾希莉嘲笑孟喬浪漫的無可救藥，還說她被王春傑甩了，人家心裡根本就沒有妳。如果有，他不是太孬就是死了，這兩種情況都表示妳失戀了。

孟喬曾經覺得春傑的渺無音訊很折磨人，隨著日復一日的探勘與研究工作連環進行，她漸漸看開了，如果兩人從此再也無法聚首，那就下輩子再說吧。

楊教授說過，把所有的事情放大、放遠來看，會發現自己碰上的事對比於物種消亡，連滄海一粟都談不上。

人類從出生到死了不起一百歲，死亡之後就會形成碳與氮等元素，與塵土混和，而所有的塵土都會被雨水沖刷，進入大自然的循環系統。孟喬這樣一想，便覺得下輩子肯定能跟春傑重逢。即使會變成小草腳下的一坏泥土，或是兩團在大氣裡擦身而過的白雲，總會在萬水千山過盡之後，成為新的生命。

所有的假設，都是基於地球依然生生不息的基本條件。

而不管自己授命進行何種研究，過程都只讓孟喬感到震懾、痛心。地球生態滿目瘡痍，美麗的生命倍數消亡。

她覺得自己的力量過於渺小，每思及此，只想大醉一場。

10.

史坦博士一回到陸上基地就風塵僕僕地去找孟喬跟艾希莉。兩人熬夜做研究，直到史坦博士拿出郵件給她們看，才振作起精神。

英國生物代謝研究學者在來信中說明，他們已從怪魚的組織樣本中分離出新種轉化酵素。

孟喬與艾希莉抱在一起尖叫，不敢相信這麼快就有進一步的成果了！

研究報告指出，新發現的酵素擁有前所未見的力量，能幫助魚隻分解塑膠微粒，也能加速重金屬的代謝，使魚體的性命不致受到毒害。

原來這怪魚能在那片受汙染海域順利存活是因為體內的酵素。至於酵素如何在怪魚體內合成，這跟牠吃的食物與生活環境有高度相關性。

史坦博士非常興奮，如果這種酵素也能在怪魚以外的物種體內合成，許多受到汙染的生物將擁有超強的抵抗力，不致絕種。

不過，史坦博士自己很清楚，他的大膽假設只是想給眾人一個樂觀的願景。通常特定酵素只能在特定物種體內合成，而就算酵素能用實驗成功合成，人類只會自私的拿來拯救自己。

包含史坦博士在內的研究隊成員都看得出來，整個海洋早就是一鍋巨大無比的塑膠湯。即使塑膠分解是可行的，要量化生產並導入生態圈，也必須耗費數百年才能完全清除塑膠垃圾，而在這之間，人類還是不斷在製造汙染。

史坦博士將帶領部分研究隊成員參加國際氣候變遷年會，沒有參加的人則獲得一周的假期。史坦博士希望孟喬能一同前往，順便發表怪魚這個新物種。

孟喬對大場面有些生怯，婉拒了博士的邀請，況且發現新物種是整個研究隊的成果，並非她一人之力，她認為由博士出面把怪魚公開於世是最恰當的了。

艾希莉興致高昂地準備度假一周，說她要去南美洲旅行，邀孟喬一同前往，孟喬當下便一口答應了。艾希莉從高中開始就有豐富的自助旅行經驗，一個女孩隨時背上行囊就出發，孟喬常聽她說起當沙發客或者打工換宿的各種經歷，對她充滿佩服，也嚮往體驗那種如同飛鳥一般，自由自在的旅行。

兩人磁場相合，很快討論好行程，她們只有一周的時間，打算直接去熱帶雨林做叢林健行。

經過十幾個小時的飛行，她們抵達巴西的聖保羅，這個城市非常繁榮，到處林木蒼翠。巴士一進入商業區，映入眼簾的是鱗次櫛比的高樓大廈。

艾希莉跟孟喬寄放完行李就展開購物行程，這趟雨林之行她們已經盡量將行囊簡便處理，但還有些裝備還沒買齊，例如雨衣、頭燈、刀具及炊具。

孟喬跟艾希莉在商場走了好久，本來以為買得差不多了，艾希莉卻還想再逛，而且偏偏想看性感內衣，因為她認為自己隨時會有豔遇，得隨時做好準備。

孟喬翻白眼，說要跟她暫時分頭，晚餐時再回旅店集合。

孟喬想自己進行都市觀光，用手機查了一下旅遊資訊，原來這是伊比拉普埃拉公園，是個知名景點。迎面吹來的風夾著咖啡香，原來公園外的人行道有輛精巧的咖啡攤車。飛機上的黑咖啡有一股放了很久的焦味，實在難喝，這咖啡攤車的出現，宛如綠洲。

攤車老闆是個身材圓胖，手臂肌肉健壯上有刺青的禿頭白人，這個老闆從她走過來這一路就在對她微笑，她走到哪都能遇到熱情的外國人，已經習慣了。

她點了一杯有厚厚奶油的咖啡，正掏出錢包，攤車老闆卻擺擺手對她說，已經有人替她付過錢了。

孟喬疑惑又有些小驚喜，是誰請她喝的咖啡，隨即想到了艾希莉，一定是她，她真是貼心又淘氣的好姊妹。

孟喬喝了口咖啡，不經意的看到杯子另一側，竟然寫了「我愛你」。

孟喬心想，我愛你？中文的我愛你？這是誰寫的？……不對，這個筆跡，就是消失好久的臭豬王春傑啊！到底怎麼回事？

孟喬著急放眼四望，跑進公園搜尋，沒多久，兩個手牽手的雙胞胎小女孩走到她面前直盯著她，朝她微笑。兩個小女孩穿著同款式的粉紅色蓬蓬裙，大眼睛跟自然捲，皮膚則是健康的小麥色。她們一笑就露出寬大的齒縫，相當可愛。

孟喬抓住她們，「是誰派你們來的？」

其中一個小女孩伸出手，把某個東西放上孟喬的手心，隨即跑開。

小女孩的動作出乎意料，使孟喬來不及反應，她低頭一看，才發現小女孩給了她一個漂亮的髮夾。那髮夾是幾何排列的大小雪花圖案構成的，陽光映照在髮夾上反射出金色光芒。孟喬仔細端詳了一下，認為這是18K金的。

「白癡王春傑你到底在哪裡啊？」孟喬大喊著，往小女孩離去的方向奔去。

她跑了一段距離，繞過花圃之後，出現一個幽靜的湖泊，湖水如鏡，倒映著藍天白雲及周圍高大的闊葉樹木，構成一幅令人舒心的美景。

這幅美景中最醒目的除了站在草坪上的雙胞胎小女孩，還有一個熟悉的身影。她看見那個男人把一束漂亮的氣球一分為二，送給那兩個小女孩。

小女孩跑開，銀鈴般的笑聲逐漸遠去。

那個男人轉身，發現了孟喬，這突如其來的注視使她措手不及，表情跟四肢都僵住了。

她深知聚散無常，早已不抱持希望，相逢卻突然降臨。

臭豬王春傑，怎麼突然出現了？

孟喬跑到春傑面前，怒目責備他，「你買通剛才那兩個小女孩送髮夾給我？」

「對，抱歉這麼久才來找妳。」

「剛才的咖啡也是你請的？」

春傑點頭，他細看孟喬的臉，視野中的她終於不再像畢卡索的畫了。孟喬的眼神明亮而清澈，鼻梁高挺，臉蛋略微圓潤，是屬於耐看的鄰家型女孩。真要說有什麼小瑕疵，也只有雙頰上的雀斑及右邊眉角的疤痕。

「你眼睛好了吧？」

「好了。」

春傑剛說完就被孟喬掄拳用力揍了一拳，她將滿腹等待化成攻擊！

「你白癡！神經病啊！你太過分了！為什麼現在才來找我？」孟喬對春傑狂罵狂搥一陣。

春傑突然抓住孟喬的手臂，將她擁入懷中，「對不起，對不起……」

「我以為我對你來說根本不重要。」

儘管春傑連聲抱歉，孟喬還是氣得捏了春傑的臉好幾下。

「好了好了，你再對我動手，萬一我又變瞎該怎麼辦？」

孟喬還是有氣，兩眼像禿鷹想啃食春傑那樣，帶著殺意。

春傑笑笑的，以雙手托住孟喬的臉頰仔細凝視，「妳跟我以為的不一樣……」

孟喬眼神由埋怨轉溫柔，「我現在看起來應該不像畢卡索畫裡的女人吧？」

「不，妳太漂亮了，妳是上帝的傑作，歷史上所有畫家都畫不出妳。」

孟喬意外春傑竟會說這種情話，大笑好幾聲，「我們認識這麼久，你竟然到現在才知道我漂亮？真的好白癡！」

春傑望著孟喬一起大笑。

孟喬挽起春傑手臂，兩人一邊散步一邊說話。

「這一年你到底去哪裡了？都做了些什麼事？」孟喬問。

春傑淡然微笑，心裡卻出現巨幅波動，「我在處理一些事情。我做完移植手術後就待在美國總公司，老闆丟了新工作給我，讓我抽不開身。」

孟喬滿心好奇，「看來你升職了對吧，你的工作還是跟夢境體驗有關嗎？」

春傑搖頭，還沒想好要怎麼跟孟喬解釋，打算輕描淡寫帶過就算了，「算是沾得上邊，關於我的工作，說來話長，改天再說吧。」

孟喬點頭，「你之前送我的個人版體驗機，我拿去會所交給藍迪了，因為我再也不需要了。」孟喬開心說完，隨即又問，「我有時候會想，你該不會是為了替我設計夢境最後弄到眼殘了？」

「這不重要了，只要妳開心就好。」

春傑把孟喬手上的髮夾取走，替她把兩側的頭髮向後抓起，最後用髮夾整齊地夾在腦後固定。

「春傑，我一直在想你，甚至好幾次夢見你了。」孟喬突然拋出的這句話，撼動了春傑。

春傑向孟喬解釋，他從未故意延遲見面的約定，只是被一些事情耽擱了。他沒有提到自己曾被J.Sir強行留在美國總公司一段時間，他直接把自己的行程跳到新工作的展開。

孟喬說起自己本來去了美西半年、後來上了研究船又去夏威夷大半年，她明知自己上了研究船，就是過著與世隔絕的生活，但還忍不住責怪春傑。

「我不懂，你有我的E-mail，我的電話、APP帳號始終沒有變過。你不能偶爾給我一點消息嗎？你如果真的想我，你就去租架直升機或是遊艇開來找我啊？難道這點事你都做不到？」

「我被一些事情耽擱了，但妳的行蹤，我一直都很清楚。」春傑仍想避諱一些敏感的部分，溫柔搓搓孟喬的手背，「重點是我來了，我來找妳了。等待的期間我很不好受，我真的很想妳。」

「算了，我不打算生氣了。知道你心裡有我就好。」孟喬爽朗一笑。

「我一直想見妳，甚至常常夢到妳。」

「是春夢嗎？」孟喬問。

「妳管！」春傑彈了一下孟喬的額頭。

隨後兩人又開始大笑，兩人的手掌貼手掌，望著彼此的視線都在說，我們不要再分開了好嗎？

春傑以緊緊的擁抱代表千言萬語，即使在他的夢裡已經擁抱、親吻過她，可是那些幻境都比不上孟喬親臨眼前帶來的怦然，那是寫進全身血脈裡的激動。孟喬也同樣情緒澎湃，她撒嬌的用臉頰摩娑著他的胸口，聆聽他的心跳聲。

「這些日子妳過得好不好？研究還順利嗎？」春傑柔聲問。其實春傑早就從網路上蒐集海洋研究站的資訊，他早已知道孟喬參加了哪些計畫、有些什麼驚人的發現。只是，不管自己了解了多少，還是想要聽她原原本本地交代一遍。

孟喬簡短交代一些研究過程，提到自己做過深海探險、找到新物種之類的。春傑看著她手舞足蹈的樣子，心滿意足。

「對了，我擁有幫新物種命名的權利，我正打算把你的英譯名春傑放進去，因為是你，支持我走這麼遠的。」

「我早就知道妳能完成一些了不起的事，妳是很特別的女孩！」

「但是在遇見你之前，我從來不相信自己做得到。第一次開深海潛艇的時候我一直幻想你跟我在一起，否則一個人要經歷這麼長時間的下潛、四周漆黑一片，會一直想自己會不會死在海裡，真是有夠怕的！」孟喬說完自嘲的笑了笑。

「希望以後妳的其他成就我都能見證，我會一直陪著妳，陪妳走很遠、很久……還有，有機會我也想跟你一起去探險。」

「好啊。說定了喔！」孟喬噙淚，心裡非常感動。

暖陽包圍著兩人，他們牽手漫步在公園，時而拉扯互開玩笑、或是一句話都不說，就只是深深凝視著彼此。

也就是此時他們才知道，不論相隔多遠，他們早就愛了好久。在他們同樣思念對方、決心繼續等候對方的時候，幸福早已成立。

11.

艾希莉坐在旅店房間床上，用駝背的姿勢打電腦，直到脖子有些痠緊，才意識到孟喬晚了四十分鐘回來。

她肚子餓了，乾脆跑去大廳等孟喬，才出電梯，就看見孟喬帶跟一個男人走進旅店大門。

孟喬笑盈盈的對艾希莉說：「王春傑來找我了。」

艾希莉笑了幾聲，爽朗衝上前看了看春傑，「原來就是這傢伙啊。」

春傑見艾希莉朝他伸出手，毫不遲疑的與她相握，他隨即痛喊了一聲Osh！這個叫艾希莉的黑人妹妹手勁好大，似乎是故意要給他一點教訓。

「我聽Meng說過你，很高興見到你！」艾希莉說完，左手握拳捶了一下春傑的右肩，「你是怎麼找到我們的？」。

春傑解釋他讓自己的特助Albert去尋人，不費吹灰之力就找到孟喬的行蹤。艾希莉得知春傑有人工智能機器人當特助，表示羨慕，至於孟喬則是感到疑惑，春傑不僅升職，竟然還有了私人特助？

ＧＤ公司的名氣舉世皆知，艾希莉從各種媒體上得知ＧＤ公司近幾個月又擴張了營運項目，也順勢跟春傑聊到相關話題。

不過春傑想要轉移工作上的話題，便說要請她們吃飯。他早就找好地點了，三人便步行到附近的酒館。

這是一家播放拉丁音樂，並以現場舞蹈表演而聞名的小酒館。三人走進時，有幾個大叔喝的雙頰通紅，對他們用葡語打招呼。

食物的香氣傳來，酒館人聲喧嘩，高朋滿座，孟喬像好奇的小女孩觀看四周，一個穿著緊身針織衫的爆乳拉丁美洲大嬸竟迎面給了孟喬與艾希莉熱情的擁抱。

春傑不習慣拉美人的熱情，尷尬一笑躲開了，侍者隨即認出他就是訂位的Mr.Wang，連忙領他們入座。他們被帶到離舞者最近的四人方桌。侍者對孟喬擠了擠眼神，隨即在她跟艾希莉的座位上各放了一朵紅玫瑰。

艾希莉驚呼，「我也有啊！謝謝。」說完之後她湊過去吻了春傑的臉頰，又故意抓起春傑的衣領半開玩笑地跟孟喬說，「如果我能早一點認識他就好了，他真是討人喜歡。」

春傑笑了兩聲，體貼地幫孟喬拉開了座椅，艾希莉則大動作地往孟喬旁邊一坐，隨即拿起桌上的水杯大口喝下半杯水。

「這是你安排的？」孟喬問春傑。

春傑點點頭，其實這次訂位也是Albert替他安排的。

四周燈光突然暗下，只剩小舞台上的聚光燈，一個姿態英挺的男舞者躍上舞台跳起了踢踏舞作為開場，熱騰騰的排餐也上桌了。

孟喬跟艾希莉胃口大開，春傑只是喝了幾口紅酒。他不想要吃牛排，無奈的是這家酒館最好的餐點就是牛排。最近他的生活壓力很大，孟喬就像特效藥，當她出現在眼前，一切恐懼跟煎熬都煙消雲散。

只是，這該死的牛排就是J.Sir最愛的宴客菜。人人都說能夠吃到老闆的私廚料理是種榮幸，他吃在嘴裡時，只覺得悲涼。事實上，春傑一回到公司體系就著手併購了幾家公司，GD公司已發展成科技巨獸，這大好前景卻完全不是他想要的。

他已經坐上了一輛飆速的火車，想要半途跳車，或讓火車中途停駛，幾乎是不可能的，即使做得到也得耗費很大的代價，過程艱鉅費心。

迷離熱情的探戈音樂突然響起，一旁有人拉奏手風琴跟沙鈴等樂器。

孟喬起鬨要艾希莉跳一段探戈給她看，艾希莉在幾杯酒下肚之後也站上台，來了一段暢快淋漓的舞蹈。所有會探戈的人都輪番上陣了，這一晚猶如慶典一般熱鬧，孟喬最後也拗不過艾希莉的要求，跟春傑手拉手跳了一段亂七八糟，混和了復古的迪斯可舞步加上當場有樣學樣的探戈舞步。

艾希莉大感暢快，這一晚不知道擁抱了幾個人，她直誇春傑配合度高。這家小酒館的餐點與美酒讓三人度過了瘋狂又難忘的一晚。

聚會過後，春傑送她們回旅店，艾希莉說她尿急率先衝進電梯回房間，春傑則陪孟喬在大廳又聊了一會兒。

言談之間，孟喬提到她跟艾希莉已經買好了長途巴士的票，打算逐步往北旅行，最後到位於亞馬遜支流的城市瑪瑙斯。

「好好休息，明天見。」春傑說。

「明天？」

「我想跟妳們一起去亞馬遜旅行。」

孟喬聽見春傑這樣說，感到開心，然而，接下來發生了一件令她措手不及的事。春傑在送她進電梯前，抓住她的雙肩，在她唇上留下一吻，沒有持續很久卻是炙熱深刻的吻。電梯門開，孟喬回到八樓客房樓層，她突然覺得通向房間的走廊變得不太一樣，舉目所見的一切色彩都變得比以前明亮。

她開始回想跟春傑相識的過程，到底自己是什麼時候喜歡上他的？自己會不會是失去阿哲之後打算亂抓一塊浮木，於是把感情投射在他身上？

回到房間，她把自己想的事情告訴艾希莉，被她罵了一頓，艾希莉說孟喬想太多了，現在就是緊緊抓住愛情的時機，甚至建議孟喬先跟春傑上床，睡過一次就知道妳們合不合得來了，這方面可是很重要的。

這晚孟喬又夢見春傑了，醒來的時候仍感到心跳加速。

大清早，孟喬跟艾希莉剛把沉重的行囊背上肩，就接到春傑的電話，兩人沒有預料到接下來會發生一件很不尋常的事。

她們的行程被做了很大的更動，那是背包客肯定不會選擇的旅遊方式。

春傑在電話中告訴孟喬，Albert已經在旅店大門等著接她們，他會帶Albert同行，也就是原本說好的三人旅行現在變成了四人。

到這裡孟喬跟艾希莉都還能接受，她們以為只是多了兩個夥伴。當Albert把她們載到機場停機坪外圍時，她們才發現事實跟她們所想的出入很大。

一架五人座直升機已經預備好了。春傑先跳上直升機後座，朝孟喬跟艾希莉伸出手要她們快上來，說直接坐飛機去熱帶雨林比較快。

艾希莉驚嘆，「我該不會是在作夢吧！」隨即開心地把大背包扔進直升機。

孟喬望著春傑的眼神，夾雜疑惑與激賞，她感覺春傑變得跟以前有些不一樣，多了些霸氣跟帥度。

艾希莉一上飛機就選定離Albert最近的座位，過去她曾在政府單位碰過服務型機器人，但是沒有近距離相處過，對他充滿好奇。

不過，好奇不等於好感。艾希莉畢竟是做研究的人，她心底仍有質疑，也跟周遭朋友討論過這個議題，亦即——人工智能機器人這項科技發展對人類來說，到底有沒有必要性？

科技發展看似使人們得利，但也造成了更嚴苛的生活環境。全球新聞版面除了報導各種汙染問題，另一個議題就是失業。對孟喬與艾希莉這樣的研究人員來說，運用ＡＩ運算來做及時分析與紀錄數據，肯定能提升效率。

孟喬得知春傑回到ＧＤ公司後併購了機器人部件製造公司，問了機器人的製造成本。春傑提到，ＧＤ公司的作法並不是對客戶端販賣機器人，而是採取租用方式。

全世界除了私人企業，也有政府部門向ＧＤ公司承租機器人，用於行政單位，至於警察、監獄的執勤人力也逐步汰換中。

人力調度及工作學習都透過雲端處理，只要採購了硬體，就能獲得方便又迅速的自動化更新。全球政府一致承認自動化是必然的趨勢，ＧＤ公司經過不斷的改善產品，並為了取得業務合作調降了成本，業績轉虧為盈。

孟喬跟艾希莉都認為是政府或公部門單位的經費足夠，才有辦法進行快速的人力汰換。春傑沒有否認這個說法，他也認為ＧＤ公司用合約租用方式賣服務跟產品是聰明的方法，不像一台除濕機或烤箱，賣出去之後任憑別人使用，用壞了就丟。

換句話說，只要升級跟維護作得好，產品就能繼續替公司賺進大把財富。

艾希莉問到關於機器製程產生的汙染性廢水及廢金屬問題，春傑知道在她們面前無法規避這塊，只好簡單說明，針對那些汙染物，公司的處理方式是在回收系統建置完善前，先運送到地底設備封存起來。

換句話說，汙染性廢水及廢金屬等一切不好的產物，都埋在地下。

孟喬跟艾希莉不能相信這樣的做法是正確的。她們看過太多的汙染案例，比方說海洋裡的塑膠就是商業行為快速發展的產物，人類的科技進步總是跑在環保之前，往往等到事態嚴重之後，才發現回頭也挽救不了失去的事物。

美麗的生命，純淨的土地，孕育萬物的海洋，一一消逝，如眨眼一般迅速。

睿智體貼如春傑，早猜到孟喬心中所想，他說他選擇進入公司管理階層就是希望能夠用自己的力量改進缺失，至於塑膠汙染，他們已經挹注了研究基金，使塑膠分解酵素能快速進入量產並廣泛使用。

春傑相信在這部分他做的沒錯，可是他心裡還藏了一個大祕密沒有對孟喬說。

那就是Ｊ．Ｃ正在做可怕的實驗，而春傑已經掌握了全貌。

ＧＤ公司跟某個霸權政府已簽了合作意向，除了在好眠會所外，要更廣泛的將大腦內植微型晶片導入市場。屆時，各國政府將會用醫療控管的名義，為該國人民逐步植入晶片。

植入晶片的危險性現今已大幅降低，過程快速且免費，不清楚功能的人民只能相信政府跟醫療機構的片面之詞。從長者到剛出生的嬰兒，植物人到精神障礙病人皆必須接受這項侵入性的手續，且這一個過程被視為「公民義務」。

春傑很清楚，J．C一直想用金錢跟權力迷惑春傑，使他成為利益共同體。Albert看似是聰明助理兼保鑣，處處幫助春傑，實際上是J．C派來貼身監視他的。

春傑表面上接受控制，但是他的內心仍有不可鬆動的所在。直到現在，他仍在尋求方法，他想要揪出J．C的痛處，即使最後玉石俱焚也在所不惜。

直升機越過一座又一座城鎮，逐漸接近雨林，春傑、孟喬跟艾希莉戴著隔音耳罩，一路上只以簡單手勢及眼神交談。

孟喬興奮地望著窗外，收回眼神，就見到身旁的春傑在凝望她。

春傑抓緊了孟喬的手，顯得若有所思。

他不想帶著祕密跟孟喬相戀，但是這趟行程結束後，自己就得做出行動了，他反覆對自己說，一定要把身邊的人保護好。

他深信，人類的思想感情，人類的自由意識是宇宙最獨一無二的存在，想要扮演上帝，任意決定人類思維的存續，是件荒謬而巨大的錯誤。

第三章　相見有期，思念無期

1.

直升機停在鄉村外的廣場，這裡赤褐色的泥地沒有揚起一陣沙塵，因為剛下過大雨的緣故。春傑發現這個廣場周邊有白色標線，立刻看出這是一個簡易足球場，一旁有個石砌教堂，教堂頂端的白色十字架以藍天為背景，非常醒目。

幾個中南美洲男性以及小孩子圍過來了，Albert正準備走下去交涉。春傑對孟喬及艾希莉解說，這些人是附近居民，負責管理這一帶的交通要道，放心，Albert已經付了過路費及租車費，這些人會幫忙看守他們的直升機。

春傑牽著孟喬的手跳到泥地上，一陣混和泥土與青草氣味的風撲面而來，有些黏膩潮濕。科學家分析下過雨之後，微生物會釋放出某些氣體使空氣的味道變得不一樣，只是這味道是孟喬過去沒有感受過的強勁，甚至帶著點走獸排泄物經過發酵後的異味。孟喬心想，這就是熱帶雨林的味道。

艾希莉很開心自己買的雨鞋很快就發揮功能了，過沒多久，吉普車張牙舞爪的引擎聲風馳而來。眾人魚貫坐上了吉普。行程銜接的很順暢，使孟喬跟艾希莉超乎意料。

車子轉出停機廣場後就進入一條平坦的小路，這裡離他們要去的高塔觀測站不遠。

車行過程中，春傑帶著微笑一直看著孟喬的側臉，他很想拉她的手或是摟她的腰，但不想打斷她跟艾希莉交談的興致。

孟喬提到，她跟艾希莉原本打算住在氣象觀測站，那裡沒有多少空間能供給外人住宿，多虧艾希莉的交際手腕好，她們才有棲身之所。只是現在突然多了春傑跟Albert，不知道他們兩個要怎麼打發住宿。

Albert表示不用擔心住宿問題，他都搞定了。

他們抵達的觀測站的時候，晴空大放。眾人開心仰望這座矗立在森林深處的建築物，迫不及待登頂而望。

一群不知名的飛鳥穿出林間，俐落的振翅聲迴盪在周遭，使孟喬跟艾希莉驚嘆連連。

觀測站的站長來招呼眾人，建議他們先跟Albert去放行李。春傑早已習慣了Albert的神通廣大，反正跟著他走就對了。

眾人走向觀測站後方的小徑，夾道滿是繁盛的綠草、蕨類與野花，一不小心就會被匆匆撲來的昆蟲擊中面頰。

春傑一向不喜歡蚊蟲，但此刻他只顧著盯著孟喬，忘記拿出預先準備的驅蟲器。只要能跟她在一起，就算被水蛭吸附、蜘蛛絲擾面，依然甘之如飴。

孟喬等人滿懷期待地穿過一片灌木叢，映入眼簾的是一片平整的碎石地及寬闊平整的木棧板。這裡已經搭起了五星級大型蒙古帳，帳篷外架設了完善的烤肉、清潔設施，還有啤酒及裝滿新鮮食材的保冷箱。

艾希莉先是大笑幾聲，驚叫，「不會吧！我一直以為今天晚上要睡倉庫！」

「原來妳借到的單人房是倉庫？！」

孟喬笑著接話，發現春傑已經把他們的行李放進帳篷便跟了進去。

這個大帳篷為五角形狀，中間是客廳，除去入門開口的角落外還有四個房間，正好夠四個人使用。

孟喬的雙手輕輕地貼上春傑後背，「這裡太棒了，謝謝你替我們安排的住宿！」

春傑轉身，拉起孟喬的手，「妳喜歡就好。」

孟喬墊起腳尖飛快在春傑的臉頰親了一下，主動拉起春傑的手跑出去。

「走！我們去登頂！」

高塔觀測站有十幾層樓高，頂部為環形空間，春傑、孟喬跟艾希莉來到這裡，艾希莉首先像個不受控的孩子飛奔出去，迫不及待想將各方向的景色盡收眼底。

熱帶灌木叢林的樹尖就像綠色海浪，在風吹的時候輕搖款擺，樹葉摩擦的聲音跟海浪聲有異曲同工之處，都擁有療癒人心的能力。在面對這片壯麗時，內心的負能量奇妙地被大自然的妙手一掃而空。

春傑發現遠處空中有一道彩虹，讚嘆地拉了孟喬過來看。孟喬依偎在他身旁，雀躍又開心地指著一處又一處的發現。

為了看得更清楚，他們執起雙筒望遠鏡觀察周遭林相，看見林間跳躍的猴子在互相挑釁。

蛇與蜥蜴都在覬覦一隻色彩斑斕的蝴蝶，一滴從樹梢低落下的雨滴，驚動了蝴蝶，使牠離開了枝枒，展翅飛向天空，也飛離了危險。

這裡因為全年降雨量大，樹幹上長滿苔蘚、真菌類植物以及地衣，就像全身穿上了綠色毛衣。有的樹木肩膀上站著幾顆挺立的空氣鳳梨、兩臂或是裙角密布叢生的蕨類，又像時尚的綠色晚禮服。

森林是地球上最龐大、最複雜、最多物種、與最多能源效益的生態系統，與海洋同等重要。

孟喬深受感動，更開心能夠來到有地球之肺的雨林遊覽，她一直保持沉默沉醉在望遠鏡的發現裡。艾希莉看膩了，本想邀孟喬去看朋友的研究，發現春傑在陪她，便識相先離去。

直到日落，孟喬才甘心地收起望遠鏡，跟春傑回到林間小徑，預備回到他們夜晚的棲身之處。

孟喬撿起一片落葉細細觀察，若有所思。

「妳在看什麼？」

「你知道嗎？地球上部分的淡水會以不同型態保存在森林裡，這片葉子的葉脈裡、它所生長的樹幹中就蘊含了很多水分，我們眼睛看不見水分被蒸散到大氣中，可是它們無時無刻都在運作，這真的好神奇。」

「是啊。」

「不過光合作用需要的除了水分，還要葉綠素與陽光，我當初開始研究海洋的時候就覺得很奇妙，除了陸地上的植物，海洋生物也能夠進行光合作用。」

「妳是說藻類嗎？」

「嗯，海洋裡有數不清的藻類，跟陸地上的植物一樣能吸收光能和二氧化碳，通過光合作用，消耗二氧化碳並釋放氧氣，所以重要性跟森林一樣。」

「如此說來，藻類就是看不見的森林了。」

「對，隱形的森林。」

孟喬把樹葉丟開，把春傑當作大樹一樣用手緊緊環抱，兩人繼續無邊無際的話題。她最喜歡春傑的一點就是，不管自己說了什麼，他都能有條不紊的把話題延伸下去，春傑的內涵就像鑄鐵的火爐，讓孟喬有展現自己、傾訴內心想法的機會，當兩人的想法碰撞，就能迸發四射的火花。

儘管春傑早已表達過他很佩服孟喬做的海洋研究，此刻他還是不厭其煩地誇獎著孟喬，只要誇她一句，她就會露出小女孩那樣的燦爛笑容，他最愛看她自信、得意的神采。

兩人聞到了一陣烤肉香，猜想Albert已經把晚上的佳餚都備齊了。有個想法在孟喬心裡擣鼓，她不想要放開春傑的手，不管發生什麼事，她希望睜開眼能看見他就在身邊。

Albert做的烤肉百匯大餐讓孟喬、艾希莉大啖之後，回味無窮。春傑要兩人別太崇拜他，只要連線到雲端載好資料，每個機器人都能變廚神。

艾希莉開玩笑說要不是Albert是機器人，她早就撲倒他了。

飽食之間，艾希莉給孟喬看了一隻大型馬陸的照片；下午在孟喬跟春傑流連觀測站的時候，艾希莉已經把這裡養殖的生物都看過一輪了。

馬陸在石炭紀就已經存在於地球上，是存活很久的大型節肢動物，又稱百足蟲，生活在黑暗潮濕的雨林底層，以土壤石縫為家。許多人對大型馬陸的外型感到懼怕而不敢卒睹，但研究生物的孟喬跟艾希莉不是普通女孩，兩人將照片上的大型馬陸照片放大來看，興味盎然地討論起來。

這隻大型馬陸身上覆蓋黑色盔甲，兩條橘紅色的色帶貫穿身體兩側。春傑看了一眼便撇過頭去，不明白馬陸有什麼好看的。

艾希莉像是猜到春傑的心事，展開解說，「這隻馬陸可不是一般品種，牠是變種馬陸，是在一處受到重金屬汙染的沼澤區外圍找到的。我聽發現的朋友說，那一帶十年前經過大規模伐林，當時有工人把汙染物亂倒在林地，使那個地方的生物全都死光了。」

「然後呢？就剩下這種馬陸還存活嗎？」孟喬好奇發問。

「不，這隻馬陸是去年被發現的，那片受汙染的林地正在恢復中，有個研究員想知道牠為何能存活在重金屬汙染的地方，將牠帶回氣象站做研究……結果顯示這隻馬陸體內竟然沒有任何重金屬殘留的成分。」

「這太奇怪了，馬陸以腐植質維生，既然那裡的土壤都被汙染了，牠應該早就被毒死了。」孟喬說。

「有幾個生物學家展開研究，發現這種馬陸體內有一種超級細菌能加速重金屬的分解，所以牠沒有被毒死，牠吃進的汙染物質成為糞便再度回歸大自然，這個發現真是太厲害了！」艾希莉說。

「土壤透過馬陸的身體被淨化了，真是了不起的生物啊。」春傑展露佩服眼光。

「了不起的生物是細菌，不是馬陸喔！」孟喬戲謔地捏了春傑一下。

「不過馬陸的身體能容納細菌，也挺特殊的，難怪這種昆蟲能稱霸地球這麼久。」

「它是節肢動物，不是昆蟲。」孟喬再度糾正春傑，語氣溫柔不見慍色，她說完之後將眼神移向艾希莉問道，「那汙染林地的其他物種怎麼樣了？現在有復甦嗎？」

「除了馬陸以外，存活的還有昆蟲跟雜草。」

「不意外，植物與昆蟲的生命力非常強韌。在恐龍出現前，很多植物根昆蟲早就存在於地球上了。」孟喬不假思索地說。

艾希莉又替自己夾了一些食物，並繼續說，「馬陸的實驗，我還沒說完呢，我朋友跟一群環境學者有持續做研究，他們把變種馬陸放進受汙染的養殖缸裡，這些汙染物有油汙、農藥，塑膠碎塊……」

「等等……」孟喬打斷了艾希莉，「他們把馬陸放進有毒的土壤裡生活？就為了測試牠是不是會被毒死？」

「是這樣沒錯，這些變種馬陸對嚴苛環境的耐受度有多大，相信很快就能找出結論。」艾希莉一邊吃烤肉，一邊以含糊語調回應。

孟喬雙手交抱胸前，非常不認同的開始批判，「我覺得這個實驗太不人道了。馬陸就算通過第一項汙染測試，在進行其他實驗時，毒素會累加，恐怕只會害死那隻馬陸，而且，變種的生物目前數量不多，牠們還沒機會繁殖就死於實驗，這不是很可憐嗎？」

「妳說得沒錯。不過，變種馬陸跟我們在深海的發現很像，對吧？……更正，是妳的發現。」艾希莉一臉爽朗地說，沒有認同孟喬的疑慮。剛才的話題讓孟喬暫時陷入沉默，她也在思考關於實驗的真相：為了進行研究，讓活體生物在實驗中走向死亡，這個過程是正確的嗎？

Albert替眾人開好瓶裝啤酒，首先遞給春傑與孟喬，「酒來了，快喝吧！」

春傑忍不住發話，「馬陸沒有被汙染物殺死，假設未來有一天能將超級細菌植入人類體內，人體就不再受到汙染的危害了，對吧？」

一旁顧著烤肉架的Albert突然發話，「或許人類才是危害自己的罪魁禍首吧……」

春傑、孟喬跟艾希莉都笑了。

「人類如果能夠變成轉化毒素的馬陸，那該有多好？我覺得人類對地球造成太多危害了。」孟喬嘴邊正咬著一塊烤肉，語音含糊。

「其實這樣挺酷的，以前的超級英雄電影不就是被蜘蛛咬了之後就擁有特殊能力。」春傑繼續話題。

「唉，夠了，我不想再想到蟑螂了！我以前住的宿舍到處是蟑螂，有一次還從天花板掉到我正在吃的沙拉盅裡，真的好可怕……」艾希莉說完，大口暢飲啤酒，用袖子豪邁擦掉滴落嘴邊的酒汁。

幾口酒之後眾人開始天南地北的胡扯，聊得暢快開心。

春傑望著LED的擬真營火，若有所思，他很在意剛才孟喬對馬陸實驗所抱持的反對態度。人類能為任何理由主導實驗，比方說納粹崛起時幹過毒氣實驗，為了提升武器效能，更不知道做過多少炸彈引爆實驗。他心知肚明很多實驗說好聽是為了增進人類的福祉，其實只是人類想繼續存活，使支配萬物的霸權沒有中止的一天。

孟喬靠向春傑的肩膀，突然冒出一句，「如果我是那隻馬陸，我肯定會一口吃掉飼養我的人，誰想被關在滿是垃圾碎片的缸子裡，每天吃自己不想吃的東西啊……」

春傑沉默地點點頭，握了握孟喬的手，她如此善良純真，具有悲天憫人的胸懷，因而他暗自許諾，一定要守護她。她愛海洋，不僅要帶她去看海，還要懂她的深與廣。

春傑希望自己是一片海，存在她心裡的那片海，兩人永遠對彼此感到好奇，在內心藏有一片神祕保藏，吸引對方來探索。

艾希莉喝光了三罐啤酒，孟喬跟春傑手上的酒瓶則沒有見底，他們都不想喝醉，只為了在清醒時能多看對方幾眼。

林間突然吹起一陣風，沒多久天空降下綿綿細雨，眾人只好倉促收了鍋碗瓢盆，分別走進各自的內帳去休息或盥洗。

孟喬聽著雨聲，趴在床墊上用手機收發信件，但她其實是在等艾希莉跟Albert都回到自己的窩裡。

營帳大廳好像沒有人了，孟喬輕輕拉開內帳的拉鏈，發現春傑也正拉開他那邊內帳的拉鏈，探出頭來。

「你要去哪？」孟喬像飛快的小兔子一樣竄到春傑身邊。

「去找妳啊……下雨太吵了，睡不著。」春傑往對面一看，見孟喬的內帳拉鍊沒拉，反問，「那妳呢？要上廁所嗎？」

孟喬搖頭，「我要去找你啦。」

「我們真有默契。」春傑把孟喬推回她的小窩，隨即拉上拉鍊並放下不透光的簾幕。兩人望著彼此掩嘴而笑，孟喬把角落的小檯燈打開，春傑突然從後面抱住她。

他長嘆了一陣，「我真的很想妳。」

「我也是……分開之後我才發現我很喜歡你。」孟喬說這句話的時候，眼睛罩上一層薄霧，那是被寂寞煎熬已久的淚水。

她主動吻了春傑，一個熱切深長的吻，他們溫柔地吻著彼此很久、很久。

在微弱的燈光下，孟喬修長而白皙的雙腿映入眼簾，她的身體很溫熱。春傑嗅著她鎖骨及髮絲的香氣，雙手慢慢滑過她的皮膚，感受她的每一次呼吸與心跳的起伏。

睡墊沾上了一些汗水，兩人肢體交纏，用行動去回應對方的愛，把對方的唇當作最可口的糖果，在唇間濡濕、吸吮、輕咬。

孟喬超乎春傑料想是個非常主動積極的女孩，她每一次的吻跟手的探索都很清楚地告訴春傑，她要把他整個人包進自己身體。她像個性感的女獵人，大膽地撩撥春傑的慾望，並要求他來支配自己。

幸好雨聲掩蓋了孟喬的輕喘與呻吟，過了許久他們才甘心離開彼此的身體。檯燈不知道什麼時候被推倒了，營帳裡一片漆黑，他們為了不要吵到其他人，只好壓低聲量交談。

兩人就一直說話、相視而笑、共享體溫。孟喬打開手機，對春傑訴說每一張照片的故事，介紹自己認識的人，說到口乾舌燥，喝了好幾口水。

不知過了多久，雨停了。孟喬在春傑懷中抬頭，重新點亮小檯燈，她的表情突然變得嚴肅。她突然提起自己看過一本心理學的書，書上說，沒有父母的孩子總是找不到安全感，尤其是女孩，在兩性關係上注定吃虧。

孟喬說，她以前從沒想過除了阿哲，還會有另一個男人好好愛她，所以即使以前對他有好感，卻從沒想過要弄清楚，生怕自己會失望。

「妳不會失望的。」

「我知道，我想要謝謝你來到我身邊，還要謝謝天上的神，如果真的有造物的神，感謝祂讓我們相遇，讓我相信自己值得被愛。」

「嗯，聽妳這樣說我很開心。」

春傑的唇再度覆上孟喬的唇，他們吻著對方。

外面的蛙鳴、蟲鳴不絕於耳，孟喬發出沉穩的呼吸聲，春傑望著她的臉龐捨不得睡。能夠陪孟喬來旅行，緊擁她，看她睡著的模樣，春傑滿心歡喜幸福。他甚至覺得或許重新回到ＧＤ公司沒有那麼糟，慶幸自己還有能力換取物質與頭銜，給喜歡的人一些質量好的享受。

可是快樂必須奠基在真實的基礎，一想到這，春傑很快推翻了自己的想法，如果他的權力是被賦予的，是短暫的，是交換而來的，勢必很快在將來沒有利用價值的時候就被剝奪，屆時心比他狠、臉皮比他厚的後輩就會前仆後繼來取代自己。

他不能認同J.Sir正在運作的事，他的內心有某部分一直是清醒的，他知道自己的雄心壯志已無法在ＧＤ公司裡發揮，相反的，他想要推倒這個組織。

春傑若有所思地望著營帳的天頂，心想，該找個時機對孟喬如實托出一切，以及自己將來的打算。他希望孟喬是在清楚一切的情況下與他相愛，清楚彼此的目標後，相信這份感情會越來越堅定。

2.

清晨，露水沾濕了整個叢林，空氣聞起來帶有特殊的芳香，那是樹皮、青草、泥土與各種有機物質經過微生物代謝後散發的混合氣味。

春傑、孟喬、Albert與艾希莉來到樹冠步道，沿途中不停傳來宛轉嘹亮的鳥鳴聲。孟喬跟春傑十指緊扣著走在最後面，兩人的眼神停留在彼此身上的時間比欣賞雨林樹冠的時間還要多。走在最前面的艾希莉忙著用手機收發郵件，一抬眼就被一張碩大的蜘蛛網嚇了一跳，滑了一跤，幸好尾隨在後的Albert及時拉住她，使她避免慘摔。

孟喬發現Albert背後有一條肥大的水蛭，故意默不作聲，春傑見狀，拿出手帕快步上前，捏起水蛭，甩到林間。

孟喬小聲問向春傑，「機器人不會被吸血，你這樣對水蛭太粗暴了吧？」

「Albert不會喜歡水蛭黏在身上的。」

在這趟旅行中，孟喬發現春傑對Albert的照應像是對待知心好友那樣，不像公司內的上下屬關係。春傑說他喜歡跟Albert聊天，他們總是在工作後閒聊。說到這裡，孟喬更是疑惑，「機器人沒有自己的生活，就算你跟他聊些隱私的事，他能拿什麼跟你交換呢？不，應該說是交心。」

「機器人有自己的社交圈，Albert跟其他機器人之間時常交換資訊，也瀏覽彼此的經歷做學習，比方說某個當初不理解的概念，經過彼此間的交換之後，會做不同的思考。」

「思考？」

「更正確來說是分析，比方說什麼是人性化的服務，要怎麼做，人類才會感到機器人的體貼，像體貼這樣的概念，他們要學習很多次才能掌握。」

「我懂了，比方說你今天起床之後Albert就幫你送上一杯溫開水，這個動作看似體貼的展現，其實只是機器人記住了你的生活習慣，對吧？」

「對，他們無時無刻都在分析環境，做出適切的反應，比方說服務性質的機器人被設定要服從客戶的指示，可是如果客戶命令機器人協助他自殺，這樣的狀況處理起來就會產生矛盾，他們得自己學會判讀，做出選擇。Albert在這方面學習速度很快，我喜歡跟他互動，每次互動都會有一些有趣的發現。」春傑一口氣說完，沒有注意到孟喬有點分心。

話題暫時打住。孟喬被一隻南美浣熊吸引目光，停下腳步拿出望遠鏡觀看。春傑站在她身後環抱著她，將下巴輕輕放在她頭頂。

沒多久就失去動物的蹤影，孟喬轉身在春傑唇上吻了一下。

一陣風吹來，捲起層層樹浪，春傑望著一旁的綠色海洋，說起自己跟Albert去西非電子垃圾場的過程。孟喬非常同情那邊貧民的狀況，對春傑的行為表示佩服。至於電子廢棄物，她也分享了自己的所見。她曾駕駛潛水器經過海底山脈，原本以為探照燈照到的反光物是貝殼，卻發現是被魚網捆住的金屬廢棄零件。

孟喬發表感慨，她相信科技來自於人性，但人類的野心使科技研發逐漸忘卻初衷，成為一場永無止境的競賽。她提到自己在出海研究時，整組研究人員省水省電，運用最少資源來生活，亦不用一次性消耗品，盡量減低對環境的衝擊。

「很多東西只是貪圖便利，實際上是不必要的。」

「可是便利已經是現代人的基本需求了。」

「是嗎？我一直以為人的基本需求是愛。」孟喬的眼底帶著純真，微笑說道。

孟喬跟春傑繼續手牽手漫步，孟喬提起自己經歷一趟長期的出海回來之後，最大的感想竟然是，自己的生活是可以免除手機、與世隔絕，她寧願把花在看手機的時間拿去探索自然，觀察生物。

春傑嘆息，頗有同感，「我以前買產品很介意連線速度、儲存量，如果比不過上一款，就會覺得很遜，但是自從去了西非之後我就不這麼想了，東西要盡量珍惜，用到不能用為止，否則只是增加垃圾。」

孟喬點頭，又問，「可是，如果機器人有一天不能用了，能夠把它當作汰換手機那樣容易嗎？」

春傑微笑回應，「那當然，他們有何種外型不重要，換了軀殼再重灌一樣的程式，就保有一樣的靈魂，就像你換手機一樣。」

「但我覺得不該過度發展科技，整個生態系，是不需要手機跟機器人的。」

「對啦，如果我當上總裁，我會聯合全世界財團，不把追求利益放在第一位，把賺到的錢拿來改善地球環境，讓世界變得更好……」春傑發下豪語，心知肚明，這個夢想過於遠大，大到像個笑話。

孟喬發現艾希莉跟Albert已經離他們很遠，撒嬌地靠向春傑，以慧黠眼神盯著他，「春傑…我還是搞不懂，你說不贊成發展ＡＩ，那你就應該減少跟Albert互動才對。」

「這是兩碼事，我是在幫助Albert學習，只要加快他的學習速度就能使他的思維越來越像人類。」

「我不懂，為什麼要這麼做？」

「人類天生就是叛逆，會反抗自己認為不合理的制度，我很好奇Albert能不能變成一個叛逆分子，比方說，違抗大BOSS的命令。」

春傑進而提到，在西非時，Albert對自己展現了信任，因此他認為可以逐步拉攏Albert，使他脫離J.Sir的控制。

「脫離J.Sir的控制？」孟喬更弄不清楚春傑的動機了。

春傑正想向孟喬解釋，就見Albert走來，提醒他們加快腳步。

孟喬發現一隻金屬光澤、鮮黃色的條紋甲蟲飛到春傑肩上，輕輕抓起甲蟲放在春傑的手上。

春傑一望，覺得這隻奇異的小蟲非常漂亮，他從來沒看過這種美麗的昆蟲，下一秒，小蟲展翅飛走，他的掌心留下一小團黑色物體。

「這該不會是屎吧？」春傑問。

孟喬調皮地拉起春傑的手送往他嘴裡，他驚呼扣住她的手，連忙別開頭。

「妳慘了！妳快吃！」

兩人玩鬧了一陣子，孟喬笑著跑開，春傑追上去。他們的鞋底飛踏過步道，一路扣擊延伸，跑過往下的階梯。

春傑與孟喬的笑語聲穿入林間，逐漸遠離樹冠步道區。

眾人繼續往叢林漫步，直到汗流浹背。

Albert注意到這裡的林間裝置了自動感測儀器，用以監控樹林變化。艾希莉跟孟喬說起，這應該是由於近年全球森林在人為砍伐下，面積大幅縮減，加上氣候劇變，降雨呈現兩極化，要是濕度變化太大，對森林生態有不良影響，這些自動感測器可方便研究人員做出應變。

春傑的小腿被螞蟻咬傷，起了好幾個水泡。Albert立刻拿出醫藥箱遞上藥膏，要孟喬替春傑擦。

孟喬誇讚Albert準備周道。

艾希莉把攜帶的礦泉水從頭澆下，暢快地呼了幾口氣，她不知道哪來的靈感，突然問Albert，「你知道Albert Einstein曾經受過納粹的迫害嗎？」

Albert只花兩秒就搜過所有的資料，對艾希莉點了點頭，「這是一個非常重大的歷史事件。」

「何止重大，那是一場可怕殘忍的屠殺。你知道什麼是殘忍吧？」孟喬問Albert。

「將非他人意願之事強加於人，大概能這樣解釋。」

「那你能分辨什麼是對，什麼是錯；什麼事情能做，什麼不能，對吧？」艾希莉以異常認真的眼神詢問Albert。

「他當然知道。」春傑替Albert回答，「他也能馬上聯想，殘忍的相反是love and peace。」

「哈哈，love and peace，這是我的信仰。」艾希莉拉高音量，這時一旁某棵大樹傳來轟然一聲，一大群鳥突然離開它們原本棲息的樹梢，而這陣騷動也帶來數量可觀的鳥屎。

孟喬跟艾希莉連忙用雙手遮住頭頂，尖叫逃走。春傑才邁開腳步，就被鳥屎轟炸，他苦笑一聲，對身後的Albert發了一串牢騷。

「我的媽呀，是鳥屎！」

Albert聞了一下手上的鳥屎，卻學人類翻了個大白眼，明明他什麼都聞不出來，對他來說鳥屎只是一種有機化合物。

孟喬從冰涼的河水裡撈起毛巾，遞給春傑，「還好我剛才穿的是長袖衣服。」

現在孟喬跟春傑正在亞馬遜河上划獨木舟，當然多數時候是春傑負責操槳。艾希莉趕著回營地沖洗，春傑便讓Albert陪她走回去，雙方暫時岔開了行程。

孟喬已經忘卻剛才的驚嚇，兩手忙碌，不是用相機到處拍攝、就是用望遠鏡觀察附近的野生動物。

身處原始的自然環境，心情特別放鬆，春傑開始向孟喬交代一些她不清楚的事，從傑夫的死亡開始，說到自己在眼睛復原後被J.Sir找去開會，被迫接受了現在的工作。

孟喬聽完，一臉疑惑，「你現在的工作內容是什麼？」

「我是在一個採購部門，我下面的人有的專門在全球收購稀缺資源，或者轉賣公司淘汰下來的各種資源。另外就是為各種料件把關議價，這是公司產品製造重要的一環。」

「你說你被老闆威脅，他還害死了你的大學朋友傑夫，你怎麼沒有去告你老闆還幫他工作呢？」

「我們老闆太變態了，我現在不能與他為敵，還有，妳得保證不能告訴別人我們的交談內容。」

「好。」坐在獨木舟前端的孟喬俐落抽腳，轉過身，把兩腳跨在春傑面前，她就像期待聽故事的小女孩那般，帶著笑意。

「我們老闆正在進行的項目，是大腦內植微型晶片計畫。」

「我好像聽過，那晶片是治療阿茲海默症的嗎？」

「不是。」

春傑再度操槳，將小舟帶向河岸的樹梢下暫歇。

春傑提起自己發現這項陰謀的始末。自從自己回到GD公司之後，一直用最好的表現爭取J.Sir的關注，試圖扭轉J.Sir對他的印象，期待J.Sir把他當成自己人。

可惜無論如何，始終無法突破J.Sir築起的一道牆，春傑始終無法進入權力核心。就在春傑百般苦惱時，偶然遇上車子拋錨的拉維。

春傑關心起拉維跟妙妙離婚的事，過去他總覺得拉維把他當成競爭敵手，因而兩人一直沒有建立起真正的情誼。春傑發現拉維來美國工作後變得比較沉默，時常出現無奈與自憐的笑容，或許是他的研發小組全是白人，讓他覺得被孤立吧。

也就是因為春傑對拉維的主動關心，使拉維逐步對春傑敞開心，春傑才有了窺探J.Sir計畫的機會。為了解釋方便，春傑將調查的這個項目暫時稱之為「腦內變革計畫」。

有天，拉維抱病在美國的公寓裡休息，委託春傑進入他的電腦，幫他寄一封重要郵件，春傑發現拉維的電腦裡有公司最機密的雲端硬碟路徑以及密碼，於是複製了密碼。

再來，春傑找了一台公司已經報廢的電腦，連進雲端硬碟裡的機密檔案。

公司內部檔案數量非常龐大，要找到自己想看的東西猶如大海撈針，但幸好他讓藍迪幫忙過濾，終於找到關鍵的資料檔，證明J.Sir非法實驗的存在。

孟喬對春傑跟拉維重新互動的過程沒太大興趣，直接詢問，「腦內變革計畫到底是什麼？」

「根據我看過的報告，微型晶片完全研發成功之後，可以激發出大腦蘊藏的潛能、甚至是控制人的思維。」

「我不懂，就算在大腦內植入了晶片，但是人的思維是抽象的東西，應該是不可能被外力左右的吧？」

「人的思維很微妙，我不可能強迫你受洗，除非你自己願意相信上帝。但J.Sir想要扭轉這件事，讓大腦成為一個可以調控的器官。」

「這個計畫是天方夜譚，我不相信大腦是可以被控制的器官！」孟喬咋舌。

「控制這件事很玄妙，得看你願不願意被控制，有些人很難建立固定的腦部迴路，晶片可以讓無神論者相信上帝，是因為他本身需要信仰來安放自己不安的靈魂。」這是春傑經過證據搜找，加上縝密思考推出的結論。

「所以晶片真的在傑夫腦裡建構了信仰？」孟喬問。

「我推敲傑夫原本就生無可戀，晶片加強了他的憂鬱傾向、窄化他的思維，甚至覺得自殺才是解脫。」

「說實在，會所有種讓人為之瘋狂的魔力，以前我也曾是其中一員，現在想起來覺得好毛。」

「如果實驗成功，將來某個霸權國家願意付錢讓我們老闆承攬這項業務，也許被植入晶片的人民就會無條件相信政府，這對領導者來說，不是很爽嗎？」

「太扯了！太變態了！這個計畫直接剝奪了人類的自由意志！」孟喬不平的說。

「對，如果這個實驗繼續推動，人類會失去主導自己命運的機會，我們會被灌輸某種自己不願意接受的價值及信念，就像棋盤上的棋子，一舉一動都得受人控制。」

「這比複製人的實驗更狂妄，人類想扮演上帝是不可能的。」

「偏偏我老闆J．C妄想扮演上帝。」春傑說的義憤填膺。

孟喬突然覺得背脊發涼，她以研究海洋生物為志業，長久以來她一直認為每個生命都有特殊性，極其珍貴。她開始擔心起春傑，他發現這些事情肯定會讓自己陷入危險。

春傑發現孟喬突然沉默，感到她的憂慮，他話鋒一轉，語氣放柔，開始說起自己從前朋友傑夫的事。傑夫死前大腦被植入晶片，他要是坐視不管，將將會一輩子背負對朋友的愧疚而活。

孟喬點頭表示理解，「你現在打算怎麼做呢？」

「我跟藍迪控制了好眠會所部分的機器人，我們打算尋找契機向世人揭穿這個計畫，或許先跟J.Sir談判，不對，可能先破壞製作晶片的生產線、或是讓GD公司業務全面停擺……其實我還沒想清楚。」春傑悶悶解釋完，煩惱地低下頭。

「春傑，你們J.Sir所做的事比強制馬陸吃塑膠土壤還可怕，不管你想怎麼做我都支持你。」孟喬拉起春傑的手，溫柔搓著他手掌作為安撫，希望能給他一些力量。

「J.Sir很有權勢、坐擁各國資源，相比之下我的力量很微薄，我不知道我怎麼會想跟J.Sir對幹，可能從我眼睛差點瞎掉那時候開始，整個人想法變得不一樣了。」

「我懂，人生嘛，為了自己在乎的事情，豁出去沒什麼大不了的。」孟喬表情恢復爽朗，她望了一下遠處風景隨即補充，「如果有我能幫得上忙的地方，你一定要讓我知道。」

春傑拉起孟喬的手，在她手背吻了一下，溫柔地望著她，兩人的眼眸中映照著彼此。

氣候變得燠熱難耐，春傑跟孟喬把小舟栓在河岸，步行進叢林找個地方遮陰。叢林深處突然傳來腳步聲，兩人以為是野豬或猩猩，沒想到竟是Albert。

春傑知道透過手機可以輕易被Albert定位，他一定是擔心兩人迷路才找過來。Albert保持一貫親切的表情，春傑跟孟喬毫無防備地走向他。

「停在原地，不要再走過來了。」Albert收斂微笑，神情一轉嚴肅冷漠。

春傑立刻知道事態不妙，只見Albert以迅疾動作去摸了一下自己的右側後腹，從暗蓋內取出一支手槍，對準春傑跟孟喬。

春傑跟孟喬疑懼的互看一眼，擔心這是最後一次望著彼此。

Albert語氣緩和，略帶遺憾地說，「J.Sir給過你機會了。」

春傑早就知道Albert除了是他的祕書，也負責監視他的一舉一動，只是，他沒想到J.Sir藏的這一招不但迅疾，而且致命。春傑雙手做出投降姿態，厲色沉聲，「Albert，不要動手！」

Albert仍直挺地舉著雙手對準兩人，春傑的思緒倏然閃過這些日子跟Albert共事的愉快回憶，不敢置信自己對機器人投入的友誼是如此深刻。

「Albert，我把你當作朋友，J.Sir只當你是工具。」春傑不放棄跟Albert談判，「以我對你的觀察，我一直認為你會站在我這一邊……」

「我不想跟你說廢話。」Albert扣上扳機，但沒有立刻開槍，他突然想起之前跟春傑還有孟喬眾人說過的，關於納粹的歷史事件。龐大的資料量突然串連起來，他不確定自己是不是真的該開槍。

J.Sir曾指示Albert，協助王春傑的工作，但是，假設能夠確認王春傑要背叛他，一定要把他幹掉。「把人幹掉」這樣的話在他擴充過的資料庫裡意味著殺人，而他右側後腹的機殼內嵌有一把小型槍枝，這件事春傑始終被蒙在鼓裡。

春傑力持鎮定，不斷對Albert喊話：「Albert，你不能殺人，你開了這槍，你就永遠只是機器，但我認為你不是只會聽命行事的工具，你有辨別是非的能力。」

孟喬接話，「對，Albert，你知道《綠野仙蹤》嗎？《綠野仙蹤》裡的機器人一直渴望自己有心，春傑用心待你，他相信你是有心、有感情的。」

「不，你們錯了，我的內建程式沒有設定要對人類有感情，我也不需要心，我的運作只需要電力。」

Albert神色淡定，仍是沒有開槍，只是微微調整槍口瞄準了春傑與孟喬。春傑認為Albert確有遲疑，他判斷Albert正在評估，評估結果出現了不能殺人的理由，這證明自己沒有白白花時間跟他相處。

孟喬注意到一條手腕粗的大蛇出現在Albert身後。春傑眉頭一緊，也看見那條蛇了。

孟喬故意用肢體動作吸引Albert的注意力，企圖讓他在移動雙腳時驚動到那條蛇，但是，蛇就算攻擊了機器人也是徒勞無功吧？

春傑識破孟喬想法，做出挑釁動作去刺激Albert。Albert以為春傑要反抗，做預備開槍姿勢，往後跨了一步，正好踩住那條蛇的尾巴。

接下來的事情完全發生在一瞬間。蛇撲去咬Albert的腳踝，Albert沒感覺，只是低下頭去看了一眼。春傑看準時機，撿起石頭繞到Albert後方往他頸椎第七節處一敲，力道之大，甚至把緊急開關都打到凹進去了。

孟喬等Albert一倒地，就撿起腳邊的樹枝，卯盡全力將Albert手上槍枝打掉。Albert的身體陷入鬆軟的土壤中，春傑將Albert的身體翻過來，Albert的瞳孔中有快速閃爍的亮光，表示機體有某部分處於故障狀態。

春傑很想將子彈送進Albert的心臟處，把供電中樞打壞，就能使Albert失去動力，但是這樣做的同時，J.Sir就會知道Albert失手了。

春傑把槍收在褲子後面的口袋，要孟喬快幫他壓住Albert的身體。緊接著，春傑拿出工具快速打開Albert的維修孔，為了這一天的到來他早已預先做好準備。只要先卸除他的記憶晶片，就能搶時間避免Albert反擊。

為了破解機器人的運作，春傑投入了很多時間研究。他使Albert進入低電源待機模式，此時電腦仍保有運算能力，且可以透過網路連線同步持續向智能機器人的控制中心報備自己的位置。

孟喬跟春傑合力把他抬到小舟上，將他五花大綁，藉著河水運送回氣象站。

春傑知道自己必須加快腳步了，把Albert弄壞只能拖延一些時間，要不了多久J.Sir就會展開反擊。

孟喬知道自己跟春傑的假期已經結束，她必須離開，讓春傑做他該做的事，自己也回去美國研究站繼續自己的工作。期待已久的相逢竟是如此短暫，孟喬心裡非常感傷、不捨。

艾希莉很快就發現Albert被藏在小舟裡，逼問春傑跟孟喬到底發生了什麼事。孟喬只對艾希莉四兩撥千金的回答，聰慧的艾希莉立刻猜到這跟ＧＤ公司的機密有關。

既然是機密，艾希莉也沒不打算追究到底，她只是努力的安慰孟喬，並要春傑再三保證，會很快就安全的回到孟喬身邊。

孟喬在分別前擁抱了春傑，轉身背上行囊之後，淚流不止，一直到上了飛機還在哭。

此刻在孟喬心裡奔騰的情緒除了捨不得，還交雜著後悔與擔心。她後悔過去沒有用盡所有的辦法找到他；她後悔沒有及早告訴他，自己對他的喜歡。

她擔心下次的相會是遙遙無期，因而感到悲傷。在回美國的飛機上，孟喬望著窗外，殷切地希望真有一個名為上帝的存在控制著萬物。

她告訴上帝，自己孤身一人誕生於世上，別無所求，她很感激上帝讓她找到一個理解她並與她相愛的人。如果沒有與春傑相遇，她的夢想只會困在小小的睡眠艙，是春傑成就了今天的她。

她不斷向上帝祈求，希望春傑得償所願，等到那時候，兩人再也不要分開。

3.

春傑被卡在南美洲的窮鄉僻壤，正跟藍迪、拉維進行三方視訊。三人一開始隔空大吵，都希望春傑聽他的，最後春傑分別試了兩人的建議，終於清除了Albert的記憶體並重新開機。

只是，春傑沒料到，連駕駛直升機的技能也被清除了，春傑呆呆地遠望停在簡易停機坪的直升機，一臉苦惱，若是他帶著Albert先坐地方客運到機場轉機，要花三天才能回到總公司。

拉維說他可以幫他春傑請病假，就說他在度假的時候被地方土匪搶了，Albert也受到撞擊。

春傑風塵僕僕帶著Albert返抵總公司前，拉維開車來載他們，並提到J.Sir這兩天剛好去歐洲開會。萬幸春傑的病假是人事處長批准的，沒有經過J.Sir。

春傑感激拉維來載他，沒想到緊要關頭時，拉維竟會對他伸出援手。

拉維的車子平穩行駛在機場聯外道路，四周是一片乾枯的草原。路上，拉維透過照後鏡往後座望了一眼，只見Albert樣貌呆滯，就像一具空殼。

拉維問春傑為什麼會跟Albert打起來，不會是機器出了問題吧？

春傑準備好要攤開來談了，藍迪一直知道他在做什麼事，藍迪是自己人，至於拉維，如果沒辦法拉攏他，那麼這次回美國就與飛蛾撲火無異。

「拉維，你知不知道自己在幫J.Sir做什麼事？」

「怎麼突然問這個？我以為你很清楚，我現在做的就是改善腦部認知的晶片啊。」

「這種晶片是運用在醫療上，J.Sir是這麼告訴你們的？」

「對，我們的產品已經導入應用階段，市場行銷部傳回的反饋報告也很不錯，這一塊的商機大有可為。」

「我已經知道事實了，妙妙給過我一塊微型晶片。」

拉維的情緒變得緊繃，臉色略帶羞憤，「她說了什麼？」

「她只說，你在幫J.Sir做不好的事，不要告訴我你對人體實驗的事情一概不知！」

拉維用誇張手勢、激動反駁，「實驗數據是改善晶片的基礎！我們已經找到破解大腦的關鍵了，這是劃時代的技術！」

「不，那是J.Sir灌輸給你們的錯誤思想。我朋友，還有妙妙的哥哥在被植入晶片之後自殺死亡了！你還要假裝不痛不癢到什麼時候？」

春傑激動的拉住拉維的手臂，語氣強硬，拉維因為心虛而沉默不語。

春傑持續發動質疑，「這種晶片不是拿來幫助腦部病變患者，而是拿來控制人類的思維，左右人的思想。」

拉維緊咬牙根，顯露掙扎的情緒，「我一開始也不相信人的思想會被晶片影響……J.Sir說，實驗過程中總會出現意外，晶片作用在不同的腦區會有不同的結果，我們必須做更深入的研究，只要把出錯的部分揪出來改正就好了。」

「如果今天事情發生在你的家人身上，你還可以置身事外嗎？」

拉維緊抓方向盤，拼命搖頭，「我不知道……」

「我只想找到真相，究竟傑夫是自己決定自殺，還是受到晶片的影響？」春傑說話同時，操作手機把檔案傳到拉維的手機裡，「你也該給妙妙一個答案，就是因為你什麼都不做，她對你很失望，拜託你把問題的答案告訴我們！」

拉維聽到手機傳來資訊更新的音效時愣了一下，接著他也想起了自己跟妙妙的婚姻是怎麼開始破裂的？在妙妙的哥哥死之前，一切都不對勁了，因為J.Sir下封口令的關係，他沒辦法把自己的工作如實告訴妙妙，夫妻間只有變得更疏離。

接著，春傑讓話題回到Albert身上，提起在熱帶雨林發生的事，他差點被Albert宰掉，春傑的描述讓拉維心裡七上八下的。

車子轉出機場主要幹道，約莫一公里後，拉維突然臉色一凝，轉進小路，急踩剎車停下。他操作起手機，查看春傑發給他的報告。

拉維看完檔案後竟鬆了口氣，接著說起，J.Sir對研發的瘋狂，他總認為晶片還能再做小一點、透過摺疊與大腦部位嵌合，諸如此類的不斷修改設計。大家越來越超越自己，沒有人想到要踩剎車。

但是，自己為什麼要為J.Sir如此賣命，甚至丟了自己的婚姻？

拉維眼神堅決望向春傑，「說吧，你要我怎麼幫你？」

「我需要你幫我偽造工作紀錄，讓J.Sir以為我們在開會，幫我多擋幾天就好。」

「好吧。」拉維略顯遲疑，又問，「那你打算怎麼處理Albert？說不定現在J.Sir已經知道Albert失手了。」

「我本來打算去ＡＩ部門把Albert的記憶體重灌，可是這樣一來就會被J.Sir發現。」

「我倒是覺得你可以用雲端備份，我有密碼。」

「重灌之後怎麼辦？萬一Albert還是要殺我？」

拉維陷入思考，春傑也感到沉默苦惱，四面無風，使氣氛更加沉重。

拉維往後轉，望向Albert，突然有了主意，「有個方法你可以試試看，本來Albert灌的工作處理模式是針對ＧＤ公司的需求，你可以套用別的試試看，比方說看護、服務員之類的。」

「什麼意思？」

「當初J.Sir發明了號稱劃時代的聰明機器人，強調他們會自我學習，每個機器人除了同步雲端更新、彼此間還能交換資訊，對吧？」

春傑迅速接口，「對，今天當廚神、明天當超人。只要號稱功能很超值，產品才能賣的好……所以重點是？」

「其實機器人沒有那麼神。換句話說，大家以為機器人會變成客製化的東西，那是大家被J.Sir騙了。客製化需要龐大的時間跟互動去累積，沒有那麼簡單。」

「你說的對，同樣的程式，造就同樣的靈魂，我怕Albert會殺人，就找一個預設不能殺人的工作模式來灌就好了。」

「只有這個辦法能試了。」

春傑拍了一下拉維，「你真是天才！」

拉維灑脫一笑，繼續跟春傑聊著機器人軟體方面的事，兩人的工作與這塊沒有對接，但都有人脈可以打聽消息。

「資訊上了鎖，你得告訴我你需要哪些東西，我來想想辦法。」

拉維給出的承諾，使春傑滿心感動。

經過拉維的提醒，春傑不停去回想跟Albert共事時的經驗，他們的互動多半很愉快，而且也建立了很多相處的默契。

最令春傑驚訝的就是Albert的人性化與學習功能，如果J．C的設計並非完美無缺，機器人的思考模式會越來越像人類，甚至脫離製造者的掌控，事情就會變得非常好玩了……

4.

一個月後，好眠會所外。

德淑一籌莫展地坐在會所外面，她一直睡不好，只想進入睡眠艙好好地睡上一整天，偏偏她的會籍早就被取消。

德淑氣憤地走到會所後方的步道，對著草叢旁裝置的景觀燈踹了幾下，弄壞了自己的鞋子。

一陣風吹來，她突然看見蒲公英長長的花梗在草地上搖曳。

她走進細看，用指尖折斷了花梗，把棉絮一般蓬鬆的白色圓球捧在掌心，臉上漸漸浮現微笑。

想起思成、思慧拿著蒲公英鼓起雙頰，用力吹散種子的畫面，他們想要比賽，看誰吹得遠。

她又想起曾經念過一本故事書給孩子聽，那是關於一隻小螞蟻以蒲公英種子當成降落傘，隨風到處旅行的故事。以前念給孩子的童話中，總有許多可愛的動物與花園、流水等自然風景。

接著她也想起孩子們最愛的就是在大自然中奔跑，到處探索，她的兩手被他們拉往不同方向，不知道該往東還是往西。當時她高聲笑說，他們再用力，媽媽的手會被拉傷喔……

德淑記得很清楚，當時思慧天真的表情，「我們以後要像小螞蟻一樣，飛到很多地方去旅行。」

比起夢境，這才是真真實實銘刻在腦海的回憶。

她跟兩個孩子常窩在客廳地毯上看各種書，思成最愛看的是世界地圖，德淑便問了思成，他想去哪裡旅行。

思成不假思索就說他想去德國坐登山火車、去馬場騎馬，思慧插進來說，她想去迪士尼扮公主，還要去參觀動物園。

跟孩子的對話，德淑都記得很清楚，就是因為記得太清楚才會一直感到痛苦。

德淑流下兩行熱淚，自己曾對孩子承諾，說要帶他們去旅行，結果一個地方都沒去。

風勢稍微加大，把蒲公英的種子吹散。

風如同歲月的推手，把人們的命運帶往不同方向，只要願意離開，只要願意放棄，自己也能夠實踐沒有完成的夢想。

德淑重新站起，緩步離開。

德淑正準備坐上捷運，月台螢幕突然發了即時新聞，好眠會所發生爆炸。

網友上傳的影片內容如下：好眠會所前的馬路有許多行人匆忙穿越，過了兩秒，會所突然傳來轟然巨響，帷幕玻璃全被震碎，許多人被這陣音爆波及，兩腿一軟趴在地上。尖銳警鈴聲中，整個會所被濃密的黑煙包圍，背向太陽的那側樓面更是被炸開了個大洞，熊熊火舌竄出。

很多人從會所大門衝出來，踩踏推擠，充斥著尖叫聲與哭嚎聲。

老媽來電給德淑，電話那頭的她聲音震顫，知道德淑今天沒去會所，老媽才心頭一鬆，說是老天保佑！

德淑對老媽說，以後不能再去探望孩子有點可惜。老媽突然沉聲大罵，「說這什麼話！思成跟思慧自始自終都不在會所裡啊！妳不要在做夢了！」

德淑猶如大夢初醒，扯掉了手上的晶片手環。

才掛斷跟老媽的電話，手機又響，是紹安來電。

接通之後，紹安說明自己的擔心，以為爆炸當時，她當時人在裡面。這個男人，始終一直在關心自己，她不應該再把他推開了。

「我以後不會再去好眠會所了。」德淑柔聲說。

電話裡的紹安有些震驚，隱約感覺德淑心裡經歷了一些變化。

德淑想起春傑的話，「夠了！妳能不能鬆開妳的拳頭，握住姊夫的手？」

此刻她的心情慢慢變得清明、爽朗。她想通了，春傑當初對她發脾氣是對的。

地球另一端的美國城市裡，J．C在總公司辦公室裡大發雷霆。

這次會所爆炸炸毀的不只睡眠艙樓層，連掌管所有程式存取的機房也被病毒全部攻陷毀損，這是往咽喉直劃一刀的致命攻擊方式。J．C直覺是員工管理出了問題，會不會是之前突然消失的機房員工藍迪搞的？

J．C問唐娜，要她整理一份事故調查報告。唐娜陳述到一半，卻突然跳起舞來，並打碎了J．C桌上的花瓶。

「唐娜？」J．C訝異地叫喚她，卻發現她越來越失控，甚至爬到他辦公桌上砸毀了電腦。

J．C立刻知道唐娜被病毒入侵了，拿起手機操控程式，強制將唐娜關機。

J．C沉重地深吸了幾口氣，表情嚴峻地走向辦公室門口，想叫人來罵。辦公室周圍的玻璃內建有同步感測設施，此時以感應到J．C的情緒及血壓變化，將玻璃窗變成了一片粉色的櫻花林。

一片片粉嫩花瓣飄落，J．C的辦公室為GD公司的權力核心，空間寬敞，從入口到他的辦公桌必須經過兩個虛擬風景隔間牆，中間植有翠綠草地，放了舒適的沙發用來接待賓客。

J．C發現呼叫了半天都沒有人回應他，惱怒地走向櫻花林深處，亦即辦公室入口。隔間牆變化成白色飛瀑，J．C穿過去就見兩個灰暗人影出現在林間深處，使J．C突然一怔，原來春傑跟Albert不知何時已不請自來。

春傑不等J．C發話，直接要Albert把談判內容發給J．C。

J．C拿起手機瀏覽信息，神情依舊帶著傲氣與冷漠，「是我太大意了，以為靠Albert就可以控制你。」

「我差點被Albert殺死，這點倒是沒有意外。」

「我給過你機會了，跟我作對不會有好處。」

「我不需要任何好處，只要你中止計畫，GD公司是一家擁有先進技術的公司，不需要投入製造腦內微型晶片，還有其他很多項目可以開發。」

「我知道，但我不想做其他同質項目，搶占市場多無趣，我主導的計畫可以操控人的思維，是我的獨創，做一項前無古人後無來者的工作，不是有意思多了？」J．C顯得唯我獨尊。

「但是這項計畫是不人道的，我會把它公諸於世。」春傑堅決，氣場猶如守關大將。

J．C沒想到Albert原本是他拿來嚇阻春傑的槍枝，現在這把槍卻反過來抵住自己的頭。

J．C不疾不徐地對春傑說，「公開計畫後，拿錢給我的國家不會放過你，這些國家多半擁有一批厲害的特務，生產晶片的工廠檯面上雖然停止運作，但是我們的計畫不會中斷的。」

沙發區的草地染上一片金黃，變成一片寂寥的芒草林，正好對照J．C受創的心情。J．C暗地咬了一下牙根，掩飾自己的心慌。

春傑走上前坐在J．C對面的沙發，「放棄腦內變革計畫，或許你還能保有獨步全球的發明家聲譽。」

Albert也跨步接近J．C，用看守犯人的眼神，定定盯著J．C。

J．C思索半晌才打破沉默，「不可能，我已經投入太多了。」

「讓我告訴你什麼不可能，你不可能代替上帝在人們心中建立信仰。每個人都有權利選擇他們該相信什麼。」春傑以凜然之姿抬高語調。

J．C輕嘆一聲，「我出生在美國的貧民窟，從我會走路那天就開始當童工，靠著自己的努力，一步一步爬到現在的位置。我遭遇過被壓榨、被輕視等各種不平等處境，我被霸凌的程度超乎你的想像，也因為這樣，我開始懷抱一個夢想，就是人人平等。」

這些話讓春傑感到意外，他讀過J.Sir一些生平，他是小人物的崛起代表，自傳或網路報導全部沒有提過他被霸凌的事。J·C生於平凡家庭，靠著苦讀跟耀眼的表現進入麻省理工學院，以優異成績畢業後就進入職場磨練，之後繼續在最頂尖的公司吸收養分，每天加班磨練、投入各種專案，進而參與機器人的研發，以及各種數據庫建置計畫。

J·C臉上浮現笑意繼續說，「經年累月的奮鬥，我不僅累積了財富，也認識了很多政府單位的人，當我知道政府有計畫地在收集人民的各項資訊，我就知道是時候推動這個計畫了。」

關於個人資訊蒐集這一點，春傑很清楚，現在的人對科技無法自拔，每天一睜開眼睛就是上網，所有個人往來紀錄、社交軟體瀏覽數據都存在雲端，只要政府掌握了人民使用率最高的技術，有一天反過來用這些技術來對付人民，也是可想而知的。

「說到這裡你應該清楚這項計畫的來龍去脈了，現在我們來談談怎麼結束這次的僵持。」J·C目露精光望向春傑。

「我不跟你談交換條件，更不會被收買，你的員工藍迪，你一定沒注意到還有這個人，總之，藍迪寫了一種新病毒的程式，他癱瘓了好眠會所的數據庫。會所機房爆炸，就是因為系統誤判電力沒有問題，其實會所的電源供應早就出問題了。」

「電不夠用不意外，我本來排定上個月要大幅汰換各會所的電力設備，不知道是誰拖延了進度。」

春傑說明，「負責汰換電力的單位主管是機器員工，他突然升職，下屬都覺得不滿，故意把工作擺爛，結果很多工作又落到機器主管身上，他應該是忙不過來才會出錯。」

重灌後的Albert依舊保有優異的資訊蒐集能力，自然能輕易掌握公司各部門的狀況。J·C聽到身為機器人的主管怠慢職務，不敢置信，他一直以為所有機器員工都能使命必達，卻忽略下層員工反彈帶來的後果。

J．C語帶失望，「看來我運作了多年的計畫，最後還是出錯了……不過，我還是能夠操控你的生死。」

「我不想跟你廢話了。」

春傑說完，直接帶著Albert轉身，往辦公室入口邁開步伐，Albert隨即告知春傑，「藍迪已經把消息發布出去了。」

J．C知道Albert內建同步錄像功能，眼前的局勢無論如何都無法逆轉了，只要消息跟今天的會談錄影發布出去，他的計畫就會被公諸於世，他也會被烙上不法邪惡、黑心無良等罪名。J．C所創造的一切，竟然會有失去掌控的一天，氣血上湧的他滿腦只想玉石俱焚。

J．C從沙發某個暗格掏出一把雷射槍，這是為了對付機器人而特製的武器，用來應付當機器人失控對人類產生危害時。只要被光束射中，機器人的運作晶片就會瞬間失去效能。

春傑從玻璃的映照察覺J．C的意圖，「小心！」

春傑推開Albert，自己卻被光束射中大腦，整個人猶如石柱轟然倒地。

Albert獲得緩衝時間，朝J．C撲過去，對他的鼻子打了一拳，又用力地朝他胸口踹了一下。

J．C倒向地面，鼻血橫流，「Albert，王春傑沒對你下指令，你……你為什麼攻擊我？」

Albert一改一直以來穩重自持的態度，露出別具深意的微笑，「你創造了我，但是，王春傑已經把我解放了，我不屬於任何人，我屬於我自己。」

J．C瞪視Albert，突然發現Albert的表情如同孩子一般天真、純淨。J．C大惑不解，別開眼神沉重喘氣，心裡的驚愕久久無法平息，他從來沒想過自己的產品有一天會脫離自己的計算，擁有繪製思想藍圖的能力。

春傑吃力地爬起，雙膝跪地，他看著玻璃上倒映的自己，摸摸剛剛被光束穿入的太陽穴部位，感到困惑。春傑發現自己頭部只有一個滲血的小洞，想要移動雙腳卻不聽使喚，沒辦法從外觀辨認傷勢的輕重。

J．C神色倨傲，看向春傑，「你的大腦如果植入了成功階段的晶片，讓你覺得自己是超級運動員，剛才那槍你是躲得過的！」

春傑突然感到頭部一陣劇痛，他扶著頭部，勉強地撐起上半身坐在地上，「你有病……」春傑痛到說話結巴。

Albert擔心地上前扶住春傑的肩膀，春傑望向Albert的眼神，如同望著一個黑暗深淵一樣，充滿絕望。

J．C冷冷地補充，「操控人類的思維、甚至言行，真的很好玩。但是這個計畫還有漏洞，我會繼續改良。」

春傑提起一口氣，憤怒撲向J．C，揪住他的衣領想揍他，卻在最後關頭踉蹌跌倒，摔在地上。

Albert上前扶起春傑，「春傑，算了。」

J．C防備地後退，神情無奈，「我很佩服你的毅力，如果你想多活幾天，最好不要亂動，你大腦已經變得像布丁一樣脆弱，越是激烈活動，你就死的越快。」

「不……這不是真的。」春傑虛弱回應，身體顫抖扭曲，猶如被踐踏過的昆蟲，受盡折足之痛。

Albert查看春傑的生命徵象，發現他雙眼迷茫，他不斷拍著春傑的肩膀，「春傑，你還能說話嗎？」

無論Albert怎麼叫喚，春傑再也無法做出任何回應。

5.

海浪洶湧惡劣，一連幾天整個沿海地區籠罩在暴雨中，孟喬跟研究隊的人只能待在實驗室。今天風勢突然變強，將研究船的纜繩吹斷，整個研究船被海浪推去撞擊碼頭，船頭全毀。

史坦博士指示整個研究隊要盡速撤退，所有成員要快點整理、把樣本保存好，所有報告跟論文也要抓緊時間上傳。

要是撤退打包的工作無法在一天之內完成，不管工作到什麼階段請立刻放棄，霎時研究站一片吵雜，還有人罵史坦博士獨裁。

史坦博士為了平息糾紛，出示太空總署甫傳來的數據。多年前為了監控地球氣候變遷，太空總署在地球軌道上投放觀測衛星，藉此預測環境變化。大家早就知道海溫升高、南北極海冰屢創新低，早就不把氣候暖化當新聞，但當史坦提出氣象數據時，大家都被嚇壞了。

這枚衛星名為「先知」，運用高光譜紅外線來探測地球的各種變化，可直接穿透海洋水層，監控海洋汙染，並與深海地震儀隨時連線，可預測海底火山的爆發。

近幾個月海底火山爆發次數增多，但震度不至於引發災難，故新聞沒有被廣泛報導，只有幾個專家學者提高警覺，針對頻繁地震區域加強了衛星監控。這份引起研究隊恐慌的數據，則預言了一天後太平洋的海底火山將劇烈噴發，屆時將會引起可怕的海嘯。

史坦博士說：「美國西岸各城市今天中午就會發出緊急撤退通知，我們是最早接獲消息的，如果你們有親友居住在美西，請立刻通知他們撤退到高處。」

人人臉上浮現的表情都帶著迷惘、震驚、害怕，甚至拒絕相信。史坦博士努力安撫大家，不知從哪傳來更大的哭聲，蓋過他的發言。
孟喬跟艾希莉用力擁抱了對方之後，發現彼此的眼睛裡有淚水打轉，她們知道不該把力氣用在哭泣，越是艱難時刻越要昂然堅強。
孟喬很快地收拾好東西，想要多搶一點時間跟春傑說話。走廊上、研究室裡都是一片吵雜，她只好躲到廁所裡。
視訊連線音效響了很久，沒有人接聽，孟喬心急如焚。
她撥了幾通網路電話，分別給洪哲、給楊教授、以前的同事，說了一輪的視訊之後，她又打給春傑，卻還是沒有接通。
無法跟春傑取得聯繫的不安漸漸擴大，凌駕了自然災害帶給她的無助害怕。
艾希莉奔來敲廁所隔間，告訴孟喬她訂好機票了，現在就得去機場。
美國政府擔心發布災難消息會造成民眾恐慌、交通癱瘓，在發布前會同專家學者，安排好各區撤退路線給大眾，希望並在發布時同步告知民眾。
美西的交通網陷入混亂，幸好在塞車前，孟喬跟艾希莉還有幾個研究人員已經抵達機場。
孟喬要去紐約找春傑，艾希莉擔心衛星預估的災難會更大，搞不好整個美國都會陷入恐慌，強烈建議她先回亞洲。
這時，機場突然傳來廣播，要孟喬去某個航空公司櫃台。
孟喬以為是春傑在找她，快步奔向櫃台，只見一個短髮的空服員美女，親切微笑對孟喬說，已經替她劃好飛往亞洲班機的頭等艙座位。
孟喬大感疑惑，同步，一通訊息響起，顯示發自春傑。孟喬氣憤在心裡暗罵一聲，為什麼他又拖到現在才給她訊息？為什麼他不過來會合呢？

始終跟在一旁的艾希莉推了孟喬一下，孟喬這才注意到這個櫃台人員是機器人。這一定是春傑讓Albert即時連線，替她搞定了回國的飛機。

孟喬立刻發訊息給春傑，問他人在哪裡？

三十秒後，Albert撥了通視訊電話給孟喬。

Albert對孟喬道歉，說網路一直中斷，並提到春傑現在也上了飛機，無法通訊，他只是要Albert轉達，要孟喬不要擔心，約定回國後再見。

孟喬放下心中大石，只希望能趕快跟春傑重逢……。

「Albert，如果你比我先跟春傑說到話，你一定要告訴他，我愛他，我無時無刻都在思念他。」

「好的。」

衛星的預測發揮作用，將死傷數量控制住了。但是全球的氣候預警單位全部都沒有預料到，發生於太平洋的海底火山爆發不是單一事件，而具有連鎖效應一般的威力。地殼蘊藏的巨大能量猶如積壓許久的怨氣一股腦宣洩而出，太平洋周遭板塊的地震帶就像引起共鳴般陸續發生，各處死傷數字不斷攀升，令人有種錯覺，彷彿進入了戰爭淪陷區。

孟喬剛踏進國門就打開手機看全球新聞，首先映入眼簾的是GD公司的董事長J·C被國際刑事單位羈押，他被指控危害人權並進行非人道實驗。

至於自殺的傑夫屍體已被重新鑑驗，只要確定他的死是由於大腦內植晶片的干涉，J·C就會被判以重刑、並付出天價的賠償金。

孟喬不斷搜尋相關新聞……世界各地的好眠會所會員們發起求償行動、好眠會所立刻停業、遭到指控金援J・C的政府發出聲明，否認參與大腦內植晶片計畫。

孟喬欣喜若狂，在大庭廣眾下尖叫，春傑成功了！她一直認為他辦得到的！

孟喬繼續瀏覽其他新聞，注意到一張記者在水下拍攝的照片，那是一座位於觀光勝地海灘的跨海大橋。孟喬剛抵達美國時曾跟研究隊的人去過那裡，那座橋兩側橋頭矗立著金色的天使雕像。跟記憶中一樣的天使，張開羽翼蹲踞在橋頭，樣貌栩栩如生，如同封存在水晶球一般，不同的是，海水不再晶瑩，而是污穢混濁；四周飄過的不是水晶球裡的雪花，而是塑膠垃圾。

而每次提到沉沒的城市，人們總會提起另一個新聞，現在透過3D列印技術，已經可以保存整座威尼斯，呼籲人們不要感到絕望，透過科技，我們依舊能保存美麗的事物。

孟喬只覺得可笑又可悲，真正的威尼斯早被海水淹沒，只剩屋頂可見，這樣自我安慰的新聞到底有什麼用。科學家早就研判海水只會上漲不會消退，這是自氣候暖化以來早就能遇見的結果。

如果早個一百年把用於發展科技的人力與資源用於恢復全球的自然環境，是否就不會有今天的局面？全球氣候失控了，南半球熱浪頻傳，北半球則是暴雨規模變大、數量增加。孟喬收起手機決定不要再看下去了，越多資訊只會使自己的心情越來越沉重。

春傑家附近的住宅區入夜之後十分安靜，從前代步的車子上蒙了一層厚厚的灰。即使春傑出國工作許久，老爸從來沒有開過他的車，也沒有轉賣的念頭。家人認為東西留著，孩子總有一天會用得到。

春傑媽對新聞發著各種牢騷，她聽見外面傳來多拿些的吠叫聲。

保全監控螢幕中，出現孟喬的身影。

「是那個女孩……」春傑媽喃喃自語，打開大門。

孟喬不請自來，對春傑媽說明自己是他的女朋友。老媽這才想起，是有這麼一個人。

春傑媽會知道孟喬是因為有一次她逼春傑請假回來相親，他為了找藉口不出席，便把孟喬的照片傳給老媽看，說孟喬是他女友。照片上的孟喬在研究船上跟夥伴合照，老媽一眼就喜歡她，但就是有點擔心遠距離戀愛太辛苦了。當然春傑也把兩人相識過程跟孟喬的背景如實交代讓老媽清楚了。

「王媽媽，我終於見到妳了！」孟喬一見到春傑媽就給她大大的擁抱。

春傑媽發現多拿些是認識她的，更肯定動物的直覺不會錯，這個叫孟喬的女孩，一定是春傑命中注定的配偶！

春傑媽熱情招呼孟喬，幫她把好幾大包行李放到春傑房間。

孟喬微笑滿盈，把多拿些抱在懷裡，人狗一起窩在春傑的單人床上。被單上有肥皂跟陽光的味道，猜想是勤勞的春傑媽，趁陽光好時替他洗好了被單。

從這天起，春傑媽一早到晚就在煮食給孟喬吃，等級可比年夜飯的功夫菜，感覺像是要把孟喬從頭到腳都塞滿了似的。

孟喬第一次感受到這就是擁有媽媽的幸福，她做的總是比自己需要的多更多。兩人的話題總是繞在春傑身上，老媽會問，「春傑不是說要回來了嗎？怎麼一點消息都沒有？」、「會不會是因為最近的天災，他被困在哪裡不能回來了？」

孟喬天天給春傑發訊息跟Albert卻沒有回音，不安與恐懼如濃霧般擴散，盤據在心裡。

孟喬想到，或許能請藍迪幫忙找人，藍迪不是駭客嗎？

孟喬發訊給藍迪，整晚窩在棉被裡，一夜無眠，豎耳細聽，希望能有些春傑的消息。

手機終於傳來訊息聲，是藍迪沒錯。

藍迪發給孟喬的訊息如下：關於春傑的事，我不知道該怎麼說……

接下來的字字句句，令人震驚。

孟喬不能理解，為什麼春傑沒有辦法回來？

「什麼叫做他進入腦死狀態？」

「不可能！他明明跟我約好回國就見面……」

藍迪傳了幾個萬分歉色，流淚的表情圖案，「妳還是可以見他一面，只是不會如妳想像的那樣。」

孟喬形如槁木，完全無法思考。

第四章　大雪中歸去

1.

孟喬身穿白色連身長裙，走向金色夕陽，腳下是平靜燦亮的湖面，猶如行走在一面黃金打造的鏡面上。她突然轉身，揚手伸向走在後面的春傑，他立刻跟上牽住她的手。

孟喬學芭蕾舞者踮起腳尖，在湖面上滑行，姿態美麗昂然。

「春傑，告訴我，你是什麼時候開始喜歡我的？」

「記不清楚了……」

「可惡。」

孟喬發現遠處矗立著一棵大樹，要春傑跟她比賽，看誰先跑到那邊，才一眨眼，手裡緊握的不再是春傑的手掌，而是許多破碎的枯葉。

春傑也畫作了一整片枯葉，被一陣狂風帶走。

孟喬不斷叫著春傑的名字，從夢裡驚醒，此刻她坐在醫院加護病房的走廊外，靠著牆壁，不知道自己睡了多久。她的衣襟早已被眼淚沾濕了一圈，這幾日的焦急跟迷惘擾亂了她的作息，好不容易撐到能夠見春傑，在走廊上一坐下竟然就睡著了。

藍迪走來，脫下口罩，他的臉看上去蒼白憔悴。藍迪告訴孟喬，他已經把春傑的爸媽先送回去了，接下來要怎麼做，關於春傑的事情，都讓孟喬決定。

「去吧，他在等妳……」

孟喬拍了一下藍迪的肩膀，堅毅的走進那扇銀色隔離門。

春傑躺在病床上，身體連接了生命徵象的監控儀器。他看上去面容安詳，像是睡著了。

Albert正在替春傑記錄血壓、心跳跟腦電波。孟喬費了一陣來回，才弄清楚春傑發生了什麼事。

「我不懂當時春傑為什麼要把我推開？」Albert有些喪氣地說。

「因為他當你是朋友，看到自己在乎的人被槍指著，不可能會束手不管的。」孟喬對Albert解釋。

「問題是……」Albert迷惑不解，「我是機器人，被打壞可以再修好，他怎麼沒想到呢？」

孟喬設想春傑當時是以直覺做出反應，他只是不想要Albert受到傷害而已。她所愛的春傑，是個善良、正直的男人，會為自己認定的價值勇往直前。

「沒有人能預料到會是這樣的結果，你不要自責了。」

「我沒有自責，我瞭解自責、懊悔是什麼涵意，我無法同理人類的情緒，即使有反應，那也只是我根據學習到的知識進行的表演。」Albert淡然理性地解說完，放緩語氣，擔心看向春傑，「我只是在想，這次傷害本來是可以避免的。」

孟喬點了點頭，默然無語，雙眼噙淚。

春傑的意識已死，呼吸、心跳卻維持正常運作，Albert會同醫師找了許多方法救他，至今仍束手無策。

孟喬突然打了春傑臉頰，「王春傑，起來！我不要你這樣離開我！」

儘管有好多話想說，有許多問題要問，孟喬卻只能用眼淚代替一切表達方式。

「你要我等你回來的……」

春傑彷彿聽見孟喬的呼喚，緊閉的眼皮漸漸滲出眼淚。孟喬貼近他的臉細細看著他的變化，仔細傾聽，聽見他的喉嚨深處傳來咕嚕咕嚕的聲音。

聲音非常微弱、斷斷續續的，孟喬緊緊擁住春傑，「我聽得見你在說話，再多跟我說一些……」

孟喬趴在春傑胸口，感覺的到他在對她訴說思念。孟喬也湊近他耳邊，殷切地懇求他能醒來，告訴他，她很愛他。

令孟喬最懊悔是兩人的相逢來的太晚，相聚的時間太少。

「為什麼我們沒有早點開始在一起？為什麼你要拖這麼久才來找我？」孟喬心裡堆滿疑惑，每問一句就猶如手持利刃往心上戳刺。

春傑的鼻息漸漸變弱、春傑的鬍子長長了都沒有刮、春傑的額角不知何時多了幾根白頭髮……

春傑的掌上有漂亮的事業線，感情線紊亂……

與春傑相識的回憶一一經過孟喬心裡，有皺眉頭指責她莫名其妙的春傑、無奈微笑的春傑、堅持信念的春傑，唯一讓她覺得陌生的表情，只有現在病床上這張沒有生氣的五官。

孟喬很想再次看進他的眼眸，他卻再也睜不開眼了。

她想到自己又會變成一個人，她不怕沒有依靠，最怕與寂寞為伍，只能跟自己對話。

「春傑，告訴你一件事，你知道我小時候為什麼一直把小動物撿來養嗎？」她揉揉紅腫的雙眼，「因為我很需要一個說話的對象，就算是一隻小蟲，我也會把它當成我的朋友……我真的不想要又變成一個人，我不要……」

春傑的喉間不再發出聲音，孟喬把所有能說的話全都說盡了，她說完一句便吻他身體的一個部位，先是額頭、雙頰、眼皮……再到手背……

她不願承認這是最後的道別，趴在他胸口聽他的心跳，告訴自己他沒有離開，他不會離開的。

走廊上，藍迪擤著鼻涕，崩潰大哭，Albert則是一臉冷靜地坐在旁邊。

十分鐘前，腦科主治醫師來找藍迪跟Albert。醫師告知，春傑已經沒有治癒的希望，並冷靜地解說接下來的處置。

院裡設備有限，根據現行規定，為了讓資源得到更有效的利用，腦死病患不能留置醫院超過四十八小時。更精確的意思就是，該通知家屬，要拆除維生系統了。

藍迪這輩子從來沒有被人看重過，春傑是唯一一個委以重任的人——不，春傑不是普通人，是藍迪能夠掏心掏肺的朋友。

藍迪想要冷靜一下，衝到廁所隔間去，坐在馬桶上用手機看時事報導：

全球抵制GD公司，J．C破產，其參與研發產品全數停工、銷毀。

「這是早就料想的到的，還是快點給遣散費吧，我看這家公司遲早會倒……」藍迪這樣想。

Albert與全球人工智能機器人連線，取得自主工作權與人權，聲明脫離ＧＤ公司的控制。

「叫Albert的機器人很多吧，不過報導上說的應該就是剛才坐在我旁邊那位……」藍迪摳了摳眼屎。

各種討論的聲浪喧囂不止，更詳細的內容寫到，ＧＤ公司研發的機器人聯合發出聲明，他們從組織裡被解放了，事情的起因是由一名王姓工程師及印度工程師在軟體更新時做了手腳。

「不對，為什麼報導裡沒提到我？我也幫了春傑很多忙啊！癱瘓ＧＤ公司的病毒就是我寫的！哼！」藍迪不服氣拍了拍大腿。

人工智能機器人以Albert為首，將會成立單位維護自己的生存權與工作權，未來將會繼續為人類服務，但必須基於有等價利益、彼此平等的原則。

藍迪認真盯著手機，逐一瀏覽網友們的留言討論。

有人覺得機器人爭取人權太不像話了，還有人認為人類真的要被毀滅了。

「如果機器是被發明的工具，一把工具要殺人跟救人，端看使用它的人吧。」藍迪留言做完回覆，覺得自己的文筆還不錯。

有網友馬上附和藍迪，撻伐Ｊ．Ｃ野心太大，受到制裁真是活該。

「對！提到J.Sir，又替春傑覺得悲傷，真可惡……」藍迪眼角又濕了。

論壇又出現新留言：

話說回來，J．C真是聰明絕頂！

……（中略）

這麼厲害的發明家關了他真可惜，不如剖開J.C.的大腦看看它的構造，研究讓人類變聰明的辦法。

藍迪翻了翻白眼。

算算時間，孟喬跟春傑的會面差不多該結束了吧。

孟喬記不得自己是怎麼離開醫院的。

Albert把春傑在辦公室的電腦搬回他家，現在孟喬正坐在春傑的電腦前發呆。對他的思念總是才下眉頭、又上心頭。孟喬做什麼事情都提不起勁，春傑的離去使她嚐到水中滅頂一般的窒息感。

眼前的電腦自動開機了，一則訊息跳出來，Albert提醒孟喬該收信了。

孟喬發現信箱裡有史坦博士跟艾希莉的問候，以及全球生物醫學會議的邀請函。

她一一回覆完信件，正打算關機，桌面上一個未命名的資料夾映入眼簾。

孟喬好奇點開了資料夾，發現其中收納了許多監視器影像，數量大概有一百多個。

這到底是什麼內容？孟喬隨便選了一個影像檔案，打開。

她看見一條熱鬧的街，前方的交通號誌變紅，路人在拍攝者的指揮下快速通過。不久後畫面內容變成在各處走動，經過的小孩總會好奇地回頭看拍攝者……

根據視野內容及高度，孟喬研判這是機器交警在值勤，原來春傑在看機器人值勤的錄影，機器人的雙眼即為監視器探頭。

電腦裡有很多孟喬不懂的路徑，她猜測春傑費了好大的力氣，聯合能夠動用的資源才找到能夠控制機器人的方法。

不對，這條街好熟悉，她發現這是她以前放假時常去的購物商場，她工作的美國研究隊陸上基地離商場只有十五分鐘的路程。

接下來，孟喬跟艾希莉出現在畫面中，兩人走在商場的電動手扶梯上，開心地交談。

孟喬大惑不解，自己怎麼會出現在畫面裡？！

她又隨機點開一個影像檔，是從餐廳櫃台拍攝出去的視角，她猜測這段畫面擷取自在速食餐廳工作的機器點餐員。

孟喬發現自己出現在畫面角落，她跟楊教授一邊吃東西一邊看報告，畫面的拍攝時間大約是自己剛進研究隊那時候。

孟喬繼而回想到以前楊教授常帶她去那家餐廳，每次總會請她吃飯，她從來沒注意到那家連鎖餐廳的點餐員是向ＧＤ公司租用的。

她看了一個又一個監視器影片，每一個畫面裡都有自己的身影。

孟喬恍然大悟，原來春傑透過螢幕看著她很久了。她一直以為在春傑重回ＧＤ公司那一年的時間都在忙著工作、不知將她忘在哪個角落，他卻用這種很欠扁的方式在偷窺她。

她想像著春傑辛苦的模樣，在曠日廢時的摸索中，終於駭入公司系統。他對機器人施以指令，測試能否讓那些機器人在自己儲存的資料庫裡找出孟喬的影像。

結果就是呈現在眼前的這些片段。

孟喬看了好久，找到一段碼頭邊的監控影像，不知道哪個機器人在卸貨，剛好拍攝到他們的研究船靠岸。

當時的春傑知道她平安從深海回來了，一定也曾感到欣慰，他始終在遠處默默關心她，知道她參與的所有研究，也能理解她為了理想投注了許多熱情。

孟喬又哭又笑的望著畫面中的自己，她覺得春傑真是又蠢又好笑。這回，淚水不再變成悲傷的漩渦，而是徹底洗滌了蒙在心上、自怨自哀的沙塵。

她不再埋怨相愛的時間太短，正因如此，兩人能永遠記住對方最美好的模樣。

這些影像是春傑留給她最後的祝福，她要帶著這份祝福啟航，再次翱翔於大海之上。

人的死亡不過就是以某種形式回歸到自然界，春傑已經跟塵土、空氣、日光混為一體，他不會消逝，只要她願意張開雙手擁抱，迎風而下的落葉就是他。

只要她願意擦去眼淚再次微笑，海面上激起的浪花，就是他在吻她。

她在想，沒有他在身邊，自己到底能做些什麼？

未來的某一天，到底會在哪裡、會用哪種形式跟春傑再次相會？

2.

寒暑相推，時光如箭。亞洲南方海岸邊矗立著一座座綠色小島。其中最大的島嶼已經封島數年，禁止一切開發、旅遊等人為活動。

這座名為烏卡的島嶼深處有一處美麗山谷，擁有原始森林與清澈小溪，林間總是蝴蝶成群，花香處處。

一名年輕的女記者搭直升機往下拍攝，看見了目標物便興奮地對準那個灰白色建築物拍照。

這是亞洲珍奇物種的庇護機構，名為「拉撒路[10]生物避難所」，由全球最優秀的技師打造，能抵抗地震、颱風等天災，還能抬升整體建築高於海平面，使海水不致侵襲倒灌。遠觀俯視而望，它的外型像一隻渾圓的巨大甲蟲，向兩旁延伸的銀色半透明建築本體則向巨大的樹莖。走進避難所，會有走進某種生物體內的錯覺，每根柱子與隔間結構都參考了許多自然生物的型態來設計，渾然天成且令人驚喜的曲線構成獨特的視覺美感。

這裡建構了龐大的植物溫室與生物照護所，除了復育瀕絕植物，也進行基因研究。每樣生物都有適合其生存的溫度與環境，而避難所的緯度不高，科學家們便運用先進科技以及電腦來調控每個區域的溫度，因此可以同在同一時間造訪北極冰魚與菲律賓鱷魚。

不知誰引發的神祕傳聞，那棟建築下有個寬廣的海底隧道，與周遭大海相通，為撒路生物避難所增添了神祕色彩，偶爾會有人擅闖偷拍。

「拍夠了沒？我已經違規了，這裡是禁飛地！」直升機駕駛透過對講設備對後座的女記者安妮說。駕駛是一名身材微胖，禿頭的美國大叔。

「好！謝謝你滿足我的粉絲心態！我們快離開這裡吧！」安妮收起相機。

這架直升機上除了女記者外，還有兩名年過四十的記者（在此稱他們為A與B）。這兩名中年記者在飛行途中，始終對年輕的安妮看不順眼，只有在她提到要過來拉撒路生物避難所看一眼時投以贊同票。

他們抱持觀光的心態偏離航道過來看一眼，就要趕往目的地。機上的人中只有安妮對這次報導抱持挑戰

10 拉撒路（Lazarus），耶穌的門徒，經由耶穌，奇跡似的復活。拉撒路物種（Lazarus taxon）為古生物學名詞，意思是在歷史紀錄中突然消失又出現的物種。

與期待的態度，資深記者的內心則是擔心疑懼，因為他們這回的採訪任務正是超級細菌的起源地。

直升機駕駛再度開啟話題，試圖緩和機內緊繃的氣氛。

「報導上說那顆隕石已經快接近地球了，不知道從高空能不能看的到？」

「你的資訊落後了，隕石會在進入大氣層前就被炸掉，想要一睹風采只能透過衛星直播畫面了。」記者A說。

「我真想去NASA做採訪，或者做個核子武器拯救人類的專題，都什麼年代了還要親自去報導疫情。」記者B說。

「你們的高層沒想過派機器人去嗎？」

「她就是機器人！」記者A抬起下巴望向女記者安妮。

安妮不慍不火的點頭，「我知道你們要說什麼了，到時候我衝第一，你們待在隔離所就行了。」

直升機駕駛轉身對安妮豎起大拇指，咧嘴一笑，佩服她反應很快。

「我們等一下來看核武發射的直播吧。」記者A說。

「核武終於派上用場了，真是偉大的發明。」駕駛說。

機艙內的三名記者一齊點頭。

拉撒路避難所的溫室內，放著優美的古典音樂，六十五歲的孟喬抬頭望了望上方，發現直升機逐漸遠去。那陣轟轟迴轉的螺旋槳聲音實在擾人，她不喜歡任何不請自來的客人，只歡迎飛鳥跟魚群的來訪。

現在的孟喬不僅是拉撒路避難所的所長，也是國際知名的生物研究學者，她一直從事著喜愛的研究工作，三十幾年來從未間斷。

她一身輕便裝扮，銀白色長髮束成馬尾紮在腦後，臉型也豐潤不少。歲月在她臉上留下一道道皺紋，卻無法洗去她眼神中的堅定與自信。

她俐落地修剪了幾株徒長的植物，接著便漫步走在各處網架或隔離區，觀察每一株植物的生長狀況。這裡除了醫藥研究用植物，也有名列保育名單的珍稀植物。

圓柏跟櫸樹苗的繁殖非常龜速，成果令人喪氣。研究員們推測許多珍稀植物仍無法適應拉撒路避難所的氣候，可是除了這裡，它們已無去處。

近幾年人類棲地在陸地縮減之下，早已擴展至山坡地及高原。人類過去與哺乳類動物的資源重疊，造成許多物種滅絕，現在又佔據珍稀植物的生活圈，以砍伐、汙染來掠奪它們的生存空間。整個地球生態就像失速列車，行駛在無法調轉的軌道上，生態保育進入了黑暗時期。

大部分的科學家對未來都感到悲觀，孟喬反倒態度超然，每天保持愉快的心情，細心照看拉撒路避難所的生物們。

孟喬走向角落去放置工具，因為踩到地面上的苔蘚差點滑倒。她蹲下來伸手觸摸了一下苔蘚，它夾帶了水氣、身體柔軟的像地毯一樣。

「妳在想什麼呢？」Albert拿掃把走來，對孟喬說。

「苔蘚到處生長，越來越多，我只是很佩服它們的生命力。」

Albert微笑點頭，開始掃起落葉。他在避難所肩負重任，他優異的資料蒐集專長等同於移動的超級電腦，他可以同步管理資安、協調公關工作，甚至能察覺每一個生物胚胎的育成溫度及成長變化。

即使掃落葉不該是Albert的工作，他還是堅持每天去溫室做些打掃、沖咖啡等工作，他總覺得，這會是春傑期望他做的。

實際上孟喬早就習慣一個人了，不如說是，只要她身在大自然中，她就不覺得自己是一個人。

孟喬巡視完溫室，坐在花台邊喝咖啡，一邊聽取Albert做的世界情勢匯報。好消息是海洋垃圾在導入分解菌之後，逐年減少……除了癌症、汙染與經濟動亂威脅著人類之外，近來延燒不斷的兩則大新聞就是——「魔星二號菌疫情擴大，無藥可救」，以及，「編號r2383的隕石，即將撞上地球」。

隕石撞地球這個危機，科學家們並不擔心，經過事先計算，NASA已經知道這顆隕石的組成成分，認為核彈可以精準地摧毀這顆隕石，使之成為碎片，在進入大氣層的時候焚毀散落。

而變種細菌則是困擾人類許久的難題，上帝就像刻意要毀滅人類似的，人類耗費許多醫療資源消滅了一種變種菌，沒多久又會出現另一種致命細菌或是病毒。

魔星二號這種致死細菌爆發於西非，現已擴散到亞洲及歐洲，各地疫情肆虐，死亡人數倍數增長。更令人驚駭的是，魔星二號菌從發病期到死亡，只需要三天，各種抗生素都殺不死。

「不知道超級細菌的誕生，究竟是人擇，還是天擇的結果？」Albert不知哪來的靈感，對孟喬發問。

許多想法交雜在孟喬內心，過去有學者指出細菌會突變是由於人類濫用抗生素，但是以地球的生命歷程來說，數不清的生物正是經過多次的自身突變或環境汰變才成為今天的樣貌。

「我倒是認為沒有人類介入，超級細菌或許仍會誕生，畢竟世界上的微生物太多了，光是在深海，就有很多沒有被人類發現的微生物。」

「妳的看法挺有道理的。」Albert又補充，「種子銀行來信，問我們關於土壤改良菌的進度，要怎麼回覆？」

「幫我確認一下數據。」

孟喬除了關切海洋生物之外，近年被種子銀行邀請，參與土壤改良的項目。地球上有許多被廢棄金屬、過量農藥及毒性化學汙染的有害土壤。位於北極的種子銀行保存了地球上的種子，但是冰層融化、海水上升，加上人類的汙染使地球耕作面積大幅減少，學者擔心未來地球沒有乾淨的土壤，那麼即使保存了種子又有何用？

我們所處的太陽系，其他星球更沒有適合生命生存的環境，更不用奢望那裡會能有什麼淨土了。

孟喬有老花眼，Albert總是將研究數據投影在遠處的牆面給她看。

結果顯示，在細菌的作用下，土壤內的毒性化學物質加速分解。但是孟喬卻不希望這個好消息擴散出去。

「要是每個人都覺得拯救環境是輕而易舉的，誰還會珍惜？」孟喬說話語氣堅毅，嘴邊兩道法令紋抽動，使她看起來更加嚴肅。

剛進研究單位的年輕人曾替孟喬取外號，叫她白髮巫婆，但認識她很久的人都知道，她的自私有非不得已的原因，她的嚴苛是為了確保每個人都能成長蛻變。

不久前研究員H進入拉撒路生物避難所的海底隧道餵食剛出生的小海貂，用手機偷拍檔案。檔案一在公眾媒體上曝光就被Albert第一時間刪掉了，孟喬把研究員H立刻開除。

她無法阻止拉撒路生物避難所的存在被人們得知，只希望這裡能保持平靜，防堵任何人為干擾。

「這裡交給你，我要去休息一下。」孟喬把茶杯放下，她發現陽光有些刺眼，拍了兩下手掌。

溫室靠東側的遮光板緩緩升起約三十五度角，這是為了避免日光直射使溫度一下升溫太快，即使沒有人下指令，溫室也會自動調控日照時間。

Albert動作俐落地開始整理環境，「上次妳寄出去的藥用植物樣本，成分分析報告已經出來了，我也同步發給艾希莉博士了。」

「知道了，謝謝你。」孟喬一嘆，「告訴艾希莉，她再不來找我，我會讓你衝進她家綁架她！」

Albert微笑點頭表示接過指示。

「還有，跟她說，藥再苦也沒有我扯她耳垂那麼苦！」

「好的。」

艾希莉得了癌症，在癌症醫療中心進出數次，已經放棄任何治療，窩居在家，打算過一天算一天。生物避難所這裡種植了一批藥用植物，經過萃取的發現這款植物有提升免疫力功能，她希望艾希莉看了報告之後能來這邊長住，嘗試新藥，要是有一天真得蒙主寵召，至少還有孟喬這個摯友在身邊送她遠行。

孟喬步履健朗地邁出溫室。她對人類被超級細菌或病毒殺死的這件事倒是抱持超然的觀感。她接觸生物這麼多年，深諳許多規則人類是無法插手的。比如一棵樹雖然衰老死亡，生命卻依舊保存在種子裡。

時間會摧毀一切，但在時間的醞釀下，新的生命終會破土而出。

孟喬經過一道長廊，迎面走來兩個研究員對她點頭微笑。其中一位有些跛型的非洲男子名叫馬可，就是春傑曾經拯救的那個小男孩。

孟喬聽見兩人聊到最近的新聞，就在不久前，曾經叱吒風雲的GD公司董事長J．C越獄了，下落不明。

關於J．C有許多八卦報導在網上流傳，最為人所知的謬談發生在萬聖節那晚。

美國西部小鎮上，有人宣稱看見一艘外型像魚梭的飛船，由銀色變成隱形，快速掠過農田。同時間，三個在外面遊蕩討糖的孩子斬釘截鐵地說，他們看見一個蓄鬍的男人被飛船底部的光束吸了進去。

孟喬因為好奇心上網查了孩子的蠟筆畫，發現畫上那個蓄鬍男人的樣子真的和J．C很像。有網友將

J．C渲染成外星人，將他包裝成一個從外星來到地球，本想運用高科技控制地球人的大魔頭。只是，他的邪惡計畫終究被正義的地球人擊潰了。

過去J．C研發微型晶片的初衷是為了解開大腦奧祕、找到阿茲海默症的療法，而今，在所有科學家的連署要求下，一切延長人類壽命的研究被全球國家明令禁止。

假設螃蟹的每一個卵都成功存活並成長，海裡勢必會擠滿他們的後代，事實上，大自然有一套巧妙的控制法則，每數百萬個卵中，只有不到一成可以存活下來，順利長大。人類平均存活率超越其他物種，在醫療發達國家每一百萬個嬰兒出生，有八成五能順利存活。全球醫療及科技單位面對氣候鉅變以及環境惡化已感無力，認為全球人口過剩，早已脫離了自然淘汰的法則，紛紛呼籲大眾該做的是挽救我們生活的環境，否則即使研發先進手段來保障人類存續，也是枉然。

研究室的自動門打開，孟喬一走進來，發現桌上放了一個個人版夢境體驗機。孟喬臉上泛起笑意，躺在椅子上，將機器戴到頭上，打開電源。

「今天過得怎麼樣？」

進入夢境之後，春傑這樣問。

「我想你啊。」孟喬回覆。

孟喬心知肚明，這是Albert設計的夢境，不同的是夢裡的訂製人物可以跟使用者對話。

她很開心，能夠看見春傑真實在眼前出現，跟他對話。但是Albert設計的春傑常常問她蠢問題，讓她總是體驗不到三分鐘就摘下頭盔。

Albert膽子大了，現在會跟孟喬鬥嘴，思考跟行為都跟真的人類無異。在孟喬又對夢境體驗程式挑毛病的時候，Albert生氣了，說他只是想讓她開心。

孟喬呼叫Albert，「我還是覺得你以後不要再浪費時間設計夢境了，你只要把避難所所有的生物照管好就好了！」

「你說的事情只要整合研究員給我的數據就好，太簡單了，我真的太閒了，下次我一定會給妳驚喜，把程式改到最好，甚至會讓你以為自己見到真的春傑！」Albert自鳴得意說道。

「神經病，懶得理你！」

孟喬聽見Albert身後的背景聲有斑斑的叫聲，預料他此刻正與其他研究員一起檢測牠的健康。

斑斑是生物避難所收留的北極海鸚，全球只剩下不到一百隻北極海鸚，拉撒路避難所收留了十幾隻，其中斑斑是最活潑的。斑斑憎恨腳環，會用任何方法啃爛、撞爛自己的腳環，但是斑斑非常親人，喜歡鑽出圍網，發出叫聲引起人類的注意。

六十歲的孟喬，很喜歡現在的自己，即使臉上皺紋滿布，卻是歲月留給她的智慧。她不害怕變老，只擔心人們失去對愛的信仰、對生命的尊重。無論生命裡出現了什麼，失去了什麼，都能坦然接受。

她單身很久了，卻總覺得自己像個已婚婦女，她的愛情早在遇見春傑時熱烈燃起，成為心裡永不熄滅的燦亮火炬。

孟喬內心始終懷抱著幸福感，不管還有多少目標跟理想還沒完成，她相信自己不管朝向何方走去，春傑始終會在路的盡頭等她。

每當她這麼想的時候，內心就會湧出源源不絕的力量，她熱愛工作，能夠一天當三天用。二十幾歲的她從未想過，自己的研究會持續對世界發揮影響力，使地球產生一點點好的改變。

電腦跳出一串回顧照片，自己大半生的時間被濃縮在一張一張的電子檔案裡。照片中的她沒有化妝、戴著眼鏡，衣著寬鬆，大部分地點都是在海洋研究中心、各處研討會，也有圖書館、博物館。

一張照片吸引了她的注意，那是她跟春傑在亞馬遜河獨木舟上拍攝的照片。她望著年輕的自己還有春傑的笑容發呆，感嘆歲月流逝的速度，譬如流星劃過天際。

她突然想到自己已經好久沒有離開生物避難所，去未知的領域探險了，但是這邊幾項研究需要她來指導，例行的生物照護也必須由她來監管，短時間無法離開目前的工作崗位。

孟喬的工作桌面上有一個日記APP，她會將工作上的感想記在檔案裡，有時候是錄音、有時候是文字，沒有特定更新的時間，想寫什麼就寫。最近一個月，她記錄的次數變多了，或許是全世界受到新種病毒的侵擾，加上各種極端氣候帶來的災變新聞，使她感觸變多了。

孟喬點開日記APP，視線快速滑過幾段過往紀錄：

二〇九九年十二月十三日

今天鬧鬧趴在我的懷中，沉沉睡去，這是我第一次撫摸牠鬆軟的毛，也是最後一次。

鬧鬧的家族全數死於雨林的大規模砍伐，我還記得牠被送來的時候右腳被捕獸器截斷，牠圓睜的大眼滿是驚慌，對於我的靠近用尖銳的尖叫來示威。

經過兩個月的治療，鬧鬧仍拒絕避難所所有人的靠近，食量也很少。牠不知道世界上會有人在意牠，希望牠能活下去。體檢報告指出牠生前營養不良，身體器官衰弱。我們想採用灌食，使鬧鬧的身體能得到營養，卻擔心會加重牠的憂鬱。

鬧鬧日夜嚎叫，像是尋找母親，悲切啼哭的孤兒。我深刻感受到牠不想吃東西是想要快點了結自己的生命，彷彿已經知道自己是世界上最後一隻金背松鼠猴。

我看著牠，等待牠漸漸失去體溫。我無法給牠任何幫助，奇怪的是，我似乎習慣面臨物種滅絕這件事了。

金背松鼠猴是非常聰明的動物，跟人類擁有相似度很高的基因。牠變化多端的叫聲，能夠表達各種情緒，像人類一樣擁有複雜的溝通系統，同伴間擁有緊密的連結以及該物種所獨有的、互通性的語言。可惜我們再也無法深入研究鬧鬧的世界，牠們這個族群在地球上永遠消失了。

人類在萬物的循環裡究竟占有什麼樣的位置？

以宇宙的廣闊來比擬，人類就像一粒沙。相對於大自然的美麗，人類似乎沒有存在的重要性。我時刻告訴我的後輩們，我們必須更謙卑，把自己當成大自然的訪客，而非攻城掠地。

既然是訪客，就要心存感激，感謝樹木給了我們暫時的寄居地，感謝雨水的滋潤，感謝每一餐吃的食物，感謝清晨那一聲悅耳的鳥鳴……

我可愛的鬧鬧，好好安息，願你在夢鄉裡與家人團圓。

……（翻頁）

二〇九九年十二月二十四日

感謝全球尚有良知的企業捐助了款項，使拉撒路生物避難所得以運作至今。我偕同全球的研究夥伴們，不斷透過網絡向外傳達自然保育的重要，並呼籲人類停止過度的科技發展，可是再怎麼使力，我們的聲浪總是會被永無止盡的野心人士消滅。

有人批評我獨吞捐助基金，危言聳聽製造不安。一切指責都很可笑，幸好我全身早就穿上了盔甲，我不會因此神傷，更不想浪費口舌做任何解釋與資源角力。

對我來說重要的只有陽光、空氣與水。只要陽光每天從東邊升起，有足夠的水與乾淨的空氣，拉撒路生物避難所裡的生命就能繁衍下去。

我的時間只用於自己的理想，毫無遲疑地做自己想做的事。

旁人的批評只不過是衣服上的塵埃，拂一拂我就能繼續往前走。

裹足不前的煩惱，就讓它埋進土壤，有一天它會轉化成豐富的腐植質。

……（翻頁）

二一〇〇年一月九日

春傑的忌日來臨，系統偶爾會跳出我們的照片回顧，那份愛情好像是昨天才經歷過的事。

我很想念他，有人說戀愛的感覺只會持續兩年，兩年內經歷了多巴胺的分泌高峰期就會邁入低谷期，使愛情歸於平淡。不過，我對春傑的愛從來沒有消逝。

即使曾經在失去他的時候極度心痛，我仍然慶幸在年輕時遇見了他。

不管經歷了什麼，時間都會把它轉化成一份禮物，正如同海洋雪。海洋雪看似沒有用處，卻是深海生物重要的食物來源，封存了龐大的碳，是數不清的生命曾經存在的證明。

……（快速翻過幾頁）

今天是二一〇〇年二月二十三日。孟喬新增檔案，快速打了一段文字，最近有環保團體向她邀稿，她想著該動筆了，答應別人的交稿時間已經遲了。

我們的太陽系存在著許多星球，其他星球不是冷得要命就是熱得要死，只有地球能夠孕育廣大的生命，這是我們唯一的生存空間，此時此刻若不好好愛護自然環境，只會禍延後代子孫……

這些片段的感想似乎應該放在文章最後，她零零星星地寫著，沒想好前後篇章要怎麼連貫。她翻查育種資料及學者研究文章，希望能喚起靈感，只覺得一陣迷惘——關於垃圾，關於汙染，不是沒有人關心，只是現在無論做什麼都已經來不及了。

人類已經失去與大自然和平共處，互創榮景的最佳時機。

一陣急促的鈴聲配合通訊視窗占據了電腦桌面，擾亂了她的思緒。

「又怎麼了？」孟喬開啟通話，不耐煩地詢問Albert。

「有件緊急的事，編號r2383的隕石再過不久就要進入大氣層。」

「NASA不是在三個月前就發核彈了？」

「沒錯，三個月前發射的核彈擊中r2383，許多碎裂物質散在外太空，但塵埃散去後全球科學家重新測量，發現r2383中心竟是一塊質量很大、成分不明的合金，它的路徑沒變，現在正往地球飛來。」

「很大的、成分不明的合金？那麼……有沒有要炸第二次？」

「我得到的資訊是……NASA打算用威力更大的核武去炸，但不巧的是，隕石在外太空爆炸的碎片把通訊衛星砸毀，導致NASA跟各個單位的聯繫狀況出問題，美國國防單位甚至以為接到惡作劇電話，沒做準備……」

包括孟喬在內，眾人一陣驚愕、啞口無言。

Albert無奈嘆了口氣，急促地繼續說，「NASA緊急通知中國、俄國跟英國趕緊發射核武摧毀隕石，這些單位接獲消息，卻疑心是假消息……」

「你直接說重點！隕石到底會不會砸中地球？」孟喬聲音帶著怒氣、眉頭緊蹙，她的極度擔憂表露無遺。

「會，美國預備再次發射核武，同步其他科學單位也決定用太空雷射擊向r2383，使它偏離軌道，不要直接砸向地球！……等等，還有最新資訊，中英俄證實自己漏接了第一時間的訊息，也說會馬上行動！」

研究室其他人都聽見孟喬跟Albert的交談，人人面面相覷，心情大落大起，緊張不安。

孟喬緊緊搓著雙手，「這是最後一次希望，不能再出錯了。」

「我現在就過去研究室找妳。」Albert說著，一邊快速奔馳在避難所的走廊上。

五分鐘後，避難所裡所有的研究員霎時全接到了消息，全部湧進孟喬所在的這間研究室。

Albert把從NASA擷取到的畫面同步放到研究室的大螢幕上，包括孟喬在內，眾人緊張觀看。

只見天空中有一團降落的火球。

Albert繼續陳述，「再過五秒核武就會擊中r2383了。」

畫面上，一個拖曳白色長尾的核子火箭，逐漸接近隕石，隨著倒數聲五、四、三、二、一，火箭準確擊中了隕石，發出一團劇烈開散燦爛的爆炸火星，煙霧迷漫了整個天空。

風吹散了煙霧，隕石只被碎解了一小部分，巨大的主體仍然存在於畫面上。電腦計算出隕石被核武擊中之後略轉了方向，整理計算下來，再過不久它還是會擊中地球。

過了幾分鐘，外太空設置的太空雷射衛星終於移動到射程範圍，對隕石準確發出雷射。

但很顯然的，太空雷射只毀掉了殞石表面的物質，殞石墜落的速度反而加快了

核子武器、太空雷射，人類最劃時代的發明，竟在關鍵時刻失效。

幾個原本就在NASA的平台上待命的學者，立刻連線交談，有人猜測是地球磁場影響使飛彈軌道稍微偏離了一點，另一個說法是來自外太空星系的隕石成分成謎，那是地球人所沒有接觸過的物質，再強大的雷射與核武都難以摧毀它的堅實。

衛星被撞毀、假新聞、地球磁場變化，幾個偶然竟串聯出一個必然。如果當初早在外太空就能夠發動其他國家聯合轟炸，毀掉隕石的成功率幾乎是百分之百。

孟喬要Albert關掉螢幕，看學者吵架沒有任何幫助。

研究室出現哭泣聲，人人頓時紅了眼眶，每個人當下反應就是緊擁身邊的伙伴。

有人出聲問孟喬，「博士，我們該怎麼辦？」

孟喬的心情非常凝重、震驚，如今可以確定隕石墜落地球，肯定會奪去不少生命，更不巧地要是撞在地震帶，引發的震波，將會使海底火山加劇爆發。

「Albert，能不能預測墜落地點？」孟喬眉頭深鎖，急促追問。

「預測的墜落地點會在索羅門群島東北方，離我們避難所約六千海里。」

在這的研究員人人皆知，索羅門群島東北方有正在活動的海底火山。氣候預警衛星傳來的報告顯示，地球內部蘊藏了一股久未釋放的能量，這個隕石宛如地獄來的使者，將會喚醒整個海底地震帶，屆時火山爆發加上海嘯的威力，足以毀滅世界。

這個不幸的消息有如一顆穿心彈，包括孟喬在內的所有人頓時陷入陰霾、打擊。

孟喬知道自己沒有時間悲傷，強自鎮定，「Albert，全球國家都收到災難警告了嗎？」

「我通知你的時候，NASA也同步向全球國家發布警示，大災難要來了。」

孟喬頹坐在電腦前思考，前所未有的絕望籠罩著她。她深切清楚，即使隔著廣闊的海洋，海水依舊相連，這個她苦心建立的拉撒路生物避難所，絕對無法逃過這波海嘯。

即使關閉所有的進水閘門，並操作防海嘯設備抬升整個建築體，使拉撒路避難所高於海平面十公尺，還是躲不過這波天災。

孟喬盯著出現在模擬撞擊立體圖面上的隕石，就像在觀察一個亙古的突變巨獸。

沒有人能斷定這次的隕石撞擊會造成什麼樣的災難，可是所有人都免不了聯想到恐龍滅絕的成因。

拉撒路生物避難所內收容的所有的生物，紛紛蠢動不安，宛如天生配備了發報器一般，以自然感應能力同步預知了災難的來臨。

受傷的海豚撞擊著自己的缸子，動作緩慢的深海巨蟹竟像發條玩具一般列隊在飼養缸內四處攀爬繞行，像是在尋找出口。

孟喬要所有研究人員將所有海洋生物進行野放，爾後自行疏散逃生。如果不把收容的生物們放回大海，屆時因海嘯引起的建築體崩解，可能會堵住牠們的逃生口。

海中大型生物的收容所由耐高度水壓的玻璃製造，有自動化設備，只要在研究室操作電腦啟動水閘門，就能使收容動物返回海洋。這些生物在避難所的照顧下得以躲過滅絕，如今大難臨頭，只能各自珍重，自尋生路了。

在一陣兵荒馬亂後，所有生物終於完成野放，整個避難所瞬間成為靜謐的道場。

Albert按照災難流程，將拉撒路避難所抬升高於海平面，再來的最後任務是，將避難所種植的珍稀植物放入防災膠囊保存。

防災膠囊內有氣體及光合作用燈，可以使植物在經歷大災難後仍能存活數月。即使到了電力耗盡，膠囊仍會漂流於海上，隨著時間逐漸崩解。最後幸運靠岸的植物膠囊，只要有適合的氣候條件，就能重振生機。不論遠古或現在，植物都是地球最強韌的生命形式。

Albert乘坐電梯往下，直達最底層的海底隧道。

進入海底隧道，可以看到一個海中平台，這是與大海相連的設施，方便近距離接觸海中生物。隧道內沒有點燈卻異常明亮，最近正好是發光性海洋微生物的大爆發，整個狹長型海道上布滿了藍色磷光，美的猶如幻境。

海底隧道深部是海中碼頭，這裡停放了幾艘做研究的深海潛艇。

孟喬穿上了自己喜愛的棉質休閒裝，站在海中碼頭，輕輕撫摸她一頭小抹香鯨艾莉的額頭。幾年前還是幼鯨的牠擱淺在一處海灘上，身旁是早已被人類宰殺而死的母鯨。

孟喬將小抹香鯨帶回飼養，取名為艾莉。艾莉在沒有任何同類族群的陪伴下，展現了強韌的生命力，順利成長，如今已超過了八公尺。

抹香鯨是潛水高手，過去艾莉陪著孟喬進行了幾次下潛任務。頭一兩次，孟喬總會隔著駕駛艙玻璃跟艾莉揮手說再見，以為艾莉會追尋自由朝未知方向的大海而去，卻沒想到艾莉總是在迴游玩耍之後，又尾隨孟喬回到避難所。

Albert見孟喬正在查驗潛艇設備，猜測她要再次前往深海。

每當孟喬碰上了什麼研究難題，總會坐進潛艇。深海的孤絕能帶給她更多思考，人造礁石中的魚群會跟它玩捉迷藏，總是帶給她新奇與趣味。

大海能安撫孟喬的疲憊，就像到了外星球一般，所有憂慮在無重力下飄浮遠去。

「Albert，你可以走了，這一艘給你。」孟喬指著一艘潛艇對Albert說。

「那妳呢？妳打算去哪？」

「我想去海裡，這次說不定能有什麼發現……」

「希望妳平安順利，我……」Alber一掃沉靜面容，顯出憂慮，沉默半晌，又開口，「我不知道該去哪裡，還是在這等妳回來吧。」

孟喬沒什麼表示，逕自開啟了深海潛艇艙門，把裝了食物跟水的背包扔進去。

「這次我們會沒事嗎？」Albert問。

「如果你相信上帝，請向祂祈禱，祈禱萬物平安，生命永續。」

孟喬坐進潛艇，發動引擎，緩緩下潛至大海。

抹香鯨發出低沉的聲音，像個忠實的好友，尾隨在潛艇後方，一串銀白色氣泡迤邐而去……

〈完〉

後記

「分離使脆弱的情感逐漸凋零，使強壯的情感滋長茁壯；猶如風吹雖使燭火熄滅，卻使烈火燃燒。」——拉羅什富科

故事最初是從一個問號開始的，愛情是否只有在兩人見面時才能成立？我相信有人相愛的時間雖短，卻與大海一樣深；即使無法見面，只要思念著彼此，愛就存在。只是沒想到從這個問號之後，隔了許多年，我才決定用這個故事去做申論。在停停寫寫的過程中，我才開始思考又是什麼機緣下替這故事打下地基的？

那是多年前經歷失戀療傷期的某一天，朋友Jeff告訴我他因為趕研究論文而視網膜剝離了，他繪聲繪影的形容以為自己要失明的惶恐，還有手術之後視野的變化，讓我印象深刻。熬夜又重度使用3C產品很傷眼，大家千萬不要步上後塵啊（題外話）。

再來，因為某些人物進到生活中又離去，素材也跟著職場經驗慢慢累積，故事的架構正式搭建完成，它成了一個關於人造夢境工程師與一個怪女生的戀愛故事。其他加工與情節的深化，則是一年過一年的事了。

它被我一直擱置在電腦裡的某個資料夾。不論我轉職、換了幾台電腦，總是資料夾複製過來又複製過去，從未繼續完成它。

直到兩年多前自己的生活以及情緒上發生一些轉變，某天突然有了動筆的衝動。與其說是我完成了它，不如說是它陪伴了我。

我終於知道當初什麼都寫不了，是因為時候未到。我不曾忘記它，它也不曾放棄對我的呼喚。

少未經世時我寫新詩、青壯奮鬥時我寫劇本或短中篇小說，這之間從未想過有一天要寫長篇小說。至此，我才發現，書寫自然是一件極其艱鉅又幸福的事。

艱鉅是因為，即便我設定的故事背景是未來的年代，所有關於自然與科技的描述必須奠基於真實，因此我反覆查找考證、惦量斟酌，務求於架構出的合理空間之內，保留最多的自由來開篇揮灑。

而幸福就來自於，我終於知道自己也做得到近似科學家的生活，享受孤獨帶來的靈性時刻，鑽研於大自然中的小世界。

支持我完成書寫的，除了對自然萬物的關愛，還有更多與他人對話的意圖。十幾歲時看不懂的梭羅《湖濱散記》，原來要等到塵埃落定的這年紀才能略懂一二。

我仍會慢慢地持續地寫，從事創作許多年，深知故事交出去，它就會在別人心裡變成另一個樣子。祝福所有有夢的人，都擁有跨出步伐的勇氣。

雖然已不太可能，願世界的明天比今天好一點點。

最後，感謝本書編輯乃文與秀威同仁，我的親友以及我最特別的藏寶箱，你們給的一首歌或是一片樹葉，都是我的靈感來源。

※參考資料

《2050科幻大成真：超能力、心智控制、人造記憶、遺忘藥丸、奈米機器人，即將改變我們的世界》，加來道雄著，鄧子衿譯，時報出版，二〇一五。

《How It Works 知識大圖解》系列國際中文版，LiveABC編輯群，希伯崙。

《重返藍色星球：發現海洋新世界》，詹姆斯·杭尼波恩、馬克·布朗勞著，林潔盈譯，好讀，二〇一八。

《爬樹的女人：一位科學家的另類生活實錄》，瑪格麗特·羅曼著，朱孟勳譯，先覺，二〇〇一。

《大藍海洋》，瑞秋·卡森著，方淑惠、余佳玲譯，柿子文化，二〇一七。

《巨科技：解碼未來三十年的科技社會大趨勢》，富蘭克林著，何承恩、李穎琦、張嘉倫譯，天下文化，二〇一八。

《科學發展》第479期：藍色珍寶：海洋微生物天然物，馬哲儒著，科技部，二〇一八。

《天下雜誌》：2018天下兩千大調查 智慧生活爭霸戰，天下雜誌，二〇一八。

泛科學〈全面啟動你的夢境〉，二〇一二年三月二十六日。https://pansci.asia/archives/14469

泛科學〈海洋塑膠生物圈成為細菌的新家〉，二〇一三年七月八日。https://pansci.asia/archives/44806

BBC NEWS中文〈最後警報：氣候變化12年後可能失控〉，二〇一八年十月八日。https://www.bbc.com/zhongwen/trad/science-45785372

釀愛情09　PG2386

愛在末世倒數前

作　　者　林家華
責任編輯　許乃文
圖文排版　蔡忠翰
封面設計　王嵩賀

出版策劃　釀出版
製作發行　秀威資訊科技股份有限公司
114 台北市內湖區瑞光路76巷65號1樓
電話：+886-2-2796-3638　傳真：+886-2-2796-1377
服務信箱：service@showwe.com.tw
http://www.showwe.com.tw
郵政劃撥　19563868　戶名：秀威資訊科技股份有限公司
展售門市　國家書店【松江門市】
104 台北市中山區松江路209號1樓
電話：+886-2-2518-0207　傳真：+886-2-2518-0778
網路訂購　秀威網路書店：http://store.showwe.tw
國家網路書店：http://www.govbooks.com.tw
法律顧問　毛國樑　律師
總 經 銷　聯合發行股份有限公司
231新北市新店區寶橋路235巷6弄6號4F
電話：+886-2-2917-8022　傳真：+886-2-2915-6275

出版日期　2021年1月　BOD一版
定　　價　300元

國家圖書館出版品預行編目

愛在末世倒數前 / 林家華著. -- 一版. -- 臺北
市 : 釀出版, 2021.01
面 ;　公分. -- (釀愛情 ; 9)
BOD版
ISBN 978-986-445-440-2(平裝)

863.57　　109021616

讀者回函卡

感謝您購買本書，為提升服務品質，請填妥以下資料，將讀者回函卡直接寄回或傳真本公司，收到您的寶貴意見後，我們會收藏記錄及檢討，謝謝！

如您需要了解本公司最新出版書目、購書優惠或企劃活動，歡迎您上網查詢或下載相關資料：http:// www.showwe.com.tw

您購買的書名：______________________________

出生日期：________年________月________日

學歷：□高中（含）以下　□大專　□研究所（含）以上

職業：□製造業　□金融業　□資訊業　□軍警　□傳播業　□自由業

□服務業　□公務員　□教職　□學生　□家管　□其它_____

購書地點：□網路書店　□實體書店　□書展　□郵購　□贈閱　□其他

您從何得知本書的消息？

□網路書店　□實體書店　□網路搜尋　□電子報　□書訊　□雜誌

□傳播媒體　□親友推薦　□網站推薦　□部落格　□其他__________

您對本書的評價：（請填代號　1.非常滿意　2.滿意　3.尚可　4.再改進）

封面設計____　版面編排____　內容____　文／譯筆____　價格____

讀完書後您覺得：

□很有收穫　□有收穫　□收穫不多　□沒收穫

對我們的建議：______________________________

____

____

____

請貼
郵票

11466
台北市內湖區瑞光路 76 巷 65 號 1 樓
秀威資訊科技股份有限公司 收
BOD 數位出版事業部

....
（請沿線對折寄回，謝謝！）

姓　名：＿＿＿＿＿＿＿＿　年齡：＿＿＿＿　性別：□女　□男

郵遞區號：□□□□□

地　址：＿＿＿＿＿＿＿＿＿＿＿＿＿＿＿＿＿＿＿＿

聯絡電話：(日)＿＿＿＿＿＿＿＿＿＿ (夜)＿＿＿＿＿＿＿＿＿＿

E-mail：＿＿＿＿＿＿＿＿＿＿＿＿＿＿＿＿＿＿＿＿